UTA VAN STEEN

Gefährliches Watt

MORD AM MEER Unfall oder Mord? Die Kommissarin Anna Wolf, traumatisiert durch ihren letzten Fall in München, kehrt heim nach Sankt Peter-Ording. Bei einer Wanderung im Watt vor dem idyllischen Küstenort stößt sie auf eine nackte Leiche. Anders als die Flensburger Kripo ist sie überzeugt davon, dass der Mann umgebracht wurde. Heimlich beginnt sie zu ermitteln. Die Spur führt sie in ein cooles Surfer-Hotel, ein Pfahlbau-Restaurant im Meer und direkt hinein ins aktuelle politische Weltgeschehen. In Alex, dem Wirt des Bistros, findet sie einen Komplizen bei der Tätersuche. Doch schnell verstricken sich beide in einem Netz aus Lügen, Intrigen und Geheimnissen. Jeder in der kleinen Gemeinde scheint etwas zu verbergen. Auch Anna und Alex, die schließlich in einen Abgrund menschlicher Beziehungen schauen – auch den ihrer eigenen Vergangenheit.

© privat

Die Journalistin Uta van Steen legt nach mehreren Sachbüchern, einem Theaterstück und dem Hamburg-Krimi »Mord am Elbstrand« nun ihren zweiten Roman vor. Mit ihrem Mann und zwei Hunden lebt sie in Hamburg, nutzt aber jede Gelegenheit für Trips an die nahe Nordsee. Die Idee zu »Gefährliches Watt« kam ihr so auch hoch über den Wellen, in einem der für Sankt Peter-Ording typischen Pfahlbau-Restaurants.

UTA VAN STEEN

Gefährliches Watt

ST. PETER-ORDING-KRIMI

GMEINER

Personen und Handlung sind frei erfunden.
Ähnlichkeiten mit lebenden oder toten Personen
sind rein zufällig und nicht beabsichtigt.

Im Ehnried 5, 88605 Meßkirch
Telefon 07575/2095-0
info@gmeiner-verlag.de

1. Auflage 2025

Lektorat: Christine Braun
Satz: Mirjam Hecht
Umschlaggestaltung: U.O.R.G. Lutz Eberle, Stuttgart
unter Verwendung eines Fotos von: © AVTG / iStock.com
Druck: CPI books GmbH, Leck
Printed in Germany
ISBN 978-3-8392-0782-6

Für Willem

Nebel am Wattenmeer

Nebel, stiller Nebel über Meer und Land.
Totenstill die Watten, totenstill der Strand.
Trauer, leise Trauer deckt die Erde zu.
Seele, liebe Seele, schweig und träum auch du.

Christian Morgenstern

PROLOG

Der Schlag kam unvermittelt. Lautlos, wie ihm schien, aber vielleicht ging das Geräusch auch nur im Grollen der Nordsee unter.

Der nackte Mann tauchte in die Tiefe. Und der Schmerz, den er hätte fühlen müssen, wurde weggespült von der Flut der Erinnerungen, die über ihn hereinbrach. Es stimmte also, was man über die letzten Sekunden behauptete. Dass in rasender Eile Szenen des eigenen Lebens durch den Kopf schossen wie in einem Film. In seinem Fall einem B-Movie. Er sah seinen Vater betrunken auf die Ofenbank taumeln, den rot schimmernden Stock noch an die Brust gedrückt wie ein artiges Kätzchen. Wie er selbst durch eine Wiese voller Schlüsselblumen davonrannte, in kurzen Hosen, unter denen das Blut hervorrann.

Plötzlich schwebte sein Kopf wieder über dem Wasser. Die Brust war ihm bereits eng geworden, als würde sie platzen; verzweifelt rang er nach Luft. Während er um den Rest seines Lebens kämpfte, produzierte sein Hippocampus unaufhörlich Gamma-Aktivität.

Der nackte Mann hatte an der Universität das menschliche Hirn studiert, konnte, seiner Panik zum Trotz, die Traumbilder, die durch seinen Kopf hetzten, richtig als Todesboten einordnen. Dennoch empfand er in diesem verdichteten, lebensprallen Moment Ehrfurcht davor, zu welchem Feuerwerk sein Geist fähig war. Auch wenn der banale Grund für diesen letzten Rückruf des Lebens

Sauerstoffmangel war. Nur noch wenige Minuten zum Herzstillstand. Wo blieben die verdammten Glückshormone?

Sein Kopf verschwand erneut unter der Oberfläche. Kein Gezappel mehr, sein Körper schwebte nun aufrecht im Wasser. Die zusammengepressten Lippen ließen keinen Tropfen passieren. Der Tauchreflex. Alle lungenatmenden Lebewesen haben ihn, ob Enten oder Babys. Der Herzschlag verlangsamt sich, memorierte er, der Blutkreislauf konzentriert sich auf die lebenswichtigen Organe, der Sauerstoffverbrauch sinkt.

Sekunden später wurde der Drang zu atmen übermächtig. Er schnappte nach Luft, schweres Wasser strömte in seinen Brustkorb. Und während er es aushustete, drang neues in ihn ein.

Mit letzter Kraft paddelte er mit den Armen wie eine Schildkröte mit den Flossen, dann baumelten sie nur noch als Anhängsel an seinen Seiten. Er fühlte ein leises Brennen. Wieder machte seine Luftröhre dicht, diesmal im Stimmritzenkrampf.

Er meinte zu spüren, wie die ersten Gehirnzellen starben. Ihm war so kalt; sein Körper, der Zeit schinden wollte, hatte den Stoffwechsel heruntergefahren. Mit jedem Grad weniger, erinnerte er sich, sinkt der Sauerstoffbedarf von Gehirn und Organen um sechs Prozent.

Wie von selbst löste sich der Krampf, und er atmete erneut Wasser ein. Die zarten Membranen seiner Lungenbläschen, hoffnungslos verklebt, gaben auf. Dafür schleuste nun, endlich, endlich, der Hypothalamus Endorphine zu den Rezeptoren in Rückenmark und Gehirn. Dopamin. Serotonin. Oxytocin. Endocannabinoide passierten elegant die Blut-Hirn-Schranke. Wie warmer Sirup floss ein Ruhegefühl durch seinen Körper. Die Bilder seines Lebens, grau zu Beginn der Todesrevue, schillerten, sprühten, funkelten. Der vollkommene Rausch, dem er sein Leben lang hinterhergejagt war – jetzt war er da.

Der Kopf des Mannes kippte nach hinten. In einem gloriosen Kraftakt explodierte sein Hirn in einem psychedelischen Finale. Liebe spülte durch seinen Körper, ein unendliches High.

Dann war nur noch Nichts.

WhatsApp-Nachricht von Veli an Anna Wolf

Veli
Wir lassen ihn nicht davonkommen. Richtig? WIR LASSEN IHN NICHT DAVONKOMMEN!

Veli
Warum antworten Sie nicht?

Veli
Ich bin auf Ihrer Seite. Ich will Ihnen helfen. Das wissen Sie doch.

DONNERSTAG

Anna

Sie löschte die Nachricht, steckte das Handy in die bereits leicht feuchte Tasche ihrer Öljacke und kniff die Augen zusammen. Winkte da jemand, weit hinten im Watt? Die Flut, obwohl noch unsichtbar, lief in der Ferne langsam auf. Wer immer da draußen war, hegte definitiv einen Todeswunsch. Aber vermutlich spiegelte ihr die Sonne nur etwas vor. Oder ihr eigenes Hirn, was nicht überraschend wäre. Sie legte den Kopf in den Nacken und schaute hoch. Gleich würde es regnen, die Wetter-App hatte sie vorgewarnt. Schon schoben sich die ersten schwarzen Ungeheuer vom Rand des Himmels in seine blaue Mitte. Wenn die Erscheinungen am Horizont wirklich Leute waren, sollten sie sich langsam auf den Rückweg machen.

»Allein ins Watt? Traust du dir das noch zu?«, hatte Ruth sie gefragt, als sie vor zwei Stunden aufgebrochen war. Ihre Stirn hatte sie in zweifelnde Falten gelegt, was ihr eine komische Ähnlichkeit mit ihrem Foxterrier-Welpen Fiete verlieh. Die beiden Frauen – die größere in einen grauen Wollpullover gehüllt, die etwas kleinere Anna in eine schwarze Öljacke – standen an der geöffneten Haustür von Ruths Fischerhäuschen, direkt vorm grasbewachsenen Norderdeich in Ording, dem wilden Norden von St. Peter.

Die Kate war eine der letzten, die die Bauwut der Siebziger vom Abriss verschont hatte – und das einzige Haus, das auf der Westseite der schmalen Straße lag, der große Bauerngarten mündete direkt an den Deichfuß. Aber trotz der erlesenen Location würde Ruth ihr Elternhaus weder instaschick sanieren noch verkaufen, das hatte Annas Freundin geschworen. Obwohl sie bestimmt ein Vermögen damit machen würde. Seitdem St. Peter-Ording als Sylt 2.0 galt, von Travel-Influencern gerne SPO abgekürzt, umschwärmten Makler den Nordseeort wie einen besonders fetten Kadaver.

»Du könntest Jens anrufen, ob er mit dir kommt«, hatte Ruth es nochmals versucht, der abweisenden Miene ihrer Freundin zum Trotz.

Aber Anna hatte den Vorschlag, sich von dem alten Wattführer begleiten zu lassen, fast als beleidigend empfunden. Schließlich war sie am Strand groß geworden, wenn auch nicht wie Ruth in einem rosenumrankten Reetdachhaus, sondern in einer verklinkerten Doppelhaushälfte im Dorf. Sie hatte die Gummistiefel mit dem kräftigen Profil vom Schuhregal genommen, beim Anziehen den Saum ihrer Jeans in die Stiefel gestopft und aufgesehen. »Wenn ich in drei Stunden nicht zurück bin, kannst du die Polizei rufen.«

Ruth hatte über den alten Witz, der zum Standardrepertoire jeder Kriminalkommissarin gehört, zwar nicht gelacht, aber Ruhe gegeben. Anna hatte den Reißverschluss der Jacke hochgezogen und ihrer Freundin zugelächelt, um der patzigen Antwort die Schärfe zu nehmen. Dann hatte sie Ruth die Hundeleine aus der Hand genommen und war mit Fiete den Muschelpfad entlang durch den Garten gelaufen, in dem Eisenkraut, Fetthenne und die ersten Astern bereits die windzerrupften Sommerrosen aus den Beeten schubsten.

Hinter der windschiefen Gartenpforte führten ein paar ausgewaschene Betonstufen hoch zur Deichkrone. Als sie oben angekommen war, war sie im ersten Moment zurückgeschreckt, wie vor einem Schlag ins Gesicht. Unten im Garten hatte kein Lüftchen geweht, aber oben fauchte der Wind die Schafe an, die die krautige Wattseite des Deichs beweideten. Hinter den Dünen erstreckte sich eine grün schimmernde, amphibische Fläche. Zweimal am Tag von der Flut überspült, konnten sich die Salzwiesen nicht entscheiden, ob sie zum Meer oder zum Land gehörten. Obwohl Böen an ihm zerrten, erzitterte das zähe Seegras, in dem im Frühjahr Austernfischer brüteten, nur leicht. Als würde es sanft gekämmt.

Die Salzwiesen mündeten in eine ockerfarbene Sandebene, durchzogen von Tümpeln und Prielen, in denen selbst bei Ebbe noch Wasser schwappte. Das Meer, kilometerweit entfernt, hatte sich, als Anna hier angekommen war, weder sehen noch hören lassen. Sie hatte die Stille gerochen und geschmeckt.

Nun verwirbelte der Wind, in Ermangelung an Gegenständen, gegen die er donnern konnte, lautlos ihre schulterlangen, braunen Haare. Nur schwach drang das Rottrottrott der Ringelgänse an ihr Ohr, die die Wiesen auf der Suche nach Quellern durchstreiften.

Anna holte so intensiv Luft, wie ihre Lungen es, seit der Klinik entwöhnt von den 20 täglichen Marlboro Lights, eben schafften. Nicht besonders tief also. Einen Hustenreflex unterdrückend stieß Anna die salzige Luft abrupt wieder aus.

Zu ihrer Rechten hatte sie bei ihrem Aufbruch vor dem in der Ferne dunstig zu erahnenden Horizont den rot gestreiften Westerhever Leuchtturm erkennen können. Zum Greifen nah hatte er da gewirkt, thronte aber tatsächlich zwölf Kilometer weiter nördlich als steinernes Pfefferminzbonbon auf seiner Warft – ein Anblick, den jeder Tourist unweigerlich mit dem Ausruf »wie in der Jever-Werbung« quittierte. Sie würde erst nach Westen laufen, hinaus aufs Watt, und dann Richtung Süden zur Seebrücke in St. Peter-Bad, hatte sie beschlossen. Von dort würde sie ein Taxi zurück nach Ording nehmen.

In Bayern hatte immer irgendein Zweitausender Annas Blick gebremst, der friesische Weite und Grenzenlosigkeit gewöhnt war. Sie hatte sich nie mit Bergen anfreunden können. Aber immerhin Begeisterung geheuchelt – weniger aus Zuneigung zu ihrem Mann, einem in der Wolle gefärbten Allgäuer, als um sich selbst davon zu überzeugen, dass ihre Entscheidung damals, zu ihm nach München zu ziehen, richtig gewesen war. Was sie nun allerdings bezweifelte, jedenfalls seitdem Christians Anwalt ihr die Mail über die Höhe des Unterhalts für Lola und Rasmus geschickt hatte. Wobei Annas Armutsrisiko trotz ihrer vorläufigen Suspendierung gering blieb, einer der Vorteile des Beamtendaseins; ihr Gehalt wurde pünktlich aufs Konto überwiesen. Selbstständige Therapeutinnen wie Ruth waren nicht so verwöhnt. Sie hätte darauf bestehen sollen, ihrer Freundin für die Ferienwohnung unterm Dach Miete zu zahlen, dachte Anna. Deren Proteste ignorieren.

Ihre Gedanken wanderten zurück zu Christian. Ein einziges Mal hatte er sie und die Kinder bei einem der wenigen Familienurlaube in St. Peter auf einer Wattwanderung begleitet. Sie hatte auf blühendes Schlickgras gezeigt, auf Milchkraut und Strandquecken. Auf Wattwürmer und die kleinen Sandwürstchen, die überall herumlagen, unverdaute Nahrungsreste der Ringelgänse. »Seht ihr, was hier alles los ist? Wie lebendig das Watt ist?«, hatte Anna gerufen. Rasmus und Lola, fröstelnd in ihren durchnässten Anoraks, hatten mit leerem Blick genickt, aber Anna hatte genau gewusst, dass sie einfach nur zurück ins Hotel wollten, wo selbst im Juli ein Kaminfeuer in der Lobby brannte. Christian, der in den Bergen jeden Enzian bejubelte, hatte die triefenden grünen Stängel angewidert gemustert. »Nicht wirklich ein Grund, uns bei diesem Mistwetter an den Strand zu schleppen«, hatte er bemerkt. »Noch dazu, wenn das Meer verschwunden ist.«

Fiete zog an der Leine, aber Anna blieb stehen, immer noch irritiert von den seltsamen Bewegungen weit draußen im Watt. Doch jetzt konnte sie nichts mehr erkennen. Mit klammen Fingern zog sie ihr Handy aus der Jackentasche. Kaum noch Akku, sie hatte vergessen, es aufzuladen. Egal, bald gab es sowieso keinen Empfang mehr. Fast vier. Die Flut, so der Gezeitenkalender, würde erst in gut anderthalb Stunden langsam auflaufen. Keine Gefahr also, solange sie diesseits des breiten Priels blieb. Im Moment stand kaum Wasser darin. Aber sein Bett lief stets als Erstes voll, und zwar im Handumdrehen, selbst wenn die See noch Distanz wahrte.

Wanderern, die sich deshalb in Sicherheit wähnten, passierte es immer wieder, dass sich ein glucksendes Bächlein innerhalb von wenigen Minuten in einen reißenden Strom verwandelte, der ihnen den Weg zurück aufs Land abschnitt. Etliche verdankten ihr Leben der Crew der »Insel«, des

Pfahlbau-Bistros am Ende der Seebrücke weiter südlich, dessen massive Stelzen bei Flut meterhoch im Wasser standen. Die meisten der Studenten, die dort im Sommer kellnerten, waren ausgebildete Rettungsschwimmer.

Je weiter Anna vom Deich aus dem Meer entgegengegangen war, desto spärlicher wurden die Pflanzen. Wer im Watt überleben wollte, musste winzig und zäh sein, Salz und Sonne vertragen können. Außerdem schleppte die Brandung alles davon, was sich nicht im Boden festkrallte. Oder der Wind schliff es ab wie ein Sandstrahlgebläse.

Auf einer flachen Sandplatte schnüffelte Fiete aufgeregt an den dunkelgrünen Blättern der Binsenquecke. Anna bückte sich und berührte vorsichtig eines der zart behaarten, eingerollten Blättchen, an denen Reste der welken Blütenstände hingen. Sie sollte sich, dachte sie, als sie weiterlief, ein Beispiel nehmen an diesen Überlebenskünstlern. Jedes Frühjahr mussten sie sich ihren Lebensraum neu erobern. So wie Anna in diesem Herbst.

Sie wollte gerade ihren Kurs in Richtung Seebrücke ändern, als sie erneut meinte, Bewegungen wahrzunehmen. Anna kniff die Augen jetzt noch enger zusammen. Dahinten war etwas, eindeutig.

»Was meinst du, Fiete?«, fragte sie. Sie ließ die Schlaufen der signalroten Schleppleine fallen und behielt nur den gepolsterten Griff in der Hand.

Der Foxterrier rannte los. Der Wind, spürbar stärker, verwehte sofort die Spuren, die ihre Stiefel für Sekunden in der weißen, trockenen Schicht von losem Sand hinterließen.

Sie lief dem Hund hinterher, und nach einer Weile hatte sie keine Zweifel mehr daran, was sie sah. Es waren in der Tat Wanderer. Viel zu weit draußen, jenseits des Priels. Und sie winkten ihr zu.

Ruth

Als Therapeutin gestand sie sich Stimmungsschwankungen äußerst ungern zu. Aber wenn Ruth ehrlich zu sich selbst war, dann war sie ein wenig verärgert. Sie presste die Lippen zusammen. Anna hatte nun einmal diese Wirkung auf sie. Der Starrsinn ihrer Freundin trieb Ruth in den Wahnsinn, immer schon. Auch wenn sie sich, seitdem Anna vor Jahren nach München gezogen war, nur noch selten sahen. Was sich nun änderte.

Ruth klemmte sich hinter den Fahrersitz ihres Škoda-Kombis und ließ den Motor an. Ein vernünftiges Auto, grundsolide wie sie selbst. Zu Anna würde ein alter Porsche besser passen. Der manchmal bockt, störrisch stehen bleibt, plötzlich wieder geschmeidig herumflitzt und dabei immer cool aussieht. Obwohl ihre Freundin umweltbewusst von München aus mit dem Zug angereist war, mit Umstieg in Hamburg-Altona und Husum.

Aber das komische Gefühl, das auch nicht verschwand, als Ruth in die Bundesstraße nach Tönning einbog, dem Hafenstädtchen, wo sie ihre Praxis führte, hatte sowieso nichts mit Anna zu tun. Sie mochte kompliziert sein, doch sie hatte Mumm. Als Ruth ihr im Sommer des letzten Jahres nach der Sache in München, als es ihr richtig schlecht gegangen war, den Rat gegeben hatte, sich stationär behandeln zu lassen, hatte sie nicht lange gefackelt, sondern sich direkt in eine psychiatrische Privatklinik in Berchtesgaden begeben. Allerdings nahm sie immer noch Psychopharmaka. Ruth hatte die halb volle Packung im Badezimmer gefunden.

Aber Anna würde Pläne für eine neue Zukunft schmieden. Und wenn die sich, je nach Ausgang der polizeiinternen Untersuchung, nicht mehr in München, sondern in St. Peter abspielen sollte, hatte Ruth nichts dagegen, im Gegenteil. Seit ihre Freundin in ihr Gästezimmer gezogen war, fühlte sie sich, als hätte sie etwas wiedergefunden, von dem sie gar nicht gewusst hatte, dass sie es vermisste.

Die ersten Tropfen färbten den Asphalt der Fahrbahn dunkelgrau, und die Wischer verrieben die Rinnsale auf der Windschutzscheibe. Jetzt im Herbst war Ruths tägliche Fahrt zum Tönninger Marktplatz weitaus angenehmer zu bewältigen als noch vor ein paar Wochen. In den Schulferien verstopften Wagen mit bayerischen und schwäbischen Nummernschildern die 212, zusätzlich zu den Hamburgern, die es in ihre entkernten Haubarge mit den brandneuen Reetdächern zog.

Ruth öffnete, ohne den Blick von der Fahrbahn zu werfen, das Handschuhfach, angelte eine Packung Marlboros heraus und drückte auf den elektrischen Anzünder. Ihre Freundin durfte auf keinen Fall mitkriegen, dass sie wieder rauchte, nun, da Anna endlich clean war. Ihre alte Lieblingssorte zumal. Also gönnte Ruth sich ihre täglichen zwei Zigaretten eben auf der Hin- und der Rückfahrt nach Tönning, leerte den Aschenbecher an der Aral-Tankstelle vor St. Peter Dorf aus und versprühte Textilerfrischer auf den Polstern.

Genussvoll zog sie den Tabakrauch tief in ihre Lungen. Sie sollte damit aufhören, sich Sorgen zu machen, dachte sie. Anna kam schon klar, auch im Watt. Den Ratschlag, dass Jens sie bei der Wanderung begleiten sollte, hätte Ruth sich sparen können, verständlich, dass ihre Freundin so bissig reagiert hatte. In der nächsten Supervisionsstunde, nahm sie sich vor, würde sie mit ihrer eigenen Therapeutin ihr ständiges Bedürfnis analysieren, andere zu bemuttern. Wattwandern war wie Fahrradfahren. Den Instinkt dafür, wann man besser umkehrte, wann der Wind auffrischte und Bäche zur tödlichen Flut anschwollen, hatten nordfriesische Kinder im Blut. Auch wenn Anna ihre Heimat verlassen hatte, etwas, das Ruth nie getan hätte.

Noch während des Studiums in Hamburg hatte die Zukunft so klar konturiert vor ihr gelegen, als wäre sie schon passiert. Nach der Promotion die Therapieausbildung in Husum, Erfahrung sammeln als angestellte Psychologin im Hospital Heide, anschließend in Tönning eine eigene Praxis aufmachen. Und vor allen Dingen in das Haus zurückziehen, in dem sie aufgewachsen war. Genau so war es nach dem Tod ihrer Eltern passiert. Sie hatte geheiratet, eine Tochter bekommen und Hauke an diesen Scheißkrebs verloren, den Mann, den kein anderer je ersetzen konnte. Seit drei Jahren lebte sie allein in der Kate. Bis vorgestern. Bis Anna gekommen war.

Als ihr Handy klingelte, das neben ihr auf dem Sitz lag, zuckte sie zusammen und verriss leicht das Lenkrad, sodass sie fast im Straßengraben gelandet wäre. Hastig stopfte sie den Zigarettenstummel in den Aschenbecher und drückte auf das grüne Telefon-Icon.

»Ja?«

»Dr. Andresen?«

Die Stimme des Anrufers klang ein wenig verunsichert, wohl weil Ruth sich nicht mit ihrem Namen gemeldet hatte. Was sie nie tat, Hauke hatte das wahnsinnig gemacht. Ruth wusste sofort, wer dran war. »Was gibt's?«

»Ich muss leider meinen Termin für heute absagen. Es ist … Es ist etwas dazwischengekommen.«

Ihr war klar, was sie antworten müsste. Dass er die Termine bei ihr ernster nehmen, dass er eben nichts dazwischenkommen lassen sollte. Dass sie ihm die Sitzung in Rechnung stellen würde.

»In Ordnung. Danke, dass Sie angerufen haben.«

»Selbstverständlich. Kann ich stattdessen morgen kommen? Freitag?«

»Ich muss erst im Kalender nachschauen. Ich melde mich.«

Sie legte auf. Das komische Gefühl, das sie seit dem Morgen gequält hatte, war verschwunden. Stattdessen spürte sie Erleichterung, die durch ihren Körper floss bis zum rechten Fuß, mit dem sie nun das Gaspedal durchtrat.

Anna

Der feuchte Sand unter ihren Gummistiefeln schmatze. Hatte es einen Unfall gegeben? Hoffentlich hatte sich niemand verletzt. Aber im Watt fiel man weich. Wenn jemand hier draußen zu Schaden kam, dann war er in der Regel ertrunken. Die meisten der rund 20 Unglücksraben, die in jeder Saison an Nord- und Ostsee ihr Leben ließen, überschätzen ihre Schwimmkünste oder wurden von selbst gebauten Sandburgen verschüttet.

Anna musterte das Display ihres Handys. Nur noch ein Balken. Sie war bereits weit draußen, in wenigen

Minuten wäre es aus mit dem Empfang. Ihr Akku war bestimmt auch bald tot. Sie zögerte. Ob sie jemanden zur Hilfe holen sollte? Aber wenn sie einen Notruf absetzte, entfaltete sich zwangsläufig das gesamte Drama. Feuerwehr und DLRG würden anrollen, mit Hundestaffeln, Rettungsschiffen und vielleicht sogar einem Hubschrauber der Bundesmarine samt Wärmebildkamera. Das alles, weil ihr ein paar Idioten freundlich zugewinkt hatten. Sie steckte das Telefon wieder zurück. Sie hatte definitiv keine Lust auf noch mehr Kollegen, die verständnisvoll taten, sie jedoch insgeheim verachteten. Nicht nach dem, was in München passiert war. Oder genauer, nach dem, was sie dort in den Sand gesetzt hatte. Außerdem lief das Wasser noch nicht auf. Kein Grund also zur Panik.

Inzwischen waren dicke Wolken aufgezogen, Tropfen sprenkelten sanft die Pfützen. Über kurz oder lang würde der Regen stärker werden und dazu Wind aufkommen. Die Wanderer konnte Anna in dem verwaschenen Grau um sie herum nicht mehr erkennen. Sie hatte aber eine ziemlich gute Vorstellung davon, wo sie sich befinden mussten. Solange die hoch über dem Strand schwebende »Insel« noch in der Ferne zu sehen war, brauchte sie sich keine Sorgen zu machen, die Orientierung zu verlieren.

Fiete zerrte an der Schleppleine und rannte voraus. Mit der Nase dicht am Watt schien er einer unsichtbaren Spur zu folgen. Nachdem sie ungefähr zehn Minuten gelaufen waren, drangen Stimmfetzen an Annas Ohr. Gleich darauf erreichte sie den großen Priel und rollte schnell die Leine auf, bevor der Hund ins Wasser springen konnte. Die Menschengruppe am anderen Ufer war nun deutlich erkennbar. Eine schmale Person mit langen Haaren stand im Vordergrund und winkte hektisch, vier oder fünf andere wandten ihr den Rücken zu. Sie betrachteten, leicht nach vorne gebeugt, etwas auf dem Boden.

Als Anna durch den Priel watete, reichte ihr das graue Wasser bis an die Knöchel. Sie ließ die Leine lockerer, um den Halt nicht zu verlieren. Fiete machte einen Satz auf die winkende Gestalt zu. Beim Versuch, die Leine wieder fester zu ziehen, wäre Anna beinahe hingefallen. Der Hund, unbeeindruckt von ihren Rufen, sprang an der Frau hoch, die sich sofort zu ihm hinunterbeugte.

»Fiete? Was machst du denn hier?«

Anna konnte ihr Gesicht nicht sehen, es war versteckt unter der Kapuze. Musste sie auch nicht, die helle Stimme war unverwechselbar. Ruths Tochter. Vor acht Jahren, als sie sie zuletzt getroffen hatte, war Laura ein Teenager mit noch kindlichen, weichen Zügen gewesen, das Gesicht umrahmt von einer lockigen Mähne mit blauen und rosa Strähnen.

Die zierliche Gestalt streckte ihr eine nasse Hand hin und zog sie mit erstaunlicher Kraft das Ufer hoch. Hatte Laura geweint? Oder war es Regenwasser, das über ihre Wangen floss?

»Mama hat erzählt, dass du sie besuchen kommst«, sagte Laura atemlos. »Anna, ich bin so froh, dass du hier bist!«

»Was macht ihr hier?«, fragte Anna. Ihr Blick glitt von dem Gesicht der jungen Frau, dessen Züge sich in den vergangenen Jahren verschärft hatten, zu dem verstört wirkenden Grüppchen. »Eine Wattwanderung?«

»Ja. Ich bin die Führerin.«

»Du weißt, dass ihr allmählich zurückmüsst, oder?« Anna bemühte sich, jeden Anflug von Besserwisserei aus ihrer Stimme zu tilgen. »Die Flut.« Sie machte eine unbestimmte Handbewegung aufs Meer hinaus und bemerkte dabei zwei weitere Gestalten ein wenig abseits, die ihre Arme fest um ein Kind geschlungen hielten und sie anstarrten.

»Es ist etwas passiert, Anna.« Laura drehte sich halb um und deutete hinter sich. »Etwas … Schreckliches.«

Anna trat einen Schritt auf die Dreiergruppe zu, die reglos dastand wie auf einem mittelalterlichen Stillleben. Fischer am flandrischen Meer oder so. »Kann ich mal durch?«

Die Wattwanderer, alle wie Laura in Öljacken gehüllt, traten schweigend zurück, sodass sich ein schmaler Durchgang bildete. Anna drückte Laura Fietes Leine in die Hand. Selbst in dem mittlerweile prasselnden Regen erkannte sie sofort, was die Gruppe abgeschirmt hatte.

Vor ihr auf der Sandbank lag wie aufgebahrt, Arme und Beine abgespreizt, eine menschliche Gestalt, deren geöffnete Augen den grauen Himmel anstarrten. Nackt und ohne jeden Zweifel tot, das Gesicht verdeckt von triefenden algengleichen Haarsträhnen.

Eine männliche Ophelia.

Alex

In St. Petersburg, stellte er fest, als er den Wetterbericht der »Trud« studierte, regnete es noch mehr als in St. Peter. Kälter war es auch.

Trotzdem verärgert, wie jedes Mal, wenn er online russische Zeitungen las, klappte Alex den Deckel des Laptops zu. Spätestens seit dem Überfall auf die Ukraine hatte er immer weniger Lust auf Nachrichten aus seiner alten Heimat. Vor allem, seit sie die »Nowaja Gaseta« dichtgemacht hatten, die letzte der widerspenstigen kleinen Zeitungen. Auch wenn es hieß, dass das Verbot erst mal nur bis zum Ende der Spezialoperation galt. »Spezialoperation«, knurrte Alex angewidert.

Von seiner Nachrichtensucht kam er dennoch nicht los, obwohl er seit Jahren nicht mehr als Journalist arbeitete. Einmal kurz die News checken, schwor er sich jeden Morgen, und blieb dann bei dem Propagandadreck hängen, von dem er wusste, dass seine früheren Nachbarn ihn glaubten. Und über 100 Millionen andere Russen auch.

Der große, kräftige Mann mit den kurz geschnittenen schwarzen Locken blickte aus dem Panoramafenster, das aber, weil beschlagen, nur eine triste Welt in Grau offenbarte. Zurzeit machte der Pfahlbau seinem Namen »Insel« alle Ehre.

Alex, der für eine Betriebsprüfung die Steuerunterlagen zusammenstellte, war allein in seinem Restaurant. Bei starkem Wind machte es keinen Sinn zu öffnen, denn dann trennten die Flutwellen es von den Salzwiesen der Küste ab und überschwemmten die Fußgänger-Holzbrücke, die die »Insel« mit dem Vorplatz in Bad verband.

Sollte dennoch ein hartgesottener Nordseefan in triefender Jacke – und davon gab es überraschend viele, vor allem aus Schwaben – anklopfen, würde er ihn selbstverständlich hereinlassen. Umsatz war Umsatz.

Vielleicht sollte er die Tür zur Außenterrasse öffnen, damit frischer Wind hereinströmte und die Scheibe wieder klar wurde. Man konnte durch sie hindurch kaum noch etwas erkennen, dabei war es gerade mal 16 Uhr. Aber inzwischen war es extrem ungemütlich geworden, viel zu kalt für September. In seinem dunkelblauen Troyer aus schwerer Baumwolle war ihm jedoch warm. Solange kein Gast kam, gab es keinen Grund, die Heizung anzustellen, gespeist von einer frisch installierten Wärmepumpe. Sollte Putin sich sein Scheißgas sonst wohin stecken.

Alex ging zum großen Samowar hinüber, der auf der langen Theke thronte, um sich einen Tee zu machen, tiefschwarz wie die Sünde. Was die Vermischung von Stilen anging, war er furchtlos. Die für St. Peter-Fans essenzielle Deko aus Fischernetzen, Plastikkraken und grünen Glaskugeln mixte er mit Souvenirs seiner Ex-Frau, die ein Faible für orientalisches Gedöns gehabt hatte, und mit den paar Russland-Devotionalien, die er damals aus St. Petersburg mitgebracht hatte. Jahrelang hatten sie in einem gemieteten Lagerraum Staub angesetzt, weil er den Krempel nicht bei sich in der Wohnung haben wollte. Etwa eine Ikone, die einst bei seinem Großonkel über dem Ehebett hing, eine Madonna mit leicht debilem Grinsen.

Einem seiner Gäste, einem selbst ernannten Experten für ostrussische Kunst, hatte die Jungfrau ein ehrfürchtiges »Oha« abgerungen. Die sei mindestens ein paar Tausender wert, hatte der Schwabe orakelt. Aber Alex wusste genau, dass es sich um eine ziemlich gute Kopie handelte, hobbymäßig ausgeführt von Onkel Wanja. Der hatte zwar die Moskauer Kunstakademie absolviert, dann jedoch lieber in einer Ölraffinerie im Norden geschuftet, um sich mit 50 in einer Dreizimmerwohnung mit Atelier am Gorki-Park zur Ruhe zu setzen, beäugt von seinen falschen Ikonen.

Alex Smirnov war nach Deutschland gekommen, als sie die Mädels von Pussy Riot verhaftet hatten, vor … Er hielt kurz inne und starrte die Teetasse an, die er in der Hand hielt, als ob sie über geheime Rechnerqualitäten verfügte. Himmel, das war schon ewig her, 2012! Die Proteste gegen Putin hatten trotz aller Leidenschaft, seiner eigenen inklusive, natürlich nichts gebracht, und es war rasant weiter bergab gegangen mit der Meinungsfreiheit in seiner Heimat. Auswandern oder die Klappe halten hießen die Alternativen. Das war damals allen klar gewesen in seiner St. Petersburger Künstler- und Intellektuellenblase. Alex war kein Märtyrer wie Navalny. Er wollte nur sein Leben leben. Und raus.

Für Russlanddeutsche wie ihn war die Ausreise einfach, obwohl seine kosmopolitische Familie kulturell so deutsch wie Borschtsch und Boeuff Stroganoff war – also gar nicht. An Weihnachten legte sein Vater Händels »Messiah« auf, das war's dann auch schon mit der Tradition. Seine Mutter kam sowieso aus der Ukraine.

Aber seine Babuschka stammte aus dem sibirischen Altaigebiet und hatte einen, wie er fand, sehr schönen deutschen Dialekt gesprochen, der wohl seit Katharina der Großen unverändert geblieben war. Nachdem sie, gebrechlich und auf Hilfe angewiesen, zu ihnen nach Moskau in die große Altbauwohnung gezogen war, hatte die Großmutter ihm die Sprache beigebracht und Grimm'sche Märchen vorgelesen. Als er dann auf die Deutsche Schule ging, sprach er bereits fließend. Später siedelte die Familie mitsamt der alten Dame nach St. Petersburg um.

Das Ziel seiner Auswanderersehnsucht waren dennoch nicht Berlin und seine russische Bubble gewesen. Anders als seine ebenfalls von Putins Politik vertriebenen Freunde hatte er vom Mittelmeer geträumt. Italien, Spanien, Frankreich – egal, Hauptsache, der Himmel war babyblau, es duftete nach Pinien, und die Sonne leuchtete so grell, dass es in den Augen wehtat.

Stattdessen war er an der Nordseeküste gelandet. Schuld daran war Frauke, die er auf einem Fest in der Eremitage kennengelernt hatte, wo sie als Kuratorin in der Ausstellungsleitung hospitiert hatte und zu der er später nach Hamburg gezogen war. Kurz darauf hatte sich ihnen die Gelegenheit geboten, das Restaurant ihrer Tante in St. Peter zu übernehmen. Heute lebte seine Ex-Frau, deren anfängliche Begeisterung – sowohl für ihn als auch fürs Kochen – schnell abgeflaut war, mit einem Sizilianer im sonnigen Palermo. Und er war immer noch hier. Im Regen.

Aber was nicht war, konnte ja noch werden. Alex schenkte der Messinglampe mit Lochmuster, die den Holzboden mit Licht und Schattenfetzen sprenkelte, einen sehnsüchtigen Blick. Es musste schließlich nicht gleich Marokko sein. Südspanien vielleicht, die Gegend um Tarifa. Früher mal war er mit Frauke dort zum Surfen gewesen, zwei magische, sonnenwarme Wochen in einem Strandhaus, an dem tiefrot die Bougainvilleen glühten wie Küsse.

Sollte er seinem Tee einen Schuss Rum zugeben? Er ließ seinen Blick über die Flaschenbatterie auf dem gewollt rohen Holzregal hinter der Theke wandern, entschied sich aber dagegen. 16 Uhr war definitiv zu früh, auch wenn es schon dämmerte. Er ging, den Becher in der Hand, zum Balkon und öffnete die Tür. Klirrend kalte Luft drängte sich herein, mit einer Kraft, die ihm fast den Atem nahm.

Er war ein Idiot, dachte er, plötzlich wütend auf sich selbst. Er hätte heftiger widersprechen sollen, als Jens in den Hörer gekrächzt hatte, dass er Covid habe und Laura allein mit der Gruppe ins Watt wandern sollte.

Die Teilnehmer hatten sich da schon längst an der Theke versammelt. Alex war wie absichtslos herbeigeschlendert, die Hände in den Taschen seiner Jeans, und hatte, als er Lauras fragenden Blick auffing, den Kopf geschüttelt. »Jens musste absagen«, hatte er der Gruppe mitgeteilt. Doch dieser spillerige Kerl mit dem rasierten blonden Stoppelkopf und dem Fernglas um den Hals, ein Ornithologe, wenn er sich richtig erinnerte, hatte keine Ruhe gegeben.

»Sie wissen, dass gleich der Sturm losgeht, oder?«, hatte Alex ihn angeblafft und sein Handy mit der Wetter-App hochgehalten, auf der sich dunkle Wolken ballten.

Doch dann hatte die Kleine in dem rosa Skianzug angefangen, Rabatz zu machen. Hatte geheult, dass sie einen Seehund streicheln wolle.

»Kannst du nicht mit uns allein losgehen?«, hatte dieser Vogeltyp Laura bedrängt, besessen von der Vorstellung, einen Säbelschnäbler zu fotografieren.

»Ich habe bis jetzt nur mit Jens zusammen geführt.«

»Aber du kennst dich doch aus, oder?«, hatte der Typ weitergebohrt.

»Klar.«

»Na, also.« Der Mann wandte sich an den Rest der Gruppe, eine Kleinfamilie und ein Paar im Rentenalter. »Was meint ihr?«

Alle hatten genickt und Laura erwartungsvoll angeschaut, die sich schließlich geschlagen gegeben hatte.

»Ich pack die Ausrüstung zusammen«, hatte sie gemurmelt und war dabei dem besorgten Blick von Alex ausgewichen. Sie war hinüber zur Kiste in der Abseite gegangen und hatte Sachen in den neongelben Rucksack gestopft, Verbandskasten, Kompass, Pfeife, Taschenlampe und Signalraketen.

Alex hatte nur noch mit den Schultern gezuckt. Dann eben nicht, was ging es ihn an. Frauke hatte ihm jahrelang vorgeworfen, dass er ein Kontrollfreak sei und alles und jeden beschützen wolle, ob sie wollten oder nicht, wie ein übereifriger Hütehund. Schließlich war nicht er verantwortlich für die Führungen, die der alte Jens Friedrichsen seit Jahrzehnten mit wechselnden Helfern organisierte. Die »Insel« war nur der Treffpunkt. Er verstand sowieso nicht, was die Leute da draußen wollten, in dieser glucksenden Endlosigkeit. Als die Gruppe davongestiefelt war, hatte er trotzdem noch schnell kontrolliert, ob Laura auch das Funkgerät von der Ladestation genommen hatte.

Was, überlegte er nun, als er sich vom Fenster abwandte und sich wieder an den Tisch zu seinem Computer setzte, sollte schon schiefgehen?

Aber er hütete sich davor, intensiver darüber nachzudenken. Denn dann, ahnte er, würde ihm so einiges einfallen.

Eva

Befriedigt ließ die Hotelchefin ihren Blick durch die Lobby des »Wave House« wandern. Die perfekte herbstliche Hygge-Inszenierung. Ein Feuer mit echtem Holz erfüllte den großen Raum mit der verglasten XXL-Wand zum Strand hin mit Tannenduft – Eva Lorenz duldete in ihrem Hotel keine Flammen aus dem Gasanschluss und erst recht nicht diese lebensgefährlichen Ethanol-Fake-Kamine. Jede Menge Kissen und Decken auf den tiefen Polstersofas, wie zufällig in der Lobby mit den dunstblau verputzten Wänden verstreut, deren Anordnung sie aber mit dem Zollstock geplant hatte. Ein riesiger Hai-Kopf aus Kunststoff hing wie eine Trophäe an der Wand, selbstverständlich ironisch. Als Tische originale Seemannskisten, erjagt auf dänischen Flohmärkten. Kerzen, Zierkürbisse und Vasen mit Gräsern, das war's mit der Deko, der Raum sollte aus sich selbst heraus wirken. Die Holzdielen, die jeden Morgen gebohnert wurden, schimmerten wie die Augen von Bambi; der Boden des angeschlossenen Restaurants dagegen war mit Sand und Muschelschalen bestreut.

Herbst war Evas bevorzugte Jahreszeit, vor allem am Meer. Bei einem Strandspaziergang durchgepustet zu werden und dann im Kerzenlicht Kürbissuppe zu essen und am Kamin, mit einem Glas Rotwein in der Hand, zu lesen oder sich in den Flammen zu verlieren, das war für sie der Gipfel des Glücks. Nicht dass sie Zeit dazu gehabt hätte. Der Erfolg des »Wave House«, vor fünf Jahren eröffnet, hatte ihre übermütigsten Träume übertroffen. Es war eine dieser seltenen Phasen gewesen, wo sich alles glücklich fügte: Die Zinsen waren im Keller, und die alte Luise Küster hatte sich endlich bereit erklärt, den heruntergekommenen Deichhof an sie zu verkaufen. Gleichzeitig hatte St. Peter, das Spießerkaff, in dem sie als Kind ihre Schulferien verbracht hatte, erfolgreich sein Image geändert und war cool geworden, erfreulicherweise bei den richtigen Leuten: nicht den Angebern, die in Timmendorf und Scharbeutz Aperol Spritz kippten, sondern bei entspannten Outdoor-Fans, die jede Art von Wetter genossen. Und natürlich bei Surfern.

Dass sie die alte Schafsweide am Fuß der Dünen in ein Bullicamp umgestaltet hatte, war eine ihrer brillanteren Ideen gewesen. Die Jungs und Mädchen in ihren Neoprenanzügen gingen selbst im sonst schwach besuchten Oktober mit den Brettern raus und ließen, da sie kaum Übernachtungskosten hatten, ihr Geld im Restaurant und der Bar liegen. Das lässige Flair, das sie verströmten, wenn sie mit ihren sonnengebleichten Beach Waves in der Lobby herumhingen und den anderen Gästen das Gefühl gaben, hip zu sein, gab es umsonst dazu.

Für einen Moment aus ihrer stillen Zufriedenheit gerissen, schreckte sie auf, als eine besonders heftige Bö einen Terrassenstuhl umkippte. Sie warf einen Blick aus dem Panoramafenster, der fast vollständig verglasten Westseite der Lobby. Draußen über dem Meer ballten sich die Wolken zusammen und schienen düstere Pläne zu schmieden. Gut so, dachte Eva. Sie schlenderte zum Kamin, kniete nieder und legte, weil ihre Kellnerin Kathie immer noch nicht aufgetaucht war, eigenhändig ein paar dicke Scheite nach. Keiner ihrer Gäste würde sich bei derart miesem Wetter aufs Rad schwingen und zum Essen nach Bad oder Dorf fahren. Ihr Koch Willem war sowieso der beste weit und breit. Es war erstaunlich, dass ihr gemeinsam entwickeltes Konzept – regionale Zutaten, vieles in Bioqualität und ausschließlich vegetarische Küche – so gut angenommen wurde. Noch vor zehn Jahren wären die Gäste auf die Barrikaden gegangen, wenn sie weder Steaks noch Matjes bekommen hätten. Heute verspeisten sie glücklich ihre Mangold-Bratlinge und tauchten früh am Morgen in Lululemon-Klamotten im Yogaraum auf.

Eva sah auf die Uhr. Schon gleich fünf, dachte sie besorgt. Im Juli und August veranstaltete das Hotel selbst Wattwanderungen. Aber nicht mehr im Herbst. Wer unbedingt rauswollte, dem vermittelte sie den Kontakt zum alten Jens, dessen Trips von der »Insel« in Bad aus starteten, bei Wind und Wetter. Genau das, wusste sie, hatten heute drei ihrer Gäste getan. Die Kegelmanns aus Köln und dieser schmale Blonde, dessen rosa Kopfhaut man durch sein kurz rasiertes Haar sehen konnte. Ein Vogelkundler. Eigentlich sollten sie längst zurück sein und Käsekuchen mit Biohimbeeren essen.

Der Wind, der über die Terrasse fegte, war nun sogar durch die dicken Glasscheiben zu hören. Die Hotelchefin ging zur Rezeption, einem großen Mid-Century-Schreibtisch gegenüber der gläsernen Drehtür, und checkte das Brett an der Wand, an dem ein paar Schlüssel hingen. Noch nicht alle Zimmer waren mit dem neuen System für codierte Plastikkarten ausgerüstet. Nummer 4 und die 7 baumelten an ihren Haken.

Aber was sollte im Watt schon passieren? Jens war ein alter Hase, und mehr als nass konnten ihre Gäste nicht werden. Vielleicht sollte sie trotzdem Alex in der »Insel« anrufen und fragen, ob die Gruppe eingetrudelt war. Eva, das Telefon schon in der Hand, zögerte. Er würde sie bestimmt für hysterisch halten. Alex war zwar auch ein Zugereister, von einem noch fremderen Planeten, doch seine Outdoor-Credibility übertraf die ihre um Lichtjahre.

»Noch nicht viel los«, bemerkte eine helle Stimme. Kathie, eine der studentischen Sommeraushilfen, die sich den zum Dorm umgebauten alten Schafstall gegenüber dem Hotelkubus teilten, war zu ihrer Schicht am Empfang erschienen, in dem vorgeschriebenen lässigen Look, den Eva ihren Angestellten verordnet hatte: Jeans oder Jeansshorts, hellblaues Shirt.

Sie trat zur Seite und machte dem Mädchen Platz. »Stimmt. Ich frag mich gerade, wo dieses ältere Ehepaar bleibt, die auf die Wattwanderung gegangen sind. Die zwei, die immer so grimmig gucken.«

»Die Kegelmanns«, stellte Kathie fest. Mit ihren muskulösen, braun gebrannten Beinen und der blond gesträhnten glatten Mähne sah sie aus wie das klassische Beach Babe. Tatsächlich war sie eine fantastische Surferin. Von der Challenge letzte Woche auf Sylt hatte sie sogar eine Medaille mitgebracht.

Eva, 20 Jahre älter als die Studentin und mit einer üppigen Oberweite ausgestattet, bevorzugte für sich selbst schmale marineblaue Slacks und einen helleren, hemdartig geschnittenen Pullover aus sündhaft teurem Kaschmir. Die Farbe ließ ihre grauen Augen fast blau wirken und zähmte das auffällige Rot ihres Pagenkopfs. Wie die ehemalige Kanzlerin schätzte sie eine zeitsparende Uniform.

»Dieser Typ mit dem Fernglas ist auch noch nicht zurück.« Kathies Blick glitt über das Schlüsselbrett und die Sofas in der Lobby. »Hast du Alex schon angerufen? Vielleicht sind sie noch in der ›Insel‹.«

»Glaubst du, ich sollte?«

»Mach mal besser. Das Wetter geht gerade den Bach runter, im wahrsten Sinn des Wortes.«

Eva holte ihr Handy aus der Hosentasche und tippte auf den ersten ihrer Kontakte. Hoffentlich, dachte sie beklommen, hatte Alex gute Nachrichten für sie.

Anna

Fiete winselte.

»Wer hat das gemacht?«, fragte Anna schroff.

Der Mann war offensichtlich ertrunken, sein Gesicht weiß und aufgedunsen. Über die Augen hatte jemand einen Schal gelegt.

»Das war ich«, hörte Anna Lauras belegte Stimme. Die junge Frau war neben sie getreten, ihren Blick auf den leblosen Körper gerichtet. »Ich konnte das nicht mehr ertragen. Diese toten Augen …« Ihre Stimme brach, und Laura fing an zu schluchzen.

Anna zog sie an sich und umfasste ihr Gesicht, überflutet von Tränen und Regen, mit ihren klammen Händen. »Was ist hier passiert? Wo kommt die Leiche her?«

»Keine Ahnung.« Laura machte sich abrupt los.

Der dünne Mann mit dem Fernglas um den Hals trat auf die beiden Frauen zu. »Wir hatten hier von Weitem was liegen gesehen und sind hergekommen, um es abzuchecken. Ich dachte, das ist vielleicht ein verletzter Vogel. Ich bin nämlich Ornithologe. Also hobbymäßig.«

»Wir müssen los.« Die Stimme des älteren Mannes mit weißem Walrossschnurrbart, der nun zu ihnen trat, klang ängstlich und fordernd zugleich. »Die Flut kommt.«

Lauras Augen wanderten zurück zu der Gestalt im Sand. »Wir können ihn doch nicht einfach liegen lassen.«

»Der geht uns nichts an!«, protestierte eine Frau und umfasste erregt den Arm des Schnurrbärtigen, der den gleichen Orangeton für seine Öljacke gewählt hatte wie sie selbst. »Komm jetzt, Klaus!«

»Stopp!« Anna musste schreien, um den heulenden Wind zu übertönen, und ihre Stimme nahm dabei den autoritären Tonfall an, mit dem sie ihr ganzes Berufsleben lang Schaulustige verscheucht und Reporter angeschnauzt hatte. Sie atmete aus und zählte im Stillen bis fünf. »Hier geht keiner allein los«, fuhr sie leiser fort. »Das ist zu gefährlich. Wir bleiben zusammen.«

»Wer sind Sie denn, wenn ich das mal fragen darf?«, meldete sich der Typ mit dem Fernglas wieder zu Wort. »Wir sollten lieber so schnell wie möglich zur Polizei.«

»Schon da.« Laura drehte sich zu Anna um. »Du weißt, was in einem solchen Fall zu tun ist, oder?«

»Kripo München«, erwiderte Anna knapp. »Ich bin hier zwar nicht zuständig, aber ja, ich weiß, was zu tun ist.«

Sie fixierte die drei Personen vor ihr. Fiete hatte sich inzwischen zu dem Paar gesellt, das ein Stück entfernt versuchte, sein Kind abzulenken. Die Kleine linste jedoch über den Arm des Vaters immer wieder zu ihnen herüber.

»Einverstanden, wenn ich die Regie übernehme?«

Alle nickten.

»Gut.« Sie wandte sich Laura zu. »Gibst du mir das Funkgerät? Oder hat irgendwer Handyempfang?«

Der Ornithologe und das ältere Paar schüttelten den Kopf. Laura blickte auf den Boden, aber Anna bemerkte die plötzliche Röte auf ihrem Gesicht.

»Sorry«, sagte Laura leise. »Es funktioniert nicht, der Akku ist leer. Das Ladekabel war wohl nicht richtig eingestöpselt.«

»Wo ist eigentlich Jens?«

»Krank. Covid.«

»Und da bist du einfach allein los? Bei diesem Wetter?«

Laura zuckte mit den Schultern, und Anna sah, wie sie dem Ornithologen einen raschen Blick zuwarf.

»Gut«, sagte sie. »Ich werde den Mann jetzt kurz fotografieren. Bitte geht alle zu der Familie rüber. Danach brechen wir auf.«

Anna zog ihr Handy heraus. Der Akku war schwach, doch für ein paar Fotos würde er noch reichen. Während die anderen sich entfernten, machte sie erst Bilder von oben, danach ließ sie sich auf die Knie nieder und fotografierte den Mann von Nahem. Vorsichtig entfernte sie den Schal. Die meerblauen Augen des Mannes starrten in den wolkenverhangenen Himmel. Anna schob ein paar der schwarzen Strähnen zur Seite, die das Gesicht verdeckten, und nahm dabei einen vertrauten, metallischen Geruch wahr. Eindeutig Blut. Wahrscheinlich, überlegte sie, war er in einem Boot über Bord gegangen und hatte sich beim Sturz verletzt. So weit hinausgeschwommen war er sicherlich nicht. Die Leiche sah zu frisch aus, um länger im Wasser getrieben zu sein.

Sie drehte sich um. Die Gruppe, eng zusammengedrängt, beobachtete sie aufmerksam, jetzt auch die Eltern des kleinen Mädchens, das seine Beine um die Hüfte des Vaters geschlungen und den Kopf auf seine Schultern gelegt hatte. Normalerweise würde Anna jede Berührung vermeiden, um nichts zu kontaminieren, aber dieser Körper würde wohl niemals in einem Leichenschauhaus landen. Sondern auf dem Meeresgrund enden wie ein altersschwacher, ertrunkener Wal.

Vorsichtig kippte sie den Kopf des Mannes und strich das Haar zur Seite. Anna stutzte. Die rechte Schädelhälfte war aufgerissen. Er hatte eindeutig einen Schlag abbekommen, nicht unbedingt von einem Schlagbaum. Er konnte genauso gut attackiert worden sein. Das änderte alles. Sie musste den schlaffen Körper sichern, er gehörte in die Gerichtsmedizin. Aber sie durfte die anderen nicht beunruhigen. Wenn einer hysterisch wurde und in Panik losrannte, gäbe es womöglich eine weitere Leiche.

Sie rieb sich das Blut mit feuchtem Sand von den Händen und machte ein paar Detailfotos der Wunde, dann erlosch das Display.

»Ist das etwa …«

Anna, die sich gerade erhoben hatte, fuhr herum. Der Ornithologe stand hinter ihr, viel zu nah, sie sah direkt in seine schreckgeweiteten Augen.

»Da ist nichts«, sagte sie leichthin und verdeckte mit ihrem Körper seine Sicht. Was kein Problem war, der Mann reichte ihr nur bis knapp ans Ohr.

»Ich wollte nur fragen, ob ich Ihnen helfen kann«, murmelte er und versuchte an ihr vorbeizuspähen. »Mit dem Fotografieren, meine ich. Damit kenn ich mich nämlich gut aus.«

»Nicht nötig.« Anna positionierte sich wieder direkt vor seinem Sehfeld, obwohl sie sicher war, dass dem Vogeltyp die Wunde nicht entgangen war. »Ich bin fast fertig.

Würden Sie sich inzwischen um die älteren Herrschaften, kümmern? Sie ein bisschen ablenken?«

Er trollte sich.

Anna kniete sich hin, legte den Schal wieder über das Gesicht des Mannes, wickelte ihn um seinen Hals und zog ihn fest. Sie stand auf und ging zur Gruppe hinüber. »Wir können los«, sagte sie. »Aber wir müssen ihn mitnehmen.« Sie sah Laura an. »Gibst du mir bitte das Seil?«

Die junge Frau schüttelte stumm den Kopf und nestelte an der Kordel ihrer Kapuze herum, die der Wind ihr vom Kopf zu reißen drohte. Sie sah ihrer Mutter ungemein ähnlich, bemerkte Anna, hatte die gleichen hohen Wangenknochen. Nur dass Ruth ihre wilden blonden Locken meist hochsteckte, während sie Laura auf die Schultern fielen.

»Laura?«, drängte sie ungeduldig.

»Ich hab's vergessen. Sorry.«

»Wie bitte?« Annas Stimme klang so scharf, dass Laura zusammenzuckte und ihren Blick senkte.

»Tut mir leid. Ich dachte, es wäre im Rucksack.«

»Nun lassen Sie doch die Frau in Ruhe«, mischte sich der Rentner ein, ob als selbst ernannter Ritter in schimmernder Wehr oder aus Angst, dass er nasse Füße bekommen würde. »Das hat keinen Sinn. Wir müssen weg hier! Sofort!«

Anna ignorierte ihn. Sie rief Fiete zu sich und nahm ihm die Schleppleine ab. Der Hund rannte zurück zu seiner Kleinfamilie.

»Kommst du mit, Laura?«

Die junge Wattführerin folgte ihr stumm. Anna schlang die Leine um Achseln und Schulter des Mannes, knotete die Enden zu einer großen Schlaufe und hielt sie Laura hin. Die schlüpfte hinein, und Anna tat es ihr nach.

»Auf drei. Eins, zwei, drei«, kommandierte sie.

Mit aller Kraft stemmten sie sich gegen den Wind, um den Toten über den nassen Sand zu ziehen. Annas erkaltete Muskeln protestierten umgehend, sie konnte förmlich fühlen, wie sie blockierten. Käme die Leiche erst mal in Bewegung, hoffte sie, würde es leichter gehen.

Doch der Körper bewegte sich keinen Zentimeter.

»Könnt ihr helfen?«, schrie Anna zu der Gruppe rüber.

»Das ist doch Schwachsinn!«, ereiferte sich der Schnurrbärtige. »Das schaffen wir nie!«

»Versuchen wir es«, sagte der Familienvater und stand auf.

Anna sah ihn jetzt zum ersten Mal von Nahem, er wirkte beruhigend groß und kräftig. Er gesellte sich zu den beiden Frauen und winkte auffordernd zu den anderen hinüber. Der alte Mann zögerte, schlüpfte aber dann gemeinsam mit dem Ornithologen in die Schlaufe.

»Auf drei. Eins«, zählte Anna wieder, »zwei, drei.«

Die Leiche bewegte sich. Wie sie sich gedacht hatten, wurde es nun leichter. Im Priel stand das Wasser mittlerweile kniehoch, die junge Mutter hatte ihre Tochter und Fiete bereits auf die andere Seite gebracht und auch der älteren Frau hinübergeholfen.

Vorsichtig ließen Anna, Laura und die drei Männer den Toten ins Wasser gleiten, wateten hindurch und stiegen hoch zum anderen Ufer, knapp einen halben Meter über der Wasserlinie.

»Weiter«, kommandierte Anna.

Folgsam stülpten sich ihre Helfer wieder die Schlaufe um den Körper.

»Wenn wir ihn hier rausholen«, keuchte Laura, »kriegen wir ihn auch zur ›Insel‹.«

Der alte Mann nickte, inzwischen kooperativ. Wahrscheinlich war er Rentner und es tat ihm gut, gebraucht zu werden. »Eins«, zählte nun er laut, »zwei, drei.«

Sie stemmten die Oberkörper in einer enormen Kraftanstrengung nach vorne. Die bleichen Schultern des Toten tauchten aus dem Wasser.

»Gleich haben wir ihn«, schrie Anna.

Es gab einen Ruck, und mit einem hässlichen Geräusch riss Fietes rote Kunststoffleine. Als der nackte Mann den Priel entlangtrieb, umschwärmte das schwarze Haar seinen Kopf wie Wasserschlangen.

Nun sah er nicht mehr aus wie Ophelia. Sondern wie eine zornige Medusa.

Alex

Endlich. Da waren sie.

Alex legte das Fernglas, mit dem er das verschwindende Watt beobachtet hatte, fast aufgesogen von der feuchten Düsternis, auf einen der Tische neben dem Fenster und ging zur Bar, um die Espressomaschine einzuschalten. Dann besann er sich eines Besseren und füllte zwei Schnellkocher mit Wasser. Am besten, er machte den Kaffee mit den Stempelkannen, das ging schneller. Tee sollte er auch noch kochen. Die Leute würden durchgefroren sein, sie bräuchten dringend etwas Heißes, und viel davon.

Er sah auf die Uhr. Gleich sechs. Er musste ein ernstes Wort mit Laura reden. Bei dem Wetter so lange draußen zu bleiben, war unverantwortlich. Wahrscheinlich hatte dieser nervige Ornithologe sie bequatscht, weil er sein Säbelschnäblerfoto noch nicht geschossen hatte.

Alex rührte die braune Flüssigkeit um, damit sich der Kaffee setzte, und füllte sie in Thermoskannen. Aus dem Kühlschrank nahm er eine Milchtüte und stellte alles auf den Tisch vor der Bar. Dann riss er eine Packung Kekse auf und schüttete sie auf ein Tablett.

Inzwischen war es warm geworden, er hatte den Thermostat dann doch auf 22 Grad gestellt. Die Ausgabe für die Wärmepumpe hatte sich gelohnt, der große Raum heizte sich trotz der großen Fensterflächen im Handumdrehen auf.

In der Ecke neben der Bar hatte er sogar einen Kaminofen installieren lassen, auf einem Teppich davor standen sich zwei komfortable Ohrensessel gegenüber. Die Idee hatte er von Eva geklaut, genauso wie die, als Raumteiler schmale lange Bambuscontainer mit Pampasgras und Chinaschilf aufzustellen. Seitdem wirkte das Lokal gemütlicher. Der Geruch von gebratenem Fisch und Pommes frites, der früher in den groben Holzbalken der Wände genistet hatte, hatte sich dank einer Hightech-Filteranlage verflüchtigt. Die günstigen Kreditraten hatte Alex für 30 Jahre festschreiben lassen, kurz bevor die Zinsen nach oben geschossen waren. Auf seine ökonomischen Instinkte konnte er sich verlassen. Auf die zwischenmenschlichen eher weniger.

Er schlenderte zum Fenster, vorbei an dem Tisch, auf dem, immer noch aufgeklappt, sein Laptop lag. Den Bürokram würde er morgen erledigen. Oder, besser noch, sich endlich über Ebay einen Buchhalter suchen, der ihm die lästige Aufgabe abnahm. Dem Himmel sei Dank, dass man heute so was online machen konnte. In St. Peter wohnten fast nur noch Leute, die im Gastgewerbe beschäftigt waren, außer den Rentnern natürlich und, an Wochenenden, den Hamburgern.

Auf der großen Terrasse pladderte der Regen durch die dunkel schimmernden Dielen auf den Sandboden zwischen den Pfählen. Alex wischte mit dem Ärmel über die beschlagene Scheibe und griff erneut zum Fernglas. Die Truppe war höchstens noch 100 Meter entfernt. Er stutzte. War das ein Hund, der neben den Leuten lief? Er zählte die Kapuzen. Richtig, jetzt war es eine mehr. Anscheinend hatte die Gruppe einen verirrten Wanderer mit seinem Hund gefunden und mitgenommen. Deshalb also die Verspätung. Im Stillen leistete er Laura Abbitte.

Unten knallte eine Tür, dann polterten Schritte die Treppe hoch. Bevor er vom Fenster zum Eingang geeilt war, wurde die Tür zum Gastraum aufgerissen. Auf der Matte stand eine mittelgroße, triefende Gestalt in einer schwarzen Öljacke. Jetzt zog sie mit einer ungeduldigen Bewegung die Kapuze ab, und ein brauner Pferdeschwanz kam zum Vorschein, aus dem sich etliche Strähnen gelöst hatten und ihr nass und wirr ins blasse Gesicht hingen.

»Ich muss telefonieren. Sofort«, stieß sie hervor.

Alex trat zur Seite und wies in den Innenraum.

»Wo ist das Telefon?«

»Wollen Sie nicht erst mal die Jacke ausziehen? Sie ruinieren mir das Parkett.«

Die Frau fand seine Bemerkung wohl nur mäßig witzig, jedenfalls lachte sie nicht. Dennoch riss sie den Reißverschluss der Öljacke auf und zog sie aus.

»Hier.«

Verblüfft nahm Alex das nasse Teil entgegen und hängte es an die Garderobe.

»Das Telefon?«

Alex zog sein Handy aus der hinteren Tasche seiner Jeans und reichte es ihr. Dann wandte er sich der Gruppe zu, die den Gastraum betrat. Die Wanderer wirkten wie erwartet erschöpft. Die Mutter pellte wortlos das kleine Mädchen aus seinem Skianzug, während die anderen ihre Jacken in die Garderobe warfen, sich ziemlich grob an der Pferdeschwanz-Frau vorbeidrängten und sich auf seine Geste hin wie die Heuschrecken auf den Stühlen um den Tisch niederließen, auf dem die Kannen standen. Der Hund machte es sich darunter bequem.

»Kaffee, Tee, Kekse«, sagte Alex, »bedient euch.«

Er ging hinter die Bar, holte eine Flasche mit Apfelschorle heraus und drückte sie dem Vater in die Hand. »Für die Kleine.«

»Clara.«

»Für Clara«, wiederholte Alex.

Laura hatte sich zu der fremden Frau gesellt, die sein Handy zu hypnotisieren schien. Alex füllte einen Becher mit Kaffee und trat näher.

»Anna?«, fragte Laura. »Brauchst du die Nummer von der Polizei in Husum? Sonst ruf doch einfach die 112 an.«

Die Frau, die also Anna hieß, schüttelte den Kopf. »Ich melde das besser direkt in Flensburg«, erwiderte sie und verzog sich, als Alex auftauchte, mit seinem Handy in den Garderobenraum.

»Was ist passiert, Laura?«, fragte der Wirt irritiert. Er musterte die junge Wattführerin. »Hat die Frau sich verlaufen? Habt ihr sie aufgelesen?«

Laura hob müde die Schultern. »Viel schlimmer. Alex, wir haben einen Toten gefunden. Im Watt.«

»Was?« Alex zog Laura auf einen der Stühle am Tisch hinter ihm.

Widerstandslos ließ sie sich darauffallen und vergrub das immer noch nasse Gesicht in den Händen. Dann hob sie es an und sah ihm in die Augen. »Im Ernst. Da lag eine Leiche im Watt. Ein Mann, vollkommen nackt. Hinter dem Priel.«

»Ertrunken?«

»Was denn sonst?«

»Und wo ist er jetzt?«

Laura lachte auf. Es klang bitter. »Weg natürlich. Fortgeschwemmt.«

»Konntet ihr ihn nicht sichern? Mit dem Seil?«

»Das Seil?« Erneut gab Laura dieses freudlose Lachen von sich. »Das hängt noch an der Wand. Ich hatte es vergessen. Himmel, ich bin so ein Schaf, Alex! Ich habe alles verbockt.«

Anna tauchte wieder aus dem Garderobenraum auf, sie schien Lauras letzte Worte mitbekommen zu haben. Ohne Alex zu beachten, deponierte sie das Handy vor ihm auf den Tisch und legte einen Arm um Laura. »Ist schon gut«, sagte sie, nun mit einer, wie Alex fand, angenehm melodischen Stimme. Gerade eben hatte sie noch gebellt wie ein preußischer General. »Mach dir keine Vorwürfe. Wir hätten es sowieso nicht geschafft, ihn mitzunehmen. Das war eine Schnapsidee von mir.«

»Glaubst du?« Lauras Gesicht hatte wieder ein bisschen Farbe bekommen. »Du hast Fotos gemacht, richtig? Dann kann man ihn bestimmt auch so identifizieren.«

»Dürfte ich vielleicht erfahren, wer Sie sind?« Alex hatte genug davon, wie ein Möbelstück behandelt zu werden, und die Frage kam schroffer heraus, als er beabsichtigt hatte.

»Sorry, Alex.« Laura sah ihn erschrocken an. »Das ist Anna. Sie war auch im Watt unterwegs und hat uns geholfen. Anna, das ist Alex. Ihm gehört die ›Insel‹.«

Die Frau nickte ihm zu, ziemlich knapp.

»Haben Sie jemanden erreichen können?«, fragte er. »Was hat die Polizei gesagt? Wird jemand vermisst?«

Anna zuckte vage mit den Schultern. »Weiß nicht. Sie machen sich auf den Weg. In ein, zwei Stunden sind sie hier.«

»Es fährt also extra jemand aus Flensburg hierher?«, wunderte sich Laura. »Letztes Jahr, als das ukrainische Mädchen aus dem Heim in Tating ertrunken ist, kam die Polizei aus Husum. Man kann doch jetzt sowieso nichts mehr machen, oder? Außer alles aufzunehmen, meine ich.«

Anna zuckte erneut mit den Schultern, und Alex stand auf. »Wird Zeit, dass du unter die heiße Dusche kommst, Laura«, sagte er. »Die anderen auch.«

»Geht leider nicht.« Anna erhob sich ebenfalls und sah ihm nun direkt in die Augen. »Niemand darf diesen Raum verlassen.«

Alex spürte, wie der Ärger über die Dreistigkeit der Fremden, die sich anscheinend in seinem Lokal wie zu Hause fühlte, in ihm zu brodeln begann. Aber er nahm sich zusammen. »Sagt wer?«, fragte er und gestattete sich dabei einen Hauch von Sarkasmus.

»Sorry.« Anna wandte ihren Blick nicht ab.

Ihre Augen, fiel ihm auf, waren sehr grün. Wie feuchter Seetang.

»Das ist alles ziemlich unangenehm, ich weiß.«

»Ach ja? Wie lange soll ich denn Hotel spielen?«

»So lange, wie es dauert.«

»Alex«, sagte Laura leise. »Anna weiß, was sie tut. Sie ist Kriminalkommissarin.«

»Aber formell nicht zuständig hier«, erklärte Anna. »Deshalb müssen wir auf die Kollegen warten.«

»Und was«, erkundigte Alex sich, »will die Polizei dann machen? Etwa nach der Leiche tauchen? Die Namen der Wandergruppe sind sowieso gespeichert, die Leute haben online gebucht.«

»Trotzdem muss die Kripo ermitteln.«

»Wieso denn die Kripo?«, fragte Laura überrascht. »Der Typ ist ertrunken, oder?«

»Leise bitte, Laura.« Anna warf einen Blick zu dem Tisch, an dem die Gruppe Kaffee trank und sich mit Keksen vollstopfte. Das Kind war inzwischen eingeschlafen und hing wie eine Lumpenpuppe auf dem Schoß seines Vaters. »Es handelt sich um einen ungeklärten Todesfall, da gibt es nun einmal ein vorgeschriebenes Procedere.«

Alex ging hinter den Tresen und füllte gottergeben die Wasserkocher aufs Neue. Dann musste sein Steuerberater eben einen Tag länger auf die Unterlagen warten. Die unverschämte Kommissarin konnte nichts dafür, dass sein ruhiger Abend ruiniert war. Auch wenn sie sich aufführte wie Katharina die Große.

Ruth

»Ist offen!«, rief Ruth. Warum klingelte Anna? Sie wusste doch, dass sie tagsüber nie abschloss.

Die Tür ging auf, und ihre Freundin trat in die Diele, den offenbar komatös schlafenden Fiete im Arm haltend. Hinter ihr materialisierte sich zu Ruths Erstaunen ein beleibter, großer Mann. Den sie sogar kannte, Sven Rasmussen von der Polizei in Flensburg. Der Kommissar hatte im Frühjahr ein paar Sitzungen bei Ruth gebucht, angeblich wegen Schlaflosigkeit. Sie war ziemlich schnell dahintergekommen, dass seine Frau ihn geschickt hatte und er über den wahren Grund seiner Unruhe nicht wirklich sprechen wollte. Ziemlich schnell war er nicht mehr aufgetaucht. »Die Gangster schlafen schließlich auch nicht«, hatte er in der dritten und letzten Stunde gewitzelt. Ruth hatte nur knapp genickt. Sie hatte auch keine Lust gehabt, ihre Zeit zu verschwenden.

Nun machte sie ein paar schnelle Schritte auf die beiden zu und nahm Anna den Hund ab. »Da bist du ja endlich«, sagte sie und tat so, als ob sie Rasmussen nicht erkannte, der das erleichtert zur Kenntnis zu nehmen schien. »Anna, ich habe mir Sorgen gemacht.« Was sich jetzt nicht änderte. Ihre Freundin sah blass aus, und ihre grünen Augen wirkten übergroß.

»Alles okay«, erwiderte Anna. Sie klang erschöpft. »Ich erkläre dir gleich alles. Danke fürs Heimbringen«, sagte sie an den Kommissar gewandt, der sichtlich angespannt in der Diele wartete.

»Da nicht für«, entgegnete er steif und ging zur offen stehenden Eingangstür.

»Ich könnte morgen zu Ihnen aufs Revier fahren«, rief Anna ihm nach.

Rasmussen hatte die Klinke schon in der Hand, drehte sich aber kurz um. »Nicht nötig. Ich rufe Sie an und gebe Ihnen ein Update.« Er nickte den beiden Frauen zu und wurde sofort von der Nacht verschluckt.

Ein Motor sprang an, Reifen knirschten über den Kies, ein paar aufgeschreckte Möwen kreischten.

Dann wieder Stille.

»Das war Sven Rasmussen«, erklärte Anna und hängte ihre triefende Jacke an den Haken. »Von der Kripo in Flensburg.«

»Was hast du verbrochen?«

»Wie bitte?«

Ruth unterdrückte ein Lächeln. Ihre Freundin war es nicht gewohnt, dass Ruth faule Witze machte. Das war Annas eigene Spezialität. »Wieso willst du morgen aufs Revier nach Flensburg fahren?«

»Erzähl ich dir gleich. Lass mich kurz duschen, ja?«

»Ich setze Wasser auf für den Tee. Hast du schon gegessen?«

Anna schüttelte den Kopf und streifte die Gummistiefel ab. Auch die dicken Wollsocken waren durchnässt.

Hoffentlich hatte sie sich keine Lungenentzündung eingefangen, dachte Ruth. »Ich mache ein paar Sandwiches«, bot sie an.

»Gerne. Bin gleich wieder da.«

Die Socken hinterließen feuchte Spuren auf der Holztreppe hoch zur Mansarde, wo Ruth eine Gästewohnung mit eigenem Bad eingerichtet hatte. Früher hatte Laura darin gewohnt, bevor sie nach Kiel gezogen war, wo sie Meeresbiologie studierte.

Ruth deponierte den schlaffen Fiete in seinem Korb. Als sie in der Küche das Brot aufschnitt und Tomaten- und Gurkenscheiben in Schälchen anrichtete, hörte sie, wie die Therme ansprang und dann Wasser rauschte. Sie deckte den runden Tisch vor dem Sprossenfenster im Wohnzimmer, das zum Deich hinaus ging, und blickte kurz auf, als sie Anna eintreten hörte, die nun schwarze Leggings trug und einen cremefarbenen Strickpullover. Die braunen Haare, frisch geföhnt, fielen ihr glatt auf die Schultern.

»Ich hole eben den Tee. Dann möchte ich genau hören, was passiert ist.« Ruth eilte in die Küche, kam mit einer braunen, bauchigen Kanne zurück und schenkte ein.

Anna setzte sich an den Tisch und griff zur Tasse, trank aber nicht. »Hat Laura dich schon erreicht?«, fragte sie behutsam.

»Laura?« Ruth war alarmiert. »Hat du sie getroffen? Ist alles in Ordnung mit ihr?«

Anna nahm einen Schluck und nickte. »Keine Sorge. Ich habe sie in der ›Insel‹ gesehen. Sie ist gerade zum Bahnhof gefahren. Zu ihrem Freund nach Kiel, hat sie gesagt. Morgen kommt sie zurück.«

Ruth entspannte sich. »Theo und sie gehen dort zur Uni. Laura ist den Sommer über hier, wie jedes Jahr. Jobbt im Hotel.«

»Und macht die Wattführerausbildung.«

»Jetzt verstehe ich, du hast sie bei deinem Spaziergang getroffen. Aber erzähl endlich, wieso du mit einem Kriminalkommissar hier aufgetaucht bist. War der auch am Strand?«

Anna sah sie müde an. »Ruth, die Gruppe, die Laura geführt hat, hat einen Toten gefunden, im Watt. Ich bin zufällig vorbeigekommen. Wir sind dann zurück zur ›Insel‹ gelaufen und haben die Polizei angerufen.«

»Wie schrecklich!« Ruth erhob sich, um nach ihrem Handy zu suchen. Sie musste sofort Laura anrufen.

»Lass ihr ein bisschen Ruhe«, sagte Anna, die ihre Bewegung richtig deutete. »Ich glaube, sie will sich jetzt bei ihrem Freund ausheulen.«

Ruth setzte sich wieder. Anna hatte recht. »Und du?«, fragte sie.

»Bei wem ich mich ausheulen will?« Anna presste die Lippen zusammen. »Keine Sorge, ich habe schon mehr als einen Toten gesehen.«

»Was passiert denn jetzt?«

Anna griff nach einem zweiten Sandwich. Sie hatte seit mittags nichts mehr gegessen und merkte, wie ausgehungert sie war.

»Ich habe Fotos von dem Mann gemacht, aber es hat geregnet, und man kann kaum etwas auf ihnen erkennen. Jetzt beginnt die Routine. Vermisstenmeldungen checken und so. Es wäre bestimmt leichter, ihn zu identifizieren, wenn er irgendetwas bei sich gehabt hätte, eine Smartwatch zum Beispiel. Oder zumindest angezogen gewesen wäre. Aber er war nackt, Ruth, splitterfasernackt.«

»Wahrscheinlich aus Sylt rübergeschwemmt. Buhne 16.« Die Bemerkung war ihr einfach herausgeplatzt. Über sich selbst entsetzt legte sie die Hand vor den Mund. »Anna, sorry. Das war so was von unangemessen.«

Annas grinste. »Und so was von witzig.« Dann wurde sie wieder ernst. »Er war mit Sicherheit mit einem Boot draußen, bei dem Wetter geht keiner schwimmen.« Ihre Stimme wurde eindringlicher. »Hör zu, ich habe das bis jetzt nur dem Kommissar erzählt.«

»Was erzählt?«, fragte Ruth ungeduldig. »Leg doch mal das Handy weg!«

Ihre Freundin, die inzwischen eine WhatsApp-Nachricht studiert und dann stirnrunzelnd etwas geantwortet hatte, legte das Telefon mit dem Display nach unten auf den Tisch. »Dass der Tote eine Kopfwunde hatte. Eine heftige, als ob ihm jemand mit einem Baseballschläger eins übergezogen hätte. Es könnte Mord gewesen sein.«

»Vielleicht ist ihm etwas gegen den Kopf geknallt, und er ist deshalb über Bord gegangen.«

Anna musterte sie, ihre Augen verengten sich. »Da ist sie ja wieder, meine geliebte Stimme der Vernunft. Du hältst mich also für dramatisch? Impulsiv?«

»Quatsch!«, verteidigte sich Ruth. »Ich weise nur auf andere Möglichkeiten hin.«

»Ohne dabeigewesen zu sein.«

Ruth schenkte sich wortlos Tee nach, obwohl ihre Tasse noch halb voll war.

»Wegen dem, was in München passiert ist«, fuhr Anna fort.

In dem Ton, in dem ihre Freundin diese Worte aussprach, klangen sie wie eine Feststellung, nicht wie eine Frage. Sie hatte recht, natürlich. Ruth wollte Anna davor beschützen, einen weiteren Fehler zu machen so schnell nach ihrem ersten. Dabei wusste sie genau, wie sinnlos das war. Anna ließ sich nicht beschützen. »Gut«, räumte sie deshalb ein. »Beide Möglichkeiten sind vorstellbar. Entweder hat ihn jemand attackiert und über Bord geworfen. Oder er hatte einen Unfall und ist über die Reling gefallen.«

»Dann hat er sich vorher noch schnell ausgezogen? Und warum hat ihn der Rest der Besatzung nicht als vermisst gemeldet?«

Ruth gab nicht auf. »Um keinen Ärger zu bekommen. Menschen sind feige und vermeiden Schwierigkeiten. Außerdem, vielleicht war er solo draußen, in einem Einhandsegler? Und ein Schlagbaum hat ihn getroffen?«

»Wo ist dann das leere Boot?«

»Das haben sie noch nicht gefunden.«

»Unwahrscheinlich.« Anna sprang auf und paradierte ungeduldig vor dem Sprossenfester hin und her, gegen das immer heftiger der Regen prasselte. »Wer fährt denn bei diesem Wetter allein raus?«

»Würdest du dich bitte wieder hinsetzen? Du machst mich nervös.«

»Das war garantiert Mord, Ruth«, sagte Anna, ließ sich auf ihren Stuhl fallen und goss erst ihre, dann Ruths Tasse voll. Anschließend warf sie in beide ein paar Stücke Kandis. »Der Mann wurde umgebracht und von einem Boot geschubst. Ich habe genug Wunden in meinem Leben gesehen, ich kann das beurteilen. Das Problem ist, dass es keine Leiche gibt. Und dass dieser Rasmussen …«

»… dir vielleicht nicht glaubt.«

»Auch nicht glaubt. So wie du.« Anna warf Ruth einen herausfordernden Blick zu. Bevor diese protestieren konnte, fuhr sie fort: »Im Moment findet er meine Theorie ganz interessant. Aber wenn er hört, was in München passiert ist und dass ich in der Klinik war, garantiert nicht mehr.«

»Warte ab, Anna. Wenn der Tote identifiziert wird, klärt sich der Hintergrund. So viele Menschen verschwinden nicht bei uns, das geht bestimmt schnell«, erwiderte Ruth mit ihrer Therapeutenstimme.

Sie hoffte von ganzem Herzen, dass Anna sich nicht weiter in das Killer-Szenario hineinsteigerte, das wie aus einem amerikanischen Thriller klang. Vielleicht warfen sich die Gangster in Florida gegenseitig von Yachten, aber doch nicht in Eiderstedt. Hier waren sie selten wie Flamingos.

WhatsApp-Nachricht von Veli an Anna Wolf

Veli
mariemariemarie@gmx.de. Loggen Sie sich da mal ein, Anna. Das ist Ihre neue E-Mail-Adresse. Passwort: 33mörder33. Ich habe Ihnen Dokumente geschickt, die Sie sehr interessieren werden. Briefe, in denen er mir droht.

Anna
Schluss jetzt! Hören Sie auf! Die Sache ist beendet.

Veli
Ich bin Ihr Komplize. Ob Sie wollen oder nicht. Es geht um mehr als um uns, Anna. Um Gerechtigkeit. Um Marie. Mariemariemarie.

FREITAG

Anna

»Wer kennt diesen Mann?«

Das Phantombild, das die Kripo aus ihrem Handyfoto gebastelt hatte, sah genauso verwaschen aus, wie Anna sich heute morgen fühlte. Damit den Lesern nicht das Leberwurstbrötchen im Hals stecken blieb, hatte der Grafiker des »Eiderstedter Boten« mit Photoshop hantiert, sodass der Blick der Leiche merkwürdig vergnügt wirkte. Die Kopfwunde war bereits auf den unbearbeiteten Aufnahmen kaum zu erkennen gewesen und nun gar nicht mehr. Im Grunde hätte der Mann ein x-beliebiger Langhaariger um die 30 sein können. Immerhin, Rasmussen hatte Gas gegeben, und das Foto hatte es noch in die heutige Ausgabe der Tageszeitung geschafft, zumindest in den Lokalteil.

Anna schob die fast volle Müslischale zurück. Ruth war schon weg. Bevor sie gegangen war, hatte sie angekündigt, dass sie morgen früh eine Gruppe traumatisierter Geflüchteter im Tatinger Heim betreue. Bevor Anna etwas erwidern konnte, hatte Ruth mit einer Handbewegung abgewunken. »Natürlich hör ich mich nach dem Toten um, ist doch klar. Aber ich wette, dass dort längst jemand von der Polizei aufgetaucht ist und die Suchmeldung ausgehängt hat. Das hatten wir letztes Jahr schon mal, als eine junge Frau aus Kiew beim Baden ertrunken ist. Zum Heulen, nicht wahr? Da hat sie es bis hierhin geschafft, und dann passiert so ein Unglück.« Sie hatte Fiete an die Leine genommen und ihr zugewinkt, bevor die Tür ins Schloss gefallen war.

Anna brachte die Müslischale zur Spüle, ließ Wasser hineinlaufen, drückte auf den Knopf der Espressomaschine und setzte sich wieder an den Tisch vorm Fenster, um ihre Nachrichten zu checken. Die von gestern Abend, schon die dritte innerhalb dieser Woche, ließ ihr keine Ruhe. Veli war an ihre private Handynummer gekommen. Natürlich würde sie sich nicht in den Account einloggen. Niemand konnte irgendetwas über Marie wissen, das ihr nicht schon längst bekannt war. Mariemariemarie. Ihr Mantra. Ihr Fluch. Ihr Zauberwort.

Sie scrollte weiter und lächelte. Ihre Tochter hatte ihr ein Selfie von sich und ihrem Bruder geschickt: Rasmus belegte gerade eine Pizza mit Tomatenscheiben, und Lola hatte sich von hinten angeschlichen und sah grinsend über seine Schulter. Anscheinend kamen die beiden bestens ohne sie zurecht. Was Christian ihr auch unermüdlich versicherte.

Als sie sich in die Klinik hatte einweisen lassen, war er für seine Verhältnisse verständnisvoll gewesen, das rechnete sie ihm hoch an, obwohl es sonst nicht viel gab, womit ihr Ex-Mann sie beeindruckte. Vielleicht mit der Geschwindigkeit, mit der er eine Freundin gefunden hatte, nachdem sie beschlossen hatten, sich zu trennen. Wobei, fuhr es ihr nun unvermittelt durch den Kopf, es könnte genauso gut sein, dass er mit Barbara schon vor ihrer Trennung eine Affäre gehabt hatte.

Anna kniff die Augen zusammen. Sie war wirklich naiv gewesen, was Christian anging. So misstrauisch sie in ihrem Job agierte, so leichtgläubig war sie Menschen gegenüber, die sie liebte. Geliebt hatte.

Immerhin war Barbara eine Schwabinger Erbin mit Villa an den Isarauen, die genug Platz für die Kinder bot. Christian hatte Anna den Unterhalt um ein paar Hundert Euro gekürzt, nachdem sie in die Klinik nach Berchtesgaden gegangen war und Lola und Rasmus für die paar Monate zu ihm gezogen waren. »Weil Kost und Logis nun aus dem Budget des Vaters beglichen werden«, wie sein Anwalt es formuliert hatte. So ein Statement war typisch für Christians Technokratenhirn, sie nahm es ihm nicht einmal übel. Obwohl die Miete für ihre Altbauwohnung am Hauptbahnhof weiterlief, genauso wie die Gebühren für die Internationale Schule, den Klavier- und den Karateunterricht.

Anna deponierte die Tasse in den Geschirrspüler. So unruhig, wie sie sich fühlte, sollte sie lieber Pfefferminztee trinken. Wobei ihr Zustand nichts mit ihrem Ex-Mann zu tun hatte, so bescheuert er sich auch benahm. Es war die Sache mit dem Toten im Watt, die ihr zusetzte – so sehr, dass dessen totes, algenumkränztes Gesicht durch ihre Träume gegeistert war. Normalerweise war sie härter gesotten. In 15 Jahren Kripodienst in der Münchner Innenstadt hatte sie schlimmer zugerichtete Leichen zu Gesicht bekommen. Aber die Therapeutin in Berchtesgaden hatte bestätigt, was sie selbst fühlte: dass ihre Haut nach der Sache mit Marie dünn geworden war. Ihr bisher erfolgreich praktiziertes Compartmentalizing, das Verpacken von Grauen in geistige Watte, danach verstaut in Gehirnschubladen, funktionierte nicht mehr.

Anna hatte der Psychologin gestanden, dass sie sich wie in Klarsichtfolie eingewickelt vorkam, abgeschottet von ihrem eigenen Leben. Als ob sie es von einem Fenster aus betrachtete. Jeder neue Augenblick, hatte sie gesagt, fühlte sich bereits an wie eine Erinnerung. Schlaff, schmuddelig und schon mal benutzt.

Die Diagnose von der posttraumatischen Belastungsstörung kaufte Anna der Therapeutin allerdings nicht ab. Sicherlich nett gemeint, aber sie hatte den Fall schlicht versemmelt und büßte nun mental dafür, was nur fair war. Sie brauchte keine Entschuldigung mit kompliziertem Namen. Direkt nach der Entlassung aus der Klinik in den Polizeidienst zurückzukehren, war keine Option gewesen, weder für sie noch für ihr durch den Misserfolg ohnehin frustriertes Team. Oder ihren Chef. Anna war bis November, dem voraussichtlichen Ende der Ermittlungen gegen sie, suspendiert worden.

»Fahr in Urlaub, Anna«, hatte ihr früherer Partner Marius ihr bei seinem letzten Besuch in der Klinik in Berchtesgaden ans Herz gelegt. »Irgendwohin, wo es schön ist, weit weg von hier. Du brauchst Distanz.« Was sie übersetzt hatte mit: »Im Moment sind alle so enttäuscht von dir, dass du dich besser nicht bei uns sehen lässt.«

Also war sie zu Ruth nach Hause gekrochen. Wie ein heimwehkrankes Hündchen.

Sollte sie vielleicht bei Rasmussen anrufen und sich nach dem Stand der Ermittlungen erkundigen? Anna streckte die Hand nach dem Handy aus, zog sie dann aber wieder zurück. Sie hatte keinerlei Recht auf Auskunft, das war ihr klar, sie war für Infos auf den Goodwill des Flensburger Kommissars angewiesen.

Ob er in München jemanden kannte, bei dem er sich über sie erkundigen würde? Ganz inoffiziell? Jetzt bist du auch noch paranoid, Anna, wies sie sich zurecht. Warum sollte er? Sie hatte ihm gegenüber nur erwähnt, dass sie im Urlaub war. Eine paar Tage, in denen er ihr vertraute und sie mit Ergebnissen versorgte, konnte sie wahrscheinlich herausschinden. Früher oder später im Laufe der Ermittlungen würde ihre Suspendierung allerdings herauskommen, da machte sie sich keine Illusionen. Die Sache mit Marie hatte bestimmt auch in norddeutschen Polizeikreisen Wellen geschlagen.

Auf jeden Fall musste sie endlich raus aus Ruths Puppenstube; Leinentischdecken und Delfter Fliesen mit Windmühlen passten nicht zu ihrer Stimmung. Aber vorher, fiel ihr ein, sollte sie noch die Pillen nehmen.

Sie ging ins Bad, drückte zwei der rosa Tabletten aus der Blisterpackung und setzte sich mit ihrem Handy wieder an den Tisch. Ruth hatte ihr bereits vor der Sache gestern vorgeschlagen, bei der Flüchtlingshilfe mitzumachen, bei der sie selbst aktiv war. Anna hatte abgelehnt, noch mehr Elend konnte sie im Moment nicht vertragen. Außerdem unterschätzte ihre Freundin Annas neu erworbene Fähigkeit, stundenlang gegen eine Wand zu starren.

Sie googelte die Telefonnummer des erkrankten Wattführers und ließ es eine Weile klingeln. Aber Jens Friedrichsen nahm nicht ab. Sie würde also bei ihm vorbeifahren müssen. Dass er Covid hatte, war ihr egal. Sie hatte sich gleich in den ersten Tagen in der Klinik in Berchtesgaden angesteckt und war vor Kurzem nochmals geimpft worden. Das, was ihr etwas anhaben konnte, besaß keine Spike-Proteine.

Jens wohnte immer noch im Tümlauer Koog, so wie Generationen von Friedrichsens vor ihm, stellte sie fest und steckte das Handy ein. Sie würde ihn direkt darum bitten, ihr die Teilnehmerliste der Wattwanderung weiterzuleiten, und hoffte, dass die gemeinsame Herkunft stärker wog als Datenschutz. Außerdem würde er ihr vielleicht sagen können, wo und ob mit dem Auftauchen der Leiche zu rechnen war. Wenn sich jemand mit den Strömungsverhältnissen an der Küste auskannte, war es der alte Jens.

Sie holte Ruths betagtes schwarzes Hollandrad aus dem Schuppen und schob es hoch zum Deich. Der gestrige Sturm hatte sich verzogen. Als ob er sein Wüten bereute, segnete der Wettergott St. Peter heute Morgen mit babyblauem Himmel, Sonnenschein und einer klaren, kühlen Luft, die auf Anna den gleichen berauschenden Effekt hatte wie Wodka. Wobei der Effekt auch auf den Rückenwind zurückzuführen sein könnte, der sie den asphaltierten Pfad auf der Deichkrone nach Norden schob. Normalerweise wehte an der Nordsee der Wind immer von vorne. Hoffentlich war die ungewohnte Unterstützung eine Metapher für das Leben, das vor ihr lag.

Der Koog, eine eingedeichte Fläche aus Weiden und Wiesen, erstreckte sich zwischen dem Westerhever Leuchtturm und dem Ordinger Strand. Etliche alte Bauernhäuser standen in der flachen grünen Einsamkeit, in deren umgebauten Ställen heute Touristen statt Rinder residierten. Einer der kleineren Höfe gehörte der Familie Friedrichsen, unweit des Hügels mit dem Gerüst für die Kinderglocke, die einst die Geburt jedes neuen Koogbewohners bejubelt hatte.

Als das hölzerne Gestell in Sicht kam, lehnte Anna das Rad an das Schafgitter und lief den Deich hinunter, wobei sie beinahe auf dem fettschwarzen, lehmigen Boden ausgeglitten wäre. Was für eine dämliche Idee, weiße Sneaker anzuziehen, dachte sie, als sie deutlich langsamer hoch zum Gerüst stapfte und dabei missmutig ihre verschmutzten Schuhe musterte. Oben angekommen, sah sie sich um. Die beiden Haubarge mit den tief hängenden Reetdächern, auf die sie von hier oben blicken konnte, gehörten mit Sicherheit nicht den Friedrichsens. Es musste der kleinere Hof weiter weg vom Deich sein. Sie lief zurück, holte ihr Rad und schob es kurz darauf eine mit algigem Kies bestreute Auffahrt hoch.

Von einem morschen Zaun, der einen Garten voller Unkraut umgab, baumelte, wohl vom Wind abgelöst und nur noch an einer Ecke befestigt, das Gewerbeschild eines Bauunternehmers: »Greven-Bau – Abbruch und Sanierung«. Anna lehnte ihr Rad dagegen und ging über den räudigen Rasen. Auf dem Klingelschild stand in der Tat Jens' Nachname. Versuchsweise drückte sie die Klinke runter. Abgeschlossen. Sie brauchte gar nicht mehr auf den Summer zu drücken, es war niemand da. Eine Sekunde lang befürchtete sie, dass Jens vielleicht so heftige Symptome hatte, dass man ihn ins Krankenhaus eingeliefert hatte, er war schließlich mindestens 80. Aber die ganze Szenerie wirkte so ungepflegt, dass sie den Gedanken verwarf. Hier wohnte seit Monaten keiner mehr. Sie hätte Ruth nach seiner neuen Adresse fragen sollen. Jetzt musste sie bis zum Abend warten.

Unschlüssig ging Anna zu ihrem Rad zurück. Nach Hause wollte sie auf keinen Fall. Vielleicht sollte sie etwas essen gehen, es war – sie schaute aufs Handy – schon bald eins. Im selben Moment fiel ihr ein, wohin sie fahren könnte. In diese Richtung hätte sie Gegenwind, aber länger als eine halbe Stunde würde sie mit dem Rad zur »Insel« nicht brauchen.

Der Pfahlbau hoch über dem schimmernden Watt wirkte von Weitem wie eine mittelalterliche Burg. Anna schloss das Rad vor der kilometerlangen Holzbrücke, die über die Salzwiesen zum Strand führte, an einem Laternenpfahl an. Das milde Wetter hatte auch die Mimosen unter den Touristen herausgelockt. Anders als gestern belagerten sie die Tische auf der Terrasse vom »Frosch«, dem Restaurant am Aufgang, und verschlangen Fischbrötchen. In der »Insel«, ahnte Anna, als sie den Holzsteg entlangeilte, würde bestimmt genauso viel los sein. Hoffentlich hatte dieser ruppige Wirt, dessen Namen sie vergessen hatte, überhaupt Zeit für sie.

Doch sie hatte Glück. Der Mann, dessen Wikingerstatur ihr gestern schon angenehm aufgefallen war, stand neben der Lieferantentreppe an einen Pfahl gelehnt und leistete sich eine Zigarettenpause. Als sie auf ihn zuging, bückte er sich, drückte seine Zigarette im Sand aus und verstaute den Stummel in einer kleinen Dose, die er wohl zu diesem Zweck in der Tasche seiner Jeans bei sich trug. Anna unterdrückte eine Aufwallung von Gier.

»Sie erinnern sich an mich?«

Der Mann strich sich die kurzen Locken aus dem braun gebrannten Gesicht und sah auf. »Doch, ja«, sagte er langsam. Er erinnerte sich genau, auch wenn Anna nicht mehr aussah wie eine durchnässte Katze. »Sie sind die Frau …«

»… der Sie gestern Ihr Telefon geliehen haben. Anna Wolf. Danke noch mal dafür. Und Sie sind …«

Er ließ sie eine Weile zappeln und beendete dann freundlicherweise den Satz. »Alex. Alex Smirnov.«

»Wie der Wodka?«

Er nickte. »Aber mit v am Ende.«

»Sorry. Das hören Sie wahrscheinlich jedes Mal, wenn Sie Ihren Nachnamen sagen.«

Die breiten Schultern zuckten kurz. »Standard Platinum ist besser. Russischer Wodka.«

»Smirnoff kommt nicht aus Russland?«

»Wird in Amerika produziert. Von einer britischen Firma.«

»Sind Sie Russe?«

»Ja. Nein. Manchmal.« Er fuhr sich mit der Hand durch sein dichtes Haar. »Ist das ein Verhör? Sie sind doch Kommissarin, richtig?«

Anna lächelte, wie sie hoffte, gewinnend. »Kripo München.«

»Sie haben gar keinen bayerischen Akzent.«

»Und Sie keinen russischen.« Mit gezielt gesetzten Gesprächspausen, bei denen sie in Verhören punktete, weil die wenigsten Menschen Stille ertragen konnten, kam sie hier nicht weiter. »Ich würde Ihnen gerne ein paar Fragen stellen. Schließlich findet man nicht jeden Tag eine Leiche im Watt.«

»Schon gar nicht in München.«

Wodka-Mann taute auf und machte sogar Witze.

»Hätten Sie Zeit für mich?«

»Nicht heute, Sie sehen ja, Hochbetrieb.« Er wies mit der Hand nach oben zur Terrasse, von der Stimmengewirr herunterschallte. »Kommen Sie morgen vorbei, am Sonnabend. Nachmittags, da soll es regnen. Dann ist bestimmt weniger los.«

»Gerne.« Anna zögerte. Sie hatte inzwischen ziemlichen Hunger, aber es wäre zu aufdringlich, jetzt bei Alex zu Mittag zu essen. Sie könnte in dieses Surfer-Hotel mit dem Hipster-Namen radeln, in dem Laura arbeitete. Ruth hatte von der vegetarischen Küche dort geschwärmt. Bei Alex gäbe es wahrscheinlich sowieso nur gebratene Scholle. Anna bevorzugte Fische im Meer anstatt auf dem Teller. »Bis morgen.«

Ihr Gegenüber nickte und stieg wortlos die Treppe hoch zum Restaurant. An seinem Charme musste Alex Smirnov dringend arbeiten.

Sven

Kliniken? Fehlanzeige. Vermisstenmeldungen? Ja, aber nur Frauen, denen Sven gerne zum Weglaufen gratuliert hätte, nachdem er deren Ehemänner kennengelernt hatte, und ein minderjähriger Junkie. Tödliche Unfälle? Ausnahmsweise nicht, dank der vielen Baustellen, die sich nach den großen Ferien häuften und das Durchbrettern auf den Bundesstraßen verhinderten.

Der geheimnisvolle Unbekannte aus dem Watt blieb auch am Tag nach seinem Tod genau das. Ein Mann ohne Vergangenheit. Ohne Zukunft sowieso.

Sven Rasmussen schloss missmutig die Datei auf dem flimmernden Bildschirm, der seine besten Jahre hinter sich hatte. Immerhin stellte ihm das Flensburger Kommissariat einen Computer zur Verfügung; er kannte Kollegen in den Wachen auf dem Land, die noch auf Adler-Schreibmaschinen tippten. Dafür hatte man der Landespolizei für ein paar Millionen Sturmgewehre, schwer entflammbare Schutzwesten und ballistische Helme spendiert. Schließlich, so die Erläuterung der Regierung, musste man sogar im verschlafenen Schleswig-Holstein mit Terroranschlägen rechnen. Die Welt, dachte Rasmussen, ist ein ungemütlicher Ort geworden. Und sein Job dadurch nicht leichter.

Er rollte mit seinem Bürostuhl ein Stück zurück, ging zum Fenster und legte eine Kapsel in seine private Nespresso-Maschine. Ristretto intensivo, die stärkste Sorte. Den Zuckerstreuer streifte er mit einem sehnsüchtigen Blick, ließ stattdessen jedoch zwei Süßstofftabletten in die Tasse fallen. Er hatte seine Jeans heute morgen nur zuknöpfen können, weil er, kritisch beäugt von Antje, dabei die Luft angehalten hatte.

Trotz des Dauerstresses, des Personalmangels und seiner Schlafprobleme hatte er seine Berufswahl nie bereut. Dazu war das menschliche Hirn einfach zu faszinierend. Sicher, meist entpuppten sich die Motive fast aller Verbrechen, Gier und Geld, genauso wie ihre Ursachenkette – prekäre Kindheit, Gewalt, Verzweiflung, Drogen – als enttäuschend banal. Aber hin und wieder begegneten Sven Rasmussen die intelligenten, gewissenlosen Täter. Die waren ihm die liebsten. Alles zu tun, damit sie weggesperrt wurden, verschaffte ihm zuverlässig ein High, wenn es gelang.

Der Kommissar setzte sich an den weißen Metalltisch seines Einzelbüros, stellte die Tasse neben dem Bildschirm ab und bewegte die Maus, um sich die Fotos noch mal anzuschauen, die seine Münchner Kollegin mit dem Handy geknipst hatte. Dass Anna Wolf am Fundort aufgetaucht war, war Glückssache gewesen. Von den anderen Zeugen war keiner auf die Idee gekommen, Bilder zu machen. Das jüngere Paar hatte sowieso nur Angst gehabt, sein Kind könnte traumatisiert werden. Die Wattführerin hatte sich in Schuldgefühlen gesuhlt, und das Rentnerduo hatte herumgenörgelt, weil man es nicht gehen ließ. Aber dieser Ornithologe war Rasmussen noch mehr auf die Nerven gegangen. Hatte ständig gequasselt, ohne wirklich etwas zu sagen.

Die Wölfin, wie er seine Münchner Kollegin inzwischen heimlich nannte, war anscheinend fest überzeugt davon, dass der Mann einen Schlag auf den Kopf erhalten hatte, bevor er von einem Boot geworfen worden und ertrunken war. Konnte durchaus sein. Das Dumme war, dass sie als Einzige die Wunde gesehen hatte. Er zoomte in das Gesicht des Unbekannten, bis es aussah wie ein Rohrschachtest. Völlig unbrauchbar, das Foto bewies gar nichts. Frustriert klickte er es weg und trank einen Schluck Kaffee. Der Forensiker, dem Rasmussen die Bilder geschickt hatte, hatte nur ein grölendes Emoji zurückgemailt und die Feststellung, das er nicht als Hellseher bezahlt wurde. Für eine Analyse müsse der Kommissar ihm etwas Handfesteres liefern als einen verwaschenen Pixelhaufen.

Verständlich, dass Anna Wolf der Wandergruppe den blutigen Anblick hatte ersparen wollen. Nicht dass er ihr nicht glaubte. Sie hatte die Leiche beinahe gesichert, mit dieser Hundeleine. Kreativ war sie, seine Kollegin. Neigte vielleicht ein bisschen zur Selbstüberschätzung.

Aus einem Impuls heraus gab er »Anna Wolf Kripo München« bei Google ein. Als ihm die fetten Schlagzeilen des Münchner Lokalteils der »Bild« entgegensprangen, erschrak er. Du lieber Himmel, die war das? Die Kommissarin A. W., die den Fall mit dem kleinen Mädchen, dieser – er schaute nochmals auf den Bildschirm – dieser Marie Lindner, versemmelt hatte?

Natürlich hatten sie den Skandal auch im Flensburger Kommissariat durchgehechelt. Sein Team hatte die Bitterkeit der bayerischen Kollegin nachvollziehen können. Wenn die Staatsanwaltschaft sich aus Mangel an Beweisen außerstande sah, einen Kindermörder anzuklagen, macht das was mit der Psyche eines jeden Polizisten. Aber das gehörte nun mal zum Job. Damit fand man sich ab.

Sympathische Person eigentlich. Er musterte das einzige Foto, dass die Schmierfinken von Anna aufgetrieben hatten. Und wie ihm jetzt einfiel, war sie befreundet mit seiner Ex-Therapeutin. Echt unangenehm, die Sache. Er kippte mit dem Bürostuhl nach hinten und fixierte die mit Styroporplatten abgehängte Decke. Er hatte Ruth Andresen gestern Abend erst auf den zweiten Blick erkannt, in diesem schummrigen Häuschen. Vielleicht auch, weil sie ihre blonden Locken offen trug, sie nicht zum Knoten hochgesteckt hatte wie in der Praxis. Dabei hatte er damals extra einen Therapeuten außerhalb von Flensburg gesucht, um unangenehme Kollisionen zu vermeiden. Geholfen hatte das Gequatsche mit ihr nicht, es dauerte immer noch ewig, bis er einschlief. Und Antje ging ihm jeden Tag mehr auf die Nerven. Wobei dieses Gefühl sicherlich auf Gegenseitigkeit beruhte.

Egal, er sollte noch mal mit der Wölfin reden, half ja nichts. Ihr ein bisschen auf den Zahn fühlen. Musste furchtbar sein, einen Typen zu erwischen, der sein eigenes Kind getötet hatte – und dann findet die Staatsanwaltschaft die Beweislage mickerig und erhebt keine Anklage. Monatelange Ermittlungsarbeit, in die Tonne getreten.

Dass der Vater der Kleinen, dieser Arzt, schuldig war, daran hatte Rasmussen keinen Zweifel. Keiner aus seinem Team hatte den. Marie hatte Morphin im Blut gehabt, als sie in den Isarauen tot aufgefunden worden war, versteckt unter Ästen und Blättern, halb nackt, erwürgt und missbraucht. Das nahm einen auch als Profi mit. Er könnte kotzen bei so was. Die Ratte, die das getan hatte, wollte man hinter Gitter bringen. Aber Beweise manipulieren?

Er wusste zwar nichts Genaues, nur das, was in den Zeitungen gestanden hatte, und ein bisschen Kripo-Gossip. Demnach war der Slip des Mädchens mit der DNA des Vaters in der Nähe des Fundorts aufgetaucht. Er war nachlässig im Waldboden vergraben und später von einem hungrigen Tier ausgescharrt worden. Wohlgemerkt nachdem die Spurensicherung die Waldlichtung gescannt hatte. Dass die Wolf so weit gegangen war, das Wäschestück dort zu verstecken! Komplett idiotisch. War doch klar, dass das im Labor auffallen würde. Aber sie hatte es zugegeben. Da hatte wohl kurzzeitig ihr Verstand ausgesetzt. War die Kollegin danach nicht in einer Klinik gelandet, Burn-out-mäßig? Er meinte, dass jemand so etwas erwähnt hatte. Gestern hatte sie allerdings angenehm sachlich gewirkt. Die Therapeuten hatten vermutlich gute Arbeit geleistet. Bessere als ihre Freundin bei ihm jedenfalls. Obwohl … Wenn er ehrlich war, hatte er Ruth Andresen auch kaum Stoff geliefert und die meiste Zeit der Sitzung mit Schweigen verschwendet. Wahrscheinlich hatte Antje recht. Er war ein hoffnungsloser Fall.

Rasmussen klickte die Datei weg und rief die vertraute Webseite auf. Dann stand er auf und nahm seine abgetragene Lederjacke vom Haken. Seine Ex-Therapeutin würde noch bis 19 Uhr in der Tönninger Praxis sein – und Anna Wolf mit ein bisschen Glück allein im Deichhaus.

Anna

Sie konnte sich noch gut an den Küster-Hof erinnern. Als Kind war Anna auf dem Weg zu Ruth immer daran vorbeigeradelt. Damals hatte er ausgesehen wie andere Eiderstedter Landwirtschaftsbetriebe auch: ein bescheidenes Bauernhaus aus rotem Backstein mit einem großen Stall daneben, in dem Hunderte von Schafen geblökt hatten, aber in den letzten Jahren gar keine mehr.

Die alte Luise Küster hatte laut Ruth nach dem tödlichen Treckerunfall ihres Sohnes noch eine Zeit lang vergeblich versucht, den Hof zu halten. Doch allein die Reparaturen hatten ihre Witwenrente aufgefressen, und die Spuren des Verfalls hatten sich gehäuft: Löcher im Reetdach, nicht ersetzte Zaunpfähle, verkrautete Felder. Als dann eine Hotelfrau aus Köln ein Gebot für den Deichhof abgab – und zwar ein weit höheres als das der Nachbarn –, hatte die Bäuerin sofort zugestimmt und war zu ihrer wieder verheirateten Schwiegertochter und den Enkelkindern nach Husum gezogen.

Dass die neue Eigentümerin den maroden Hof abreißen ließ und einen Hotelneubau aufs Grundstück setzte, hatte niemanden überrascht. Dass ihr Hotel, das gezielt Surfer und vegetarische Foodies ansprach, ein solcher Erfolg wurde, allerdings schon.

Die Sonne, für eine Weile hinter den Wolken versteckt, wählte sich genau den Moment für ihr strahlendes Entrée, als Anna auf dem Weg zu ihrem Lunch den Strandübergang in Ording erreicht hatte. Leuchtendes Mittagslicht überflutete den blaugrauen Kubus des »Wave House«, der inmitten eines Grasgartens von seinen Balkonen allerschönsten Meerblick bot – ein Luxus, den keines der benachbarten niedrigen Häuser genoss, die den Deich säumten. Eine noch bessere Aussicht hatten nur die Surfer im vom Hotel bewirtschafteten Bullicamp direkt vor den Dünen gegenüber.

Anna schloss ihr Rad am Zaun an und ging zum Eingang des Restaurants namens »Ko:og«, ohne den Umweg über die Lobby zu nehmen. Im mit feinem Nordseesand bestreuten Fußboden prangten nur wenige Abdrücke, und Anna nahm an einem kleinen Fenstertisch Platz. Ob von der Wandergruppe jemand im Hotel wohnte? Mit ein bisschen Glück würde Alex morgen die Teilnehmerliste rausrücken, dann könnte sie ihre kleine private Verhörserie starten und wäre nicht auf Rasmussens Infos angewiesen.

Die blonde Kellnerin, die ihre Bestellung aufnahm, trug sehr kurz abgeschnittene Jeans und ein hellblaues Tanktop. Wahrscheinlich war sie hier aufgewachsen, dachte Anna, liebäugelte kurz mit dem Wellness-Salat und bestellte das vegetarische Bauernfrühstück. Früher in der Schule liefen die Mädchen selbst bei Minusgraden bauchfrei herum. Wer sich an der Küste zu warm anzog, galt als Jammerlappen.

Die Kellnerin kehrte zurück und stellte einen dampfenden Teller auf den Tisch.

»Guten Appetit!« Sie lächelte gewinnend.

»Danke.«

»Wohnen Sie bei uns im Hotel?«

Anna schüttelte den Kopf. »Ich mache nur einen Ausflug mit dem Rad.«

»Heute ist ein Supertag dafür. Anders als gestern, da hat es irre geschüttet.«

Anna überlegte einen Moment, ob sie Kathie, wie das Namensschild auf ihrem Shirt die Blondine etikettierte, fragen sollte, ob sie etwas von dem Leichenfund gehört hatte, entschied sich aber dagegen. Sie checkte stattdessen ihr Handy. Kein verpasster Anruf. Dieser Rasmussen hatte ohnehin nicht so gewirkt, als ob er auf ihre Hilfe zählte. Andererseits hatte er ihr versprochen, sie auf dem Laufenden zu halten. Vielleicht meldete er sich ja noch.

Das Bauernfrühstück schmeckte köstlich. Die Zwiebeln waren leicht gebräunt, die Kartoffeln knusprig. Sie sollte Ruth einmal zum Essen hierher einladen, als Dankeschön für die Gastfreundschaft. Ihr war es immer noch unangenehm, dass ihre Freundin sie für das Zimmer nicht bezahlen ließ. Zumindest hatte sie sich im Supermarkt durchgesetzt und, als Ruth noch Lebensmittel einpackte, schnell ihre Karte ins Lesegerät geschoben.

»Schmeckt's?«

Anna sah auf. Wenn man an den Teufel dachte … Die Welt war klein – so klein allerdings auch nicht, dass dieses Treffen ein zufälliges gewesen wäre. Besonders, weil der Kollege in Flensburg lebte.

»Darf ich?« Der Kommissar deutete auf den leeren Platz ihr gegenüber, quetschte seine massige Gestalt hinter den zierlichen Tisch und machte Kathie ein Zeichen.

»Eine Cola, bitte! Zero.«

»So eine Überraschung«, sagte Anna, ohne den Hauch eines Erstaunens.

»Nicht wirklich«, gab Rasmussen zu. »Ich habe Sie gesucht. War schon bei Ihrer Freundin zu Hause, aber da war niemand.«

»Bei meiner Freundin? Woher wissen Sie das?«

Er stutzte. Ruth hatte, wahrscheinlich aus purer Langeweile, in einer ihrer Sitzungen erwähnt, dass sie eine Freundin in München habe, die bei der Kripo sei, so wie er. »Die Wattführerin hat so was erzählt«, log er. »Diese Laura, ihre Tochter.«

»Ich hatte gestern den Eindruck, dass Ruth und Sie sich kennen.«

»Hat Dr. Andresen das behauptet?«, fragte Rasmussen steif zurück. »Dass wir uns kennen?«

Anna schüttelte amüsiert den Kopf. Für einen Kommissar und eine Therapeutin logen die beiden überraschend schlecht. Vielleicht sollten sie Nachhilfe bei ihren jeweiligen Klienten nehmen. Sie beschloss, nicht weiter nachzubohren. Das hatte Zeit bis später. »Weshalb haben Sie mich denn gesucht? Gibt es Neuigkeiten?«

Kathie brachte die Cola und nahm Annas Teller mit. »Einen Kaffee?«

»Gerne.«

»In gewisser Weise.«

»Sie haben also herausgefunden, wer der Mann war?«

»Nein. Die Vermisstenmeldungen – alle Fehlanzeige. Und kein einziger Anruf bei der Zeitung aufgrund des Bildes. Noch nicht mal die üblichen Spinner. Ein Boot ist auch nirgendwo aufgetaucht.«

»Was dafürspricht, dass es Mord war oder zumindest

ein nicht gemeldeter Unfall. Das Boot liegt bestimmt wieder in einem Hafen in der Nähe.«

Rasmussen drehte nachdenklich das Glas in den Händen und ließ dabei die Eiswürfel klirren.

»Vielleicht kam der Mann aus diesem Ukrainerheim in Tating?«

»Ein Flüchtling …«

»Geflüchteter«, korrigierte Anna ihn.

»Geflüchteter«, wiederholte Rasmussen folgsam. »Daran haben wir natürlich auch gedacht. Ich habe morgen einen Termin mit dem Leiter. Er hat mir zwar schon am Telefon gesagt, dass niemand vermisst wird, aber ich will trotzdem mit ihm sprechen.«

»Und warum möchten Sie mit mir sprechen?« Anna ahnte die Antwort, doch sie wollte sich an seinem Unbehagen weiden, wenn er es aussprach.

Doch Rasmussen hatte seine Verlegenheit abgestreift. »Ich weiß, wer Sie sind«, sagte er sachlich. »Nur damit das klar zwischen uns ist.«

»Erstaunlich. Das weiß ich manchmal nicht einmal selbst.«

Der Kommissar ignorierte ihre Bemerkung. »Sind Sie wirklich sicher, dass der Mann eine Wunde hatte?«, fragte er eindringlich und lehnte sich dabei vor. »Hundertpro?«

»Sie meinen, ich lüge gewohnheitsmäßig?«

»Unsinn!« Rasmussen verlagerte seinen Oberkörper wieder nach hinten. »Es war dämmrig, es schüttete wie aus Eimern, und alle waren aufgeregt. Das meine ich.«

»Ich war keineswegs aufgeregt. Aber ja, es hat geregnet. Und nein, ich irre mich nicht. Der Mann hatte eine massive Wunde.«

»Die Sie als Einzige bemerkt haben.«

Anna zuckte mit den Schultern. Vielleicht hatte dieser Ornithologe auch etwas gesehen? Sie musste den Mann auftreiben. Wenn es noch einen Zeugen gab, hätte Rasmussen die Handhabe, weiter zu ermitteln. Was er ohne Leiche nicht konnte, wie er ihr bestimmt gleich mitteilen würde.

»Ich werde nicht weiter ermitteln können, solange der Körper des Mannes nicht geborgen wird. Keine Leiche, kein Mord.«

»Sie reden wie ein Fernseh-Bulle.«

»Ich bin ›Tatort‹-Fan.«

Sie sollte ihn einfach direkt fragen, dachte Anna. Mehr als Nein sagen konnte er schließlich nicht. »Haben Sie die Teilnehmerliste?«

»Von der Wattwanderung? Natürlich.«

»Dürfte ich einen Blick darauf werfen?«

»Nein. Das wissen Sie doch, Datenschutz.«

»Auch unter Kollegen?«

»Sie sind momentan keine Kollegin.«

»Wie konnte ich das bloß vergessen.« Anna suchte Kathies Blick, um nach der Rechnung zu fragen. Und hoffte, dass Wodka-Mann ebenfalls eine Namensliste hatte – und keine Bedenken wegen des Datenschutzes.

WhatsApp-Nachricht von Veli an Anna Wolf

Veli
Ich habe eine Idee, was wir machen können. Ehrlich, das funktioniert garantiert.

Anna
Du musst aufhören damit. Bitte. Es hat keinen Zweck.

Veli
Niemals, niemals, niemals!

Anna
Ich besorge mir eine neue Nummer.

Veli
Die krieg ich raus!

SONNABEND

Ruth

Die Scheinwerfer ihres Škodas erhellten zwar punktuell die noch vollkommene Dunkelheit des frühen Morgens, die die schmale Straße flutete, aber trotzdem musste Ruth sich sehr konzentrieren, um nicht im parallel laufenden Wassergraben zu landen. Ein Jammer, dachte sie, dass man die Ukrainer so weit weg vom Schuss untergebracht hatte, jenseits des Tatinger Stadtrands, fernab von Läden und Schulen.

Sie war eines der wenigen Mitglieder des Gemeinderats gewesen, die 2016 den Beschluss der Landesregierung, auch in Eiderstedt Geflüchtete aufzunehmen, vorbehaltlos unterstützt hatte. Was im Grunde keinen Unterschied machte, da die Kommunen sowieso nicht an solchen Entscheidungen beteiligt waren. Die erhitzte Diskussion im Mehrzweckraum des Gardinger Gasthofs »Zur Traube«, wo der Rat seine Sitzungen abhielt, hätte man sich sparen können. Zumal die alte Bundeswehrkaserne, die seit ein paar Jahren leer stand, sich ideal als Notunterkunft für Geflüchtete anbot, ohne dass massiv in Renovierungsmaßnahmen investiert werden musste, von Neubau ganz zu schweigen. Gegen so viel Vernunft hatten auch die radikalsten Gegner des Vorhabens kein

Argument gewusst, und sie hatten ihren Widerstand aufgegeben. Inzwischen waren die Syrer und Afghanen entweder anderweitig untergebracht oder abgeschoben, und die Kaserne beherbergte nun Menschen aus der Ukraine.

Obwohl das Gebäude viel Platz bot, einen großen Garten und sogar Tennisplätze hatte, hätte Ruth den Geflüchteten eher eine stündlich fahrende Buslinie vor der Haustür gewünscht anstatt des vorhandenen Overkills an Wiesen und Weiden. Mit solchen martialischen Ausdrücken sollte sie vorsichtig sein, wenn sie mit kriegstraumatisierten Klienten sprach, wies sie sich gleich darauf selbst zurecht. Overkill. Weit weg vom Schuss. Schon erstaunlich, wie sich solche militärischen Floskeln hielten, obwohl die Deutschen die längste Friedensperiode erlebten, die ihrem Land jemals vergönnt gewesen war.

Die Lichtkegel erfassteneine meterhohe Mauer, aus deren grauem Putz selbst im Sommer Tristesse sickerte. Das gewaltige eiserne Eingangstor stand weit offen, und an der Haltestelle davor wartete an Werktagen um diese Zeit eine Schar von Kindern auf den Bus, der genau zwei Mal am Tag fuhr. Morgens um Viertel nach sieben brachte er sie zur Gesamtschule in Tating und am Nachmittag zurück. Danach saßen sie mit ihren Müttern und den wenigen Vätern im Heim fest, es sei denn, sie machten sich mit einem der gespendeten Räder auf den Weg, was im Herbst nicht gerade angenehm war. Zumindest wurden in der Kaserne inzwischen Sprachkurse von Ehrenamtlichen angeboten, außerdem Zumba, Stricken und Fußballtraining.

Als Ruth ihren Wagen in eine der beiden schmalen Parkbuchten am Eingang zu bugsieren versuchte, stieg Ärger in ihr auf. Auf dem anderen Stellplatz hatte sich ein dunkelblauer SUV breitgemacht, seine Räder standen deutlich jenseits der weißen Begrenzungslinie. Der Fahrer war wahrscheinlich einer dieser Typen, die auch im Flugzeug sofort beide Armlehnen belegten. Mit Absicht manövrierte sie ihr Auto so nah an die Fahrertür des anderen Wagens, dass dessen Besitzer auf der Beifahrerseite einsteigen müsste.

Die Eingangshalle war leer, die meisten Bewohner hielten sich wohl noch im Speisesaal auf, wo auch an Wochenenden Frühstück serviert wurde. Gerade als Ruth die Holztreppe hoch zum Gruppenraum steigen wollte, bog der Hausmeister mit einem Eimer und einem Wischmopp in der Hand um die Ecke. Seine Schritte klangen überlaut auf dem grau-weiß-rot gesprenkelten Terrazzoboden.

»Hallo, Jan!« Sie mochte den kleinen, immer fröhlichen Mann, der für norddeutsche Verhältnisse ausgesprochen redselig war. »Alle noch beim Essen?«

»Denke schon. Ich habe niemanden hochgehen sehen.«

Ruth schaute auf ihre Armbanduhr. Zehn vor acht. Der frühe Morgen war keine ideale Zeit für therapeutische Gespräche, auch kam keiner früher als nötig. Aber die freien Stunden am Nachmittag waren ihr heilig, da wollte sie keine Beratungen mehr anbieten, zumal ihr Engagement freiwillig und unbezahlt war. Vielleicht konnte sie demnächst einen Kollegen überreden, am Sonnabend für sie einzuspringen. Sie selbst würde dann nur noch die Stunde am Dienstagmorgen anbieten.

Der Hausmeister stellte den Eimer ab und fuhr sich mit dem Ärmel seines karierten Hemdes über die Stirn. »Lust auf einen Tee? Ich habe gerade Wasser aufgegossen.«

Willig folgte Ruth ihm zur Pförtnerloge und nahm einen dampfenden Becher mit einer aufgedruckten Diddlmaus entgegen.

»Das ist ein Ding mit diesem Toten, was?«

»Wie bitte?« Irritiert hob Ruth das Gesicht.

»Na, der Kerl, den deine Freundin im Watt gefunden hat. Stand doch in der Zeitung.«

Jan gehörte also zu den wenigen verbliebenen Lesern des »Eiderstedter Boten«. Was gut war. Sie hatte das Blatt selbstverständlich auch abonniert, jedoch selten Zeit, einen Blick hineinzuwerfen. Ruth fand es bedauerlich, dass immer mehr Lokalzeitungen eingingen.

»Die haben geschrieben, dass Anna ihn gefunden hat?«

»Den Namen haben sie weggelassen«, räumte Jan ein. »Aber ich habe eins und eins zusammengezählt. Die haben was von einer Kommissarin aus Bayern und einer Wandergruppe berichtet.«

»Ja, das war tatsächlich Anna.« Ruth warf erneut einen Blick auf ihre Uhr und stellte den Becher ab. »Danke, Jan, ich muss allmählich nach oben.«

»Der andere Kommissar ist gerade hier. Der aus Flensburg.«

»Rasmussen?« Überrascht drehte Ruth sich um. Wer Jan unterschätzte, beging einen schweren Fehler. Der war mindestens dreimal so gewitzt wie die trantütige Heimleitung. »Was will der denn?«

»Er ist beim Direktor oben. Die wissen noch nicht, wer der Tote ist, schätze ich«, antwortete der Hausmeister. »Guck mal da drüben, da hängt ein Steckbrief. Könnte einer von unseren Leuten sein, hat die Polizei sich wohl gedacht. Wäre nicht abwegig, aber ich habe den Mann noch nie gesehen. Uns fehlt keiner, wir haben gezählt.«

Ruth ging zur Garderobe, wo ihr auf einem angepinnten Zettel ein Männergesicht mit verschwommenen Konturen entgegensah, umrahmt von dunklem Haar. Es war ihr ein Rätsel, wie das Opfer anhand dieses Fotos identifiziert werden sollte, selbst von jemandem, der ihn kannte. Jedenfalls blieb es ihr nun erspart, im Heim nach seiner Identität zu fragen, so wie sie es Anna versprochen hatte.

Sie drehte sich um und zuckte zusammen, weil sie, statt in die kleinen schwarzen Käferaugen des Hausmeisters, in die wasserblauen Exemplare von Sven Rasmussen schaute. »Müssen Sie sich so anschleichen?«, fuhr sie ihn an.

Der Kommissar blickte auf seine Schuhe mit den dicken Kreppsohlen, als ob sie schuld wären. »Tut mir leid, ich wollte Sie nicht erschrecken.«

»Schon gut.« Ruths Herzschlag verlangsamte sich wieder. Sie fand es außerdem ein bisschen rührend, wie zerknirscht der bärenhafte Mann wirkte. Ganz anders als vor ein paar Wochen in ihrem Sprechzimmer, da war er eher unwirsch und bissig aufgetreten. Und vorgestern Abend in ihrem Wohnzimmer kühl und professionell. Was ihre Theorie bewies, dass die meisten Menschen komplexer waren, als es zunächst den Anschein hatte.

»Das ist also der arme Teufel, den Anna gefunden hat?« Sie zeigte auf das Foto. »Nicht wirklich aussagekräftig, oder?«

»Stimmt.« Rasmussen nickte bestätigend. »Sagen Sie …« Er zögerte.

Er würde schon weiterreden. Die wenigsten ihrer Klienten hielten Stille aus. Doch er war kein Klient mehr – mit seinen drei Sitzungen, in denen sie beide sowieso meist geschwiegen hatten, war er eigentlich nie einer gewesen. Ruth wusste, dass er sie gleich nach Anna fragen würde. Wahrscheinlich hatte er sie gegoogelt und wollte nun herausfinden, ob Anna vertrauenswürdig war. Alle Tassen im Schrank hatte und so. Weil Frauen schließlich immer ihre Freundinnen verrieten. Was für ein Blödmann! Sie bemerkte, wie sie sich schon wieder ärgerte.

»Haben Sie es ihr erzählt?«

Mit dieser Frage hatte Ruth nicht gerechnet. »Was erzählt?« Dann dämmerte es ihr. Der Bär hatte Angst, dass sie tratschte. Anna von den Sitzungen bei ihr erzählte.

»Natürlich nicht. Das darf ich doch gar nicht.«

»Das dachte ich mir schon.« Trotzdem wirkte er erleichtert. »Was machen Sie hier, wenn ich fragen darf?«

»Ich biete eine therapeutische Sprechstunde an«, antwortete sie und checkte ein letztes Mal ihre Armbanduhr. Jetzt war sie definitiv zu spät dran. »Die gerade anfängt, ich muss los.«

Rasmussen trat einen Schritt beiseite. »Da will ich Sie nicht aufhalten. Ich muss auch zurück nach Flensburg.«

»Dann sind Sie ja wirklich früh losgefahren heute.«

Rasmussen überhörte die Bemerkung. Er würde Ruth nicht auf die Nase binden, dass er gestern nach dem Essen mit Anna nicht zu Antje nach Hause gefahren war und sich ein Zimmer im »Wave House« genommen hatte. Seine Frau und er hatten sich fürchterlich am Telefon gestritten. Wobei er, trotzig wie immer, kaum etwas gesagt hatte, während die Vorwürfe auf ihn einprasselten. Was Antje erst recht gereizt hatte. Seine Ehe war am Ende, da half auch kein Reden mehr. Nur noch ein guter Anwalt.

»Dann mal tschüs«, unterbrach Ruth seine düsteren Gedanken. Sie lächelte ihm flüchtig zu und lief zurück zur Treppe.

Als sie die Stufen hocheilte, fiel ihr ein, dass der Kommissar bestimmt der Eigentümer des bulligen blauen Autos war, das sich so unverschämt breitgemacht hatte. Manche Menschen, dachte sie, waren der Auffassung, die Welt gehörte ihnen. Und Popeye aus Flensburg war einer von denen. Recht geschah es ihm. Müsste er eben seinen dicken Bauch einziehen.

Anna

Sie hatte Ruth gestern Abend nicht mehr gesehen. Ihre Freundin war spät nach Hause gekommen. Anna hatte sich längst mit einem Glas Rotwein und ihrem Laptop ins Bett verzogen. Nach dem Lunch im Hotel hatte sie kein Abendessen mehr gebraucht und erst recht keine vertraulichen Gespräche am Kamin. Ruth war ihre Freundin, ihre beste sogar, aber eben auch Therapeutin. Der professionelle Laserblick, mit dem sie ihr Gehirn sezierte, ging ihr manchmal auf die Nerven. Also hatte sie sich totgestellt, als es an die Tür gepocht hatte, und Ruth war nach einem beklemmenden Moment der Stille die Treppe hinunter zurück ins Wohnzimmer getrottet.

Es regnete wieder leicht. Was den Vorteil hatte, dass nur wenige Touristen auf der glitschigen Seebrücke zum Strand unterwegs waren und Anna an ihnen vorbei mit dem Fahrrad bis zum Pfahlbau der »Insel« fahren konnte.

Der Gastraum war fast leer. Eigenwillige Deko, dachte sie, als sie ihre Jacke an den Haken hängte und sich nach Alex umsah. Das Sammelsurium war ihr bei ihrem ersten unfreiwilligen Besuch durch all die Aufregung um den Toten im Watt gar nicht aufgefallen. Fischernetze an der Decke, Kelim-Teppiche auf den gescheuerten Dielen, ein Samowar auf der Theke. An einem Balken baumelte eine marokkanische Lampe aus gepunztem Messing, ganz ähnlich der, die Christian und sie in Essaouira für sein Arbeitszimmer gekauft hatten. Kurz nach dem Urlaub war er ausgezogen. Wahrscheinlich setzte das Ding seitdem im Keller Staub an. Christian hatte nichts mitgenommen, was nicht mindestens 100 Euro wert war.

Alex erschien mit einem Tablett in der Hand und brachte es hinüber zu vier kartenspielenden älteren Damen an dem einzigen besetzten Tisch in der Ecke, wo zwei verglaste Wände aufeinandertrafen und das Meer in Szene setzten, das sich langsam heranpirschte. Bald würde es um die Stelzen rauschen.

Die Ankunft der dampfenden Becher wurde von den Frauen enthusiastisch begrüßt.

»›Tote Tante‹«, erklärte Alex, als er sich danach zu Anna gesellte und das Tablett neben einem Laptop mit geschlossenem Deckel auf dem Tresen deponierte. »Wollen Sie auch eine?«

Weder Kakao noch Rum vertrugen sich mit Antidepressiva. »Vielleicht einen Espresso?«

Der Wirt nahm die gebügelte graue Halbschürze ab, die er über die Jeans und seinen Troyer gebunden hatte, faltete sie ordentlich und legte sie auf einen der Barhocker am Tresen. »Zucker?«, rief er über die Schulter zurück, als er den Siebträger einklemmte.

Sie schüttelte den Kopf und erklomm einen der hohen Stühle.

Alex stellte die Tasse auf den Tresen, dann holte er aus einer Schublade eine Flasche mit Mineralwasser und nahm ihr gegenüber Platz. »Also? Gibt's Neuigkeiten?«

»Leider nicht. Die Polizei hat keine Ahnung, wer der Tote war. Klar ist nur, dass er kurz vor seinem Tod von einem Boot gefallen ist.«

»Hat der dicke Kommissar das gesagt?«

Sie überging seine Bodyshaming-Bemerkung. »Nicht direkt. Das ist meine persönliche Meinung.«

Er stutzte. »Dürfen Sie mich eigentlich offiziell befragen?«

»Nicht direkt.« Sie erwiderte seinen Blick, ohne zu lächeln.

Alex fuhr sich mit der Hand durch das dunkle Haar. Das schien eine Marotte von ihm zu sein, wahrscheinlich hatte er zeitlebens Komplimente für seine schönen Locken bekommen. »Ja, dann«, sagte er und wies mit der Hand Richtung Ausgang, »würde ich vorschlagen, dass Sie weiterziehen.«

»Ich habe meinen Kaffee noch nicht ausgetrunken.« Sie rührte sich keinen Millimeter.

Er musterte das winzige Espressotässchen, dann sie.

»Hören Sie, Alex«, sagte Anna rasch und legte eine Hand auf seinen Ärmel. »Können Sie mir nicht einfach so helfen? Ich bin Kommissarin, auch wenn mein Kollege hier zuständig ist. Und war dabei, als der Mann gefunden wurde. Außerdem habe ich etwas gesehen, das die anderen nicht bemerkt haben.«

Er zog seinen Arm weg und schenkte sich Mineralwasser nach. »Was denn?«

»Eine Wunde.«

Es behagte Anna zwar nicht, diese Info preiszugeben – Rasmussen hatte sie ausdrücklich darum gebeten, die Beobachtung für sich zu behalten –, aber Ruth wusste schließlich auch Bescheid. Sie musste dem misstrauischen Wirt etwas geben, damit er die Teilnehmerliste herausrückte. Wenn er sie hatte. »Die linke Schädelhälfte des Opfers war ziemlich schlimm zugerichtet«, fuhr sie entschlossen fort. »Wahrscheinlich hat ihm jemand eins übergezogen.«

Alex stieß einen Pfiff aus. »Und ihn dann über Bord geworfen. Also Mord? Oder einfach ein Unfall?« Bevor sie reagieren konnte, beantwortete er die Frage selbst. »Eher nicht. Wäre er allein draußen gewesen, hätte man das Boot gefunden.«

Sie trank ihre Tasse aus. Jetzt hatte Alex Blut geleckt und würde sie nicht mehr wegschicken.

»Warum war er nackt?«, stellte er die naheliegende Frage.

»Raten Sie mal.«

»Um seine Identität zu verschleiern?«

»Richtig. Jemand hat ihn ausgezogen und danach ins Wasser geschubst.«

»Herr Ober?« Die kartenspielenden Damen verlangten Nachschub.

Der Wirt verschwand. Nachdem er die Bestellung aufgenommen hatte, setzte er sich wieder Anna gegenüber.

»Alex«, sagte Anna drängend. Jetzt kam es darauf an. »Ich hatte niemandem von der Gruppe die Wunde gezeigt, damit keiner in Panik gerät. Und mich beim Fotografieren so hingestellt, dass sein Gesicht verdeckt war. Aber dieser junge Mann mit dem Fernglas, der war ziemlich neugierig und hat die ganze Zeit versucht, mir über die Schulter zu schauen.«

»Aufdringlicher Typ«, unterbrach Alex sie. »Als Jens angerufen und sich krankgemeldet hat, da war er es, der Laura überredet hat, die Gruppe solo zu führen.«

»Sie hätte das trotzdem auf keinen Fall machen dürfen«, bemerkte Anna. »Viel zu gefährlich bei dem Wetter. Außerdem sind sie zu spät aufgebrochen.«

»Weil Laura noch die Ausrüstung zusammensuchen musste.«

»Warum …?«, begann Anna, brach ihre Frage jedoch abrupt ab und biss sich auf die Lippen. Alex schien genau zu wissen, was sie hatte fragen wollen, und betrachtete sie aus zusammengekniffenen Augen, klein und schwarz wie ihr Espresso. Hoffentlich hatte sie sein soeben gewonnenes Vertrauen nicht schon wieder verspielt.

»Warum ich sie nicht davon abgehalten habe?«, vollendete Alex die Frage. Allerdings klang er eher zerknirscht als böse. »Das habe ich versucht, aber sie wollte nicht hören. Dann hat das kleine Mädchen Rabatz gemacht, und auf einmal haben alle auf Laura eingeredet, dass sie unbedingt rauswollten, nur ganz kurz. Sie hat nachgegeben.«

»Laura hat einen ziemlichen Dickkopf«, erwiderte Anna. Genau wie ihre Mutter, setzte sie in Gedanken hinzu.

»Sie sind hier aufgewachsen, nicht wahr?«, erkundigte Alex sich. »Hat Laura mir erzählt. Was hat Sie nach Bayern verschlagen?«

»Mein geschiedener Mann wohnt in München.« Sie wusste selbst nicht, warum sie Alex gerade mitgeteilt hatte, dass Christian und sie kein Paar mehr waren. »Und Sie?«, fragte sie rasch. »Weswegen sind Sie hierhergezogen?«

»Wegen meiner Frau«, erwiderte er mit schiefem Lächeln. »Auch ex. Heute wohnt sie in Italien.«

Jetzt war der richtige Moment gekommen. »Haben Sie die Teilnehmerliste von der Wattwanderung? Ich muss unbedingt den Ornithologen fragen, ob er die Kopfwunde auch gesehen hat. Sonst stellt der Kommissar die Ermittlungen ein. Der Mord wird dann niemals aufgeklärt.«

»Glaubt er Ihnen nicht?«, fragte der Wirt erstaunt. »Sie sind doch Kollegen. Und es gibt die Fotos.«

Sie antwortete nur auf die zweite Frage. »Alle verschwommen und verwaschen. Hier, schauen Sie mal.« Sie öffnete die Foto-App ihres Handys und hielt es ihm hin.

Er nahm es und reichte es zurück, nachdem er einen flüchtigen Blick aufs Display geworfen hatte. »Ich habe das Foto in der Zeitung gesehen, das ist wirklich sehr undeutlich.«

»Haben Sie nun die Liste? Sie müssen Sie mir nicht geben, ich will nur wissen, wo der Ornithologe wohnt …«

Alex legte den Flaschenöffner weg, zog den Laptop näher heran, der neben der Kasse stand, und klappte den Deckel auf. Dann tippte er schnell etwas hinein und drehte ihn zu Anna um.

»Ich bringe schnell die ›Tote Tanten‹ rüber«, sagte er und ging zum Fenstertisch hinüber.

Während sein Erscheinen dort mit Jubel begrüßt wurde, zückte eine dankbare Anna ihr Handy, fotografierte den Bildschirm ab und klickte schließlich das Dokument weg. Sie wollte den Laptop gerade schließen, als ihr Zeigefinger versehentlich das Touchpad berührte und sich auf dem Display eine neue Seite auftat. Auf der ihr das Gesicht des Toten im Watt entgegenstarrte – lächelnd und überaus lebendig.

Ruth

Sie legte ein paar neue Scheite in den Kamin, setzte sich zurück in den Ohrensessel aus braunem Leder und sah zu, wie die Flammen sie gierig auffraßen. Inzwischen wurde es schon am Nachmittag dunkel, einer der beiden Gründe, warum Ruth sich gemäß ihrer Regel »Alkohol erst nach Sonnenuntergang« ein Glas Rotwein einschenken durfte.

Der andere Grund war dieses komische Gefühl. Keine Angst, eher ein nagendes Unbehagen. Das, wie ihr durchaus klar war, mit ihrem Klienten zusammenhing, der gestern pünktlich zum Therapietermin erschienen war. Aber warum nur? Der Mann hatte nichts gesagt, was besorgniserregender als die normalen, verstörenden Details war, die sie sonst im Sprechzimmer zu hören bekam.

Manchmal bereute Ruth es, dass sie die Freud'sche Couch vor ewigen Zeiten ausrangiert hatte. Die Klienten, in der irrigen Überzeugung, dass ihre Probleme so weltbewegend wie exklusiv waren, saßen seither in einem Sessel dem ihren gegenüber und ließen sie nicht aus den Augen. Wegdämmern war so nicht möglich. Aber inzwischen war Ruth Spezialistin dafür, bei Litaneien über die Bösartigkeit der Mitmenschen ihren Körper mental zu verlassen – und plötzlich wiederaufzutauchen, um die richtigen, die unangenehmen Fragen zu stellen.

Wo blieb Anna nur? Sie stellte das Glas auf das Tischchen und ging zum Fenster, konnte jedoch nur Dunkelheit entdecken. Laura hatte sich zum Abendessen angesagt. Ruth hatte ein Curry gekocht, viel zu viel für zwei

Personen, aber sie hoffte, dass ihre Freundin mitessen würde. Gestern Nacht hatte sie wohl schon geschlafen, als Ruth nach Hause gekommen war. Und heute war sie noch nicht zurückgekehrt, von welcher verrückten Mission auch immer.

Wobei Ruth sicher war, dass Annas aktuelle Obsession sich auf den mysteriösen Toten im Watt bezog. Wie Fiete ließ sie nicht mehr los, wenn sie sich festgebissen hatte. Für einen Foxterrier und eine Polizistin eine nützliche Eigenschaft. Die aber auch fatal sein konnte, so wie bei der Sache in München. Heute, vermutete Ruth, trieb Anna sich bestimmt in der »Insel« herum, um Alex auszufragen. Oder mied sie sie mit Absicht?

Nachdenklich ging sie in die Küche und drehte die Gasflamme unter dem gusseisernen Topf herunter, in dem das Curry köchelte. Sie würde Anna in Zukunft mehr in Ruhe lassen, nahm Ruth sich vor, und rührte die warme, duftende Mischung mit dem Holzlöffel um, den sie über den Rand drapiert hatte. Ihre Einsilbigkeit respektieren. Weniger Fragen nach ihrem Gefühlsleben stellen, besser sogar gar keine. Was Ruth schwerfallen würde, sie ging Spannungen gerne auf den Grund.

Gleich fünf, Laura musste jeden Moment da sein. Früher hatte ihre Tochter bei ihr gewohnt, wenn sie in den Semesterferien in den Restaurants in St. Peter jobbte. Aber Eva vom »Wave House« hatte den Boden über dem alten Schafstall als Dorm für die Saisonkräfte ausbauen lassen. Die Studenten konnten dort kostenlos übernachten – unten die Männer, oben die Frauen. Womit sie einen klaren Vorteil gegenüber den anderen Gastronomen besaß, die verzweifelt Personal suchten. Für Kellner waren Unterkünfte gerade im Sommer unerschwinglich. Klar, dass Laura lieber mit ihren Freundinnen im Hotel wohnte. Außerdem hatte Ruth nun Anna. Manchmal jedenfalls.

Als sie das Besteck auf dem Holztisch vor dem Sprossenfenster im Wohnzimmer verteilte, hörte sie lautes Klopfen und eilte, Fiete auf den Fersen, zur Tür.

Wie erwartet stand ihre Tochter auf der Schwelle, daneben eine etwas größere Gestalt, die gerade die Kapuze ihrer feucht glänzenden Öljacke abstreifte.

Laura gab Ruth einen Kuss auf die Wange. »Ist doch okay, dass ich Kathie mitgebracht habe, oder?«, fragte sie und hängte die Jacke an den Garderobenhaken. Sie setzte sich auf die Bank und zog die grünen Gummistiefel aus.

Ruth nahm aus einem Korb zwei Paar dicke Wollsocken. »Zieht die lieber an«, sagte sie, »sonst holt ihr euch noch eine Erkältung. Dich habe ich ewig nicht mehr gesehen«, fuhr sie fort und wandte sich der jungen Frau zu.

»Viel zu tun«, gab Kathie zurück und streichelte Fiete, der sie entzückt beschnüffelte. »Das Bullicamp ist voll, wir haben sogar noch Buchungen für November.«

Ruth schauderte bei dem Gedanken, sich bei Sturm und Regen in einen Neoprenanzug zu quetschen und mit dem Board in die eisige Nordsee zu stürzen. »Setzt euch schon mal. Ich hole schnell das Curry aus der Küche. Fiete, ab in dein Körbchen!«

»Kannst du hellsehen, Mama?«, rief Laura aus dem Wohnzimmer herüber. »Drei Teller?«

»Vielleicht kommt Anna noch«, erklärte Ruth, als sie mit einer gefüllten Terrine in den Händen zu den beiden Mädchen zurückkam. Sie stellte die dampfende Schüssel auf den Tisch. »Wie ihr seht, ist genug Essen da. Laura, holst du den Reis?«

Ihre Tochter stand auf. Im selben Moment sprang die Haustür auf.

»Anna ist da!«, rief Laura Richtung Esszimmer. »Ich bringe noch einen Teller aus der Küche mit!«

»Hey, Laura!« Anna legte den Blumenstrauß, den sie in der Hand hielt, auf der Sitzbank ab und fischte ihre Turnschuhe darunter hervor. »Das ist ja eine nette Überraschung. Geht es dir wieder besser?«

»Ich bin okay«, sagte Laura. »Der Abend mit Theo gestern hat mir gutgetan.« Sie hielt die Reisschüssel und den Teller mit geübtem Kellnerinnengriff in den Händen und blieb an der Bank stehen. »Trotzdem, wie konnte ich nur so blöd sein, ohne Jens ins Watt zu gehen? Ich mache mir solche Vorwürfe!«

»Hättest du das nicht getan«, erwiderte Anna und zog das Mädchen beim Aufstehen kurz an sich, »dann wäre ein Mann spurlos verschwunden.«

Gemeinsam gingen sie zum Tisch. »Das ist Anna, die Freundin meiner Mutter. Kathie ist meine«, stellte Laura vor.

Anna nickte Kathie kurz zu, wickelte den Blumenstrauß aus dem Seidenpapier und überreichte ihn Ruth. »Für dich«, sagte sie. »Tut mir leid, dass ich manchmal so verdreht bin.«

Ruth nahm ihr kommentarlos das feuchte Knäuel aus der Hand und lief auf der Suche nach einer passenden Vase für die gelben Rosen in die Küche.

Anna setzte sich neben die blonde, bemerkenswert schöne junge Frau. »Sie arbeiten im ›Wave House‹, nicht wahr?« Sie hatte die Kellnerin sofort wiedererkannt, obwohl diese mit Jeans und einem cremefarbenen Strickpulli deutlich mehr anhatte als gestern Mittag im Restaurant.

»Habe ich Sie bedient?«, fragte Kathie und gab ihr die Reisschüssel weiter. »Sorry, ich bin quasi gesichtsblind.«

»Die beste Voraussetzung für eine Kellnerin«, bemerkte Laura trocken.

»Gestern«, erläuterte Anna. »Ich war bei Ihnen zum Lunch.«

»Stimmt«, rief Kathie. »Jetzt erinnere ich mich! Da hat sich doch dieser Bär zu Ihnen gesetzt, richtig?«

Ruth horchte auf. »Bär?«

»Rasmussen«, antwortete Anna. »Der Kommissar. Hat mich ausgefragt, aber selbst nicht viel erzählt. Leider.« Sie steckte sich eine Gabel mit Curry und Reis in den Mund. »Schmeckt großartig. Ich bin total ausgehungert. War den ganzen Tag unterwegs.«

»Wo denn?«, fragte Ruth. Und biss sich auf die Zunge. Verflixt, sie hatte sich doch gerade erst geschworen, dass sie Anna in Ruhe lassen wollte.

»In der ›Insel‹«, gab diese zu ihrer Überraschung mitteilsam zurück. »Den Wirt aushorchen.«

Ruth grinste in sich hinein. Sie hatte also recht gehabt.

Laura lachte. »Alex aushorchen? Das ist eigentlich seine Rolle. Oder besser war.«

»Wieso?«

»Er war früher Journalist, in Russland. Soviel ich weiß, hat er in St. Petersburg für eine regimekritische Zeitung gearbeitet. Die es inzwischen natürlich nicht mehr gibt.«

»Interessant.« Anna legte ihre Gabel weg und griff zum Weinglas.

»Was genau sollte Alex dir über den Ertrunkenen erzählen können?«, fragte Ruth. »Er war doch gar nicht mit im Watt.«

Anna zuckte mit den Schultern. »Keine Ahnung«, gab

sie zu. »Vielleicht war der Mann mal bei ihm essen. Ist aber eher ein Rumstochern im Nebel. Was anderes bleibt mir nicht übrig, wenn Rasmussen mir keine Infos gibt.«

»Er hat mich übrigens nicht nach dir ausgehorcht, Anna«, platzte Ruth heraus.

»Der Kommissar? Du hast ihn auch getroffen? Wo denn?«

»In der Kaserne, heute Morgen. Kurz vor meiner Sprechstunde.«

»Er weiß sowieso schon alles über mich«, sagte Anna nachdenklich.

Kathie stieß Laura leicht mit dem Ellbogen an. »Was gibt es denn über sie zu wissen?«, flüsterte sie Laura zu.

»Erzähl ich dir später.«

»Vielleicht hat die Polizei noch keine neuen Erkenntnisse.« Ruth war selbst erstaunt über den unerwarteten Drang, den Kommissar in Schutz zu nehmen.

Anna, inzwischen überzeugt, dass die beiden sich kannten, warf ihr einen Seitenblick zu.

»Da fällt mir ein, der Bär hat bei uns im Hotel übernachtet«, meldete sich Kathie zu Wort. »Also nach dem Mittagessen mit Ihnen, Anna.«

»Himmel, könnt ihr euch nicht einfach duzen?«, stöhnte Laura.

»Nach dem Mittagessen mit dir, Anna«, wiederholte Kathie folgsam.

»Deswegen war er heute so früh in der Kaserne«, warf Ruth ein. »Ich hatte mich schon gewundert.«

»Los, rück raus mit der Sprache«, sagte Anna. »Ihr kennt euch, habe ich recht?«

»Stimmt das?«, wollte Laura wissen. »Du kennst den Kommissar? Woher denn?«

»Ich glaube sogar, mehr als kennen«, fuhr Anna erbarmungslos fort, Ruths Verlegenheit auskostend.

Laura machte große Augen. »Wie, du bist verknallt in den?«

»Ihr habt doch alle selbst einen Knall!« Ruth ärgerte sich, vor allem darüber, weil sie wahrscheinlich gerade rot anlief. Manchmal trieb Anna es zu weit mit dem Lasst-uns-Ruth-aufziehen-Spiel. Und Laura machte auch noch mit.

»Der Kommissar hat sich im Heim erkundigt, ob jemand vermisst wird. Ein Vermissten-Poster aufgehängt. Dein Opfer-Foto haben sie ziemlich retuschiert, Anna.«

»Stimmt«, bestätigte Laura. »Im Hotel an der Pinnwand hängt auch eins.«

»Ich habe das Bild in der Zeitung gesehen«, meldete sich Kathie. »Ein undeutliches Gesicht und dunkles Haar, nicht sehr hilfreich. Ich habe den Typen jedenfalls nicht erkannt.«

»Zeig Kathie doch mal die anderen Fotos, die du gemacht hast, Anna«, sagte Laura.

Anna tippte auf die Foto-App und schob dem blonden Mädchen das Display hin.

Ruth bemerkte, dass Kathie erschauerte, nahm es vom Tisch und warf selbst einen neugierigen Blick darauf. »Von der Wunde ist kaum etwas zu sehen«, stellte sie fest und zuckte schuldbewusst zusammen, als Anna ihr unter dem Tisch einen Tritt versetzte.

»Wunde?«, fragte Laura prompt. »Wo denn?«

Ruth wich Annas vermutlich eisigem Blick aus. »Möchte jemand Kaffee?« Sie stand auf.

Kathie hatte inzwischen die Gabel weggelegt und schaute aus dem Fenster. »Wir sollten langsam ins Hotel zurückfahren«, meinte sie. »Es regnet nicht mehr.«

»Schläfst du auch im Dorm, Kathie? Mit Cleo?«

»Die Kleine ist bei Opa und Oma. Wir sparen einen Haufen Geld, wenn ich in Evas Stall übernachte. Ist ja nicht mehr für lange, das Semester fängt in drei Wochen an.«

Laura hatte Ruth erzählt, dass Kathie sich letztes Jahr von Cleos Vater getrennt und wieder geheiratet hatte. Was sie bedauerte, sie hatte Lasse gemocht.

»Dein Mann wohnt auch im Schafstall?«, fragte sie nun.

»Im Bulli. Er bleibt noch, bis sie das Camp für den Winter dichtmachen.«

»Du studierst auf Lehramt, richtig?«

»Nächsten Sommer fang ich mit dem Referendariat an. Dann habe ich zur selben Zeit Ferien wie Cleo, wenn sie in die Schule kommt, das macht alles einfacher.«

Laura erhob sich und begann damit, die Teller aufeinanderzustellen.

»Lass mal«, meinte Ruth, »ich mache das schon.« Sie nahm ihrer Tochter den Stapel aus der Hand und trug ihn in die Küche.

»Kathie, du sagtest, dass ihr ausgebucht seid im Hotel?«, fragte Anna.

»Nur das Camp, aber Zimmer gibt es noch einige. Warum?«

»Weil ich eins haben möchte«, antwortete Anna. An Laura gewandt, die ein überraschtes Gesicht machte, erklärte sie: »Um die Gastfreundschaft deiner Mutter nicht überzustrapazieren.«

Ruth, die gerade wieder hereinkam, hatte die letzten Worte mitbekommen, und sie spürte, wie ihr die Röte ins Gesicht schoss. Nur Anna konnte sie so schnell aus der Balance bringen. Sie wollte also ausziehen. Weil Ruth das mit der Wunde erzählt hatte? Weil sie Anna auf die Nerven ging? Dabei brauchte ihre Freundin dringend jemanden, der sich um sie kümmerte, sie wollte es nur nicht wahrhaben. Egal. Ruth würde jetzt definitiv damit aufhören.

»Nur zu«, meinte sie kühl und schnappte Annas noch halb volles Weinglas vom Tisch. »Mein Haus ist schließlich kein Gefängnis.« Sie drehte sich brüsk um und stapfte zurück zur Küche.

»Ich will keine Umstände machen, Ruth!«, rief Anna ihr hinterher. »Du weißt schon, dieser Spruch von den Gästen, die wie tote Fische sind.«

Laura und Kathie hatten bestürzte Blicke gewechselt. Die Spannung zwischen den beiden älteren Frauen hing schwer und drückend im Raum wie nasser Nebel.

»Ich frage Eva nach einem Zimmer«, bot Kathie schnell an. »Ins Bullicamp willst du ja sowieso nicht.«

»Anna würde überall hinziehen, um hier wegzukommen«, bemerkte Ruth ungewohnt bissig, die nun die Jacken der Mädchen von den Garderobenhaken nahm und ihnen hinhielt. Von Anna verlassen zu werden, war ein vertrauter Schmerz. Der trotzdem wehtat.

Laura und Kathie schlüpften in ihre Jacken und umarmten Ruth. Nun suchten sie sichtlich erleichtert das Weite.

Ruth machte sich auf den Weg ins Schlafzimmer, als Annas Stimme sie aufhielt.

»Bitte nimm es mir nicht übel, dass ich umziehe. Wollen wir morgen zusammen im Hotel essen? Ich lade dich ein.«

Ruth zuckte mit den Schultern und verschwand im Schlafzimmer. Auf soziale Almosen konnte sie verzichten.

SONNTAG

Anna

Der Ornithologe wohnte also auch hier. Sehr praktisch. Zurückgelehnt in die Polster einer Ledercouch in der Lobby studierte Anna die Liste der Wattwanderer, die sie auf Alex' Computer abfotografiert hatte. Sie enthielt die Namen der Teilnehmer und die Adressen ihrer Unterkunft. Klaus und Sabine Kegelmann, das grimmige Rentnerehepaar, hatten sich ebenfalls im Hotel eingemietet. Die Bellingers, das war die Kleinfamilie, bewohnte ein Apartment in einem Westerhever Bauernhof. Das allerdings wusste sie bereits seit gestern.

Vielleicht hätte sie ihrer Freundin gestern Abend den wahren Grund mitteilen sollen, warum sie unbedingt ins Hotel umziehen wollte. So wie Anna sie kannte, dachte Ruth sicherlich, dass sie etwas falsch gemacht hatte, und es war nicht fair, sie in dem Glauben zu lassen. Aber seit der Sache in München war Anna vorsichtig geworden, was Vermutungen anging. Nicht dass sie ihre Instinkte ignorieren würde, doch sie wollte ihre halbgaren Theorien zumindest nicht herausposaunen. Dieses Armband konnte genauso gut gar nichts bedeuten.

Anna holte einen kleinen Ziplock-Beutel aus der Hosentasche, legte ihn neben ihre Espressotasse und betrachtete nachdenklich das billige Schmuckstück.

»Clara ist eine echte Elster«, hatte Achim Bellinger erklärt, als sie sich auf der Einkaufsstraße in Bad zufällig in die Arme gelaufen waren, wo Anna die Entschuldigungsblumen für Ruth besorgt hatte. Er hatte in den Taschen seines Parkas herumgefummelt und seiner Tochter, die das Gesicht schon weinerlich verzog, einen warnenden Blick zugeworfen. Dann hatte er der Kleinen einen Lolli und Anna die Plastiktüte in die Hand gedrückt. »Das Armband hier lag im Watt, Clara muss es auf der Tour gefunden und mitgenommen haben. Das haben wir aber auch erst heute herausgefunden. Wenn sie etwas Glänzendes sieht, schnappt sie zu. Meinen Sie, das hilft Ihnen weiter bei den Ermittlungen? Ich glaube allerdings, die einzigen Spuren, die da drauf sind, stammen von uns«, hatte er schuldbewusst hinzugefügt.

Gesegnet sei seine unschuldige Seele, hatte Anna gedacht, dankbar dafür, dass Bellinger sie als zuständige Vertrauensperson auserkoren hatte, nicht ihren Kollegen. »Kann schon sein«, hatte sie bloß geantwortet, das Schmuckstück schnell einkassiert und die Tüte in ihre Jackentasche gestopft. »Sind Sie sicher, dass Clara den Schmuck wirklich am Donnerstag im Watt gefunden hat? Sie hätte ihn überall aufheben können, oder?«

Der Vater hatte den Kopf geschüttelt, mit dem Daumen routiniert die Lollispuren vom Mund seiner Tochter gewischt und zu Annas Entsetzen den Finger abgelutscht. »Sie hatte das Armband ihrem neuen Teddy umgebunden. Den haben wir ihr erst heute Morgen gekauft, zum Trost für die ganze Aufregung. Als Rita sie später gefragt hat, woher das Band kommt, hat sie gesagt, Schnuffi habe es ihr gebracht.«

Anna hatte eine Sekunde gebraucht, um zu begreifen. »Fiete?«

»Ihr Hund«, hatte Achim Bellinger bestätigt. Er hatte das Mädchen an die Hand genommen. »So, Schätzchen, sag mal tschüs zu der Tante.«

Clara hatte sie mit großen Augen angeschaut, war aber stumm geblieben.

»Ich werde den Fund gleich ins Labor bringen lassen«, hatte Anna gelogen. »Ihre Kontaktdaten haben wir, wir melden uns, wenn was ist.«

Jetzt holte Anna das Armband aus dem Beutel und fuhr, wie schon so oft seit gestern, mit dem Finger über das blanke Plättchen in der Mitte. »Surf-Challenge Sylt«, stand darauf. Stammte das Band von einem der Athleten, die jedes Jahr nach Westerland zum Wettkampf reisten, oder von ihrem Toten?

Sie hatte gestern sofort die Startlisten heruntergeladen und war dabei auf Kathies Namen gestoßen, die dort vor zwei Wochen eine Trophäe gewonnen hatte. Die anderen Namen hatte sie ihrem Münchner Kollegen Marius gemailt, mit der Bitte, sie durch den Computer laufen zu lassen. Ohne Ergebnis – sämtliche Surfer, so Marius' Antwort, die kurz darauf eingetroffen war, waren wohlauf.

Trotzdem würde sie später im Bullicamp herumstreunen und ein bisschen mit den Surfern quatschen. Vielleicht war der Tote im Watt einer von ihnen gewesen oder zumindest mit einem befreundet. Es war gut, dass sie ins Hotel umgezogen war, war die Spur auch noch so mager.

Anna schüttete den mittlerweile kalten Kaffee runter, Koffein blieb Koffein. Den Vogelmann könnte sie am besten unverfänglich beim Frühstück in ein Gespräch verwickeln. Sie musste nur Kathie fragen, wann er normalerweise vom Zimmer herunterkam. Wahrscheinlich fotografierte der Typ schon im Morgengrauen Säbelschnäbler. Sie hoffte, dass er erst danach sein Müsli aß.

Ein lautes Knacken riss sie aus ihren Gedanken. Vor dem Kamin kniete ein junger Mann und legte mit geübtem Griff Scheite nach. Derselbe Kellner hatte bereits vor einer Stunde das Feuer angezündet, als sie an der Rezeption das Formular ausgefüllt hatte und der würzige Duft durch die Lobby gewabert war. Mit seinen beachblonden Haaren und der athletischen Statur hätte er Kathies Bruder sein können, zumal er ebenfalls knapp über dem Knie abgeschnittene Shorts trug, kombiniert mit einem hellblauen Sweatshirt. Anscheinend die Winterversion des Mitarbeiter-Outfits, dachte sie. Lange Hosen kämen wohl erst bei einer Schneekatastrophe zum Einsatz.

»Möchten Sie vielleicht ein Glas Limettenwasser?« Der Kamin-Kellner hatte sich erhoben und räumte nun Annas leere Espressotasse ab.

»Nein, danke. Das Frühstück ist schon vorbei, oder?«

»Leider ja, von acht bis elf. Aber ich bringe Ihnen gerne eine Kleinigkeit.« Er reichte ihr eine laminierte Karte.

Anna warf einen kurzen Blick darauf und bemerkte beim Hochschauen das Namensschild, das an seinem Sweatshirt befestigt war. »Ich nehme ein Croissant. Und noch einen Kaffee. Danke, Arne.«

Sie musste dringend etwas essen. Heute morgen hatte sie sich gehütet, die Küche zu betreten, wo ihre Freundin sich am Herd zu schaffen machte. Als sich die beiden Frauen später an der Haustür voneinander verabschiedeten, hatte Ruth immer noch verletzt gewirkt. Dabei hätte Anna auch einen Grund, sauer auf Ruth zu sein. Warum hatte ihre

Freundin gestern Abend nicht einfach die Klappe halten können? Warum musste sie Laura und Kathie unbedingt die Sache mit der Wunde auf die Nase binden? Für eine Therapeutin, fand Anna, war Ruth eine echte Plaudertasche.

Dabei hätte sie ihrer Freundin liebend gerne erzählt, was sie in der »Insel« herausgefunden hatte. Sie vermisste sie außerdem schon jetzt, obwohl sie gerade erst aus deren Haus ausgezogen war. Aber sie befürchtete, dass Ruth sich dem Kommissar gegenüber verplappern würde. In dieser Sache hatte sie allerdings bis jetzt eisern geschwiegen, Ruth hatte immer noch nicht zugegeben, dass sie den Kommissar kannte. Jedenfalls sollte Rasmussen auf keinen Fall erfahren, dass Anna bald wissen würde, wer der geheimnisvolle Tote war – vorausgesetzt, das Foto auf der Website von Alex' Computer zeigte wirklich den Toten im Watt. Das würde sie ihrem Kollegen erst mitteilen, wenn sie ganz sicher war. Genug Infos gesammelt hatte, sodass er nicht umhinkam, weiter zu ermitteln.

Hoffentlich war Ruth nicht allzu verschnupft und tauchte später zum Lunch auf. Anna hatte sie bei ihrem frostigen Abschied nochmals ausdrücklich eingeladen.

»Ihr Croissant, bitte sehr!«

Anna sah auf – und bemerkte hinter dem Kellner den Ornithologen, der gerade aus dem Aufzug trat. Mit einem Koffer in der Hand. »Bin gleich wieder da.«

Sie drängte sich an dem verdutzten Arne vorbei, hetzte zur Terrassentür und rannte dem Vogelmann an der Drehtür des Haupteingangs wie erwartet in die Arme.

»So eine Überraschung!« Durch den Sprint klang ihre Stimme, wie sie selbst bemerkte, etwas japsend.

Der spillerige Mann wirkte befremdet. »Kennen wir uns?«

Wahrscheinlich hatte sie an dem stürmischen Abend in der »Insel« wie eine nasse Katze ausgesehen. Oder der Typ tat nur so, als ob er sie nicht erkannte.

»Aber natürlich«, antwortete sie herzlich. »Anna Wolf, Kripo München. Der Tote im Watt, Sie erinnern sich?« Es schadete auf keinen Fall, ihm ihren Titel in Erinnerung zu rufen. Vielleicht machte ihn das auskunftsfreudiger.

Der Ornithologe presste die Lippen zusammen und schien zu überlegen, wie er reagieren sollte. Ungehalten stellte er seinen Koffer ab. »Was wollen Sie? Ich habe schon alles diesem anderen Kommissar erzählt.«

»Nur noch ein paar Fragen. Dauert nicht lange. Hätten Sie einen Moment Zeit? Wir könnten uns kurz hinsetzen.« Sie wies mit der Hand zu ihrem Sitzplatz in der Lobby, wo ihr Espresso bedauerlicherweise abkühlte.

Der Mann hob den Koffer wieder an. »Leider nicht«, wehrte er ab. »Ich bin auf dem Weg zum Bahnhof. Mein Taxi …«

Anna warf einen raschen Blick durch die gläserne Drehtür auf die Straße, auf die erneut der Regen prasselte. »… ist noch nicht da. Kommen Sie, wir warten draußen zusammen.«

Widerwillig trotte Vogelmann hinter ihr her und deponierte seinen Koffer am Rand des überdachten Eingangsbereichs. Dann kramte er in den Taschen seines blauen Anoraks und beförderte ein zerdrücktes Päckchen hervor. »Auch eine?«

Als Anna den Kopf schüttelte, zündete er sich die Zigarette an.

»Also?«

»Herr M. Zeisig, richtig?«, fragte Anna.

Er nickte. »Miguel.« Er bemerkte Annas überraschten Blick und fügte hinzu: »Meine Mutter kommt aus Córdoba.«

»Sie haben den Toten von allen Teilnehmern am besten gesehen.«

»Habe ich das?«

»Ich denke schon.«

»Und?«

»Ist Ihnen vielleicht etwas an seinem Kopf aufgefallen?«

»Wie denn?«, antwortete Zeisig. »Dem hingen überall Haare im Gesicht.«

»Aber als ich die Fotos gemacht habe, da habe ich sie zur Seite gestrichen. Und Sie standen direkt hinter mir.«

»Ich habe nichts gesehen.« Er winkte sichtlich erleichtert einem Taxi zu, das die Deichstraße entlang auf sie zufuhr. Als es bremste, wartete er gar nicht erst, bis der Taxifahrer ausstieg und den Kofferraum öffnete, sondern hievte sein Gepäck auf die Rückbank. »Tut mir leid«, verabschiedete er sich knapp und stieg ein.

Schnell hielt Anna den Türgriff fest, beugte sich runter und reichte ihm ihre Visitenkarte. »Falls Ihnen doch noch etwas einfällt«, sagte sie liebenswürdig.

Zeisig knallte die Tür zu.

Anna sah dem Auto eine Weile hinterher, bevor sie sich auf den Weg zurück zu ihrem Croissant machte, das der Kellner, wie sie erfreut feststellte, noch nicht abgeräumt hatte. Sie hatte Hunger, und es dauerte noch zwei Stunden, bis Ruth eintreffen würde. Vogelmann, dachte sie, während sie das Gebäckstück auseinanderriss und die Fetzen mit kaltem Kaffee runterspülte, war nicht der Schlaueste. Er war gar nicht auf den Gedanken gekommen, dass sie als Münchner Kommissarin nicht berechtigt war zu ermitteln.

Aber was noch erstaunlicher war: Er hatte kein Interesse daran gezeigt zu erfahren, was er am Kopf des Toten hätte bemerken sollen. Was bedeuten konnte, dass er es längst wusste.

Ruth

Sie parkte gerade ihr Auto vorm Hotel, als ihr Handy plingte. Wahrscheinlich eine Message von Anna, dass sie sich verspäten würde.

»Ich komm gleich, geh schon mal rein«, las Ruth denn auch und stieg aus.

Sie stopfte das Telefon zurück in ihre Manteltasche und zog sich, als der Regen ihr ins Gesicht schlug, schnell die Kapuze über den Kopf.

Die Wut auf ihre Freundin war inzwischen abgeflaut. Es war albern gewesen, Annas plötzlichen Auszug auf sich zu beziehen. Bestimmt gab es einen anderen Grund dafür – den sie hoffentlich gleich erfahren würde. Ruth erklomm die glitschigen Holzstufen und zog die schwere Tür auf, die der Wind ihr erst beinahe aus der Hand riss und dann zuknallte, kaum dass sie über die Schwelle getreten war.

»Hey, Ruth!« Eva, die an der Theke Gläser polierte, kam auf sie zu und streckte die Hand nach ihrem Mantel aus.

»Moment.« Mit feuchten Fingern nestelte Ruth an dem Knoten des Kapuzenbandes, bis er sich endlich löste. Sie reichte der Hotelchefin den Mantel, von dem dicke Tropfen auf die Holzdielen perlten.

»Was bringt dich denn bei diesem Wetter hierher? Hast du Sehnsucht nach mir?«

»Sehnsucht nach deinem Essen.« Ruth sah sich in dem gut besetzten Lokal um. »Sieht so aus, als ob ich nicht die Einzige bin.«

»Schwäbische Touristen«, bestätigte Eva, »meine treuesten Fans. Und wetterfest. Wenn die nicht wären, müsste ich den Laden im Herbst zumachen. Schau mal, das Pärchen am Tisch da drüben am Fenster geht gerade.«

»Hat Anna nicht reserviert?«, fragte Ruth, während sie der Hotelchefin folgte und dabei feuchte Spuren in dem ausgestreuten Sand hinterließ. Sie musterte neidisch den fantastisch sitzenden Hosenanzug von Eva. Den hatte sie garantiert in einer Boutique in Hamburg gekauft, nicht hier im Dorf.

»Anna?«

»Meine Freundin. Sie wohnt hier, seit heute Morgen.«

Eva zog für sie einen Stuhl zurück, und Ruth setzte sich so hin, dass sie den Gastraum im Auge behielt. Anna würde mit dem Rücken zum Lokal Platz nehmen müssen, was sie als bekennender Kontrollfreak hasste. Geschieht ihr recht, dachte Ruth mit einem Rest von Rachsucht.

»Die Blasse mit den braunen Haaren? Stimmt, die habe ich eingecheckt. Sie ist auch eine Freundin von Zeisig, oder?«

»Zeisig?«

Eva grinste. »Einer unserer Gäste, ein Ornithologe. Mit dem perfekten Namen. Die beiden haben sich vor zwei Stunden vor dem Hotel verabschiedet.« Sie machte der Kellnerin ein Zeichen, die schon mit der Speisekarte in der Hand an der Theke wartete. »Ich bin in der Lobby, bis später.«

Sie ging zur Innentür, die das Restaurant mit dem Durchgang zum Hotel verband, und hielt sie höflich auf, weil Anna hinter der Glasscheibe auftauchte. »Ihre Freundin sitzt am Fenster, Frau Wolf«, hörte Ruth sie sagen.

Anna kam mit zügigen Schritten zum Tisch, gab Ruth einen Kuss auf die Wange und studierte noch im Stehen die Speisekarte, die die Kellnerin ihr hinhielt.

»Ich hätte gerne den roten Hauswein. Und die Spaghetti mit Trüffeln. Ruth?«

Kaum war Anna erschienen, und das mit Verspätung, übernahm sie die Regie. Typisch. »Für mich Weißwein«, sagte Ruth und gab der Kellnerin die Speisekarten zurück. »Und das Risotto. Anna, kannst du dich bitte endlich hinsetzen?«

Anna ergriff den freien Stuhl an der Lehne und platzierte ihn so an den Tisch, dass sie ebenfalls den Gastraum überblicken konnte. »Darf ich?«

Widerwillig rückte Ruth zur Seite. »Und?«, fragte sie. »Ist es nett im ›Wave House‹?«

»Ja.«

»Netter als bei mir?«

»Komm schon, Ruth.« Anna stockte, weil die Kellnerin mit den Weingläsern kam, und wartete, bis sie wieder hinter der Theke verschwunden war. »Es hat doch nichts mit dir zu tun, dass ich umgezogen bin.«

»Sondern mit dem Toten im Watt.«

Anna hob die Schultern. »Du kennst mich.«

»Rück endlich raus mit der Sprache.«

Anna zögerte. »Du erzählst es garantiert niemandem weiter?«

Ruth war empört. »Natürlich nicht!«, begann sie. »Wann habe ich denn jemals ...« Ein bohrender Blick ließ sie verstummen.

Anna nahm ihr Glas und hielt es, ohne die Augen von Ruth abzuwenden oder zu trinken, in der Hand. »Noch vertraut mir der Kommissar. Das kann ich nicht aufs Spiel setzen.«

»Das verstehe ich«, räumte Ruth ein. »Aber wieso hängst du dich überhaupt so in die Sache rein? Hat das mit Marie zu tun? Der Kleinen aus München?«

Anna war keineswegs überrascht über Ruths Hellsichtigkeit. Sie ließ sich eben nichts vormachen. Obwohl Anna die Königin im Vormachen war.

Anna stellte ihr Glas wieder ab. »Findest du das nicht auch unerträglich?«, stellte sie die Gegenfrage. »Dass dieser Mann einfach verschwinden sollte, als ob es ihn nie gegeben hätte? Ohne Spuren, ohne Geschichte, ohne Namen?«

»Marie hatte einen Namen«, gab Ruth behutsam zurück. »Und es gibt Menschen, die um sie trauern, oder?«

»Einen Bruder«, sagte Anna. »Und einen Vater. Aber der trauert bestimmt nicht. Der hat sie ermordet und in ein Gebüsch geschmissen.«

Ruth legte ihre Hand über die von Anna und hielt sie fest. »Du hast getan, was du konntest. – Zu viel vielleicht«, fügte sie nach ein paar Sekunden entschlossen hinzu.

Anna zog ihre Hand weg. »Ja, ich kenne deinen Rap. Loslassen lernen. Akzeptieren. Zugucken, wenn die Katastrophe passiert.«

Ruth seufzte. »Manchmal bleibt uns nichts anderes übrig. Wenn wir nicht noch größeren Schaden anrichten wollen.«

Die Kellnerin tauchte mit zwei Tellern in der Hand auf. Inzwischen hatte sie ihr Sweatshirt ausgezogen und trug nur noch ein Tanktop zu ihren abgeschnittenen Jeansshorts. »Guten Appetit«, meinte sie.

Ruth nickte ihr zu. »Dass die nicht frieren«, bemerkte sie, als die Kellnerin gegangen war, und zog den Zopfpullover enger um sich.

Anna lachte. »Wir waren doch früher genauso«, sagte sie. »Bauchfrei bis in den Winter. Meine Mutter hat das wahnsinnig gemacht. Sag mal …« Sie sah sich um und fuhr mit gesenkter Stimme fort: »Dieser Wirt von der ›Insel‹ …«

»Alex Smirnov?«

»Ja, Wodka-Mann. Ruth, ich traue dem nicht über den Weg.«

»Nachdem du ihn einen Abend gesehen hast?«

»Ich war noch mal bei ihm«, erinnerte Anna sie. »Um ihn auszufragen.«

»Und er war nicht begeistert davon?«, entgegnete Ruth belustigt. »Seltsam. Hör zu, Anna, er ist ein anständiger Kerl. Ein bisschen grummelig, aber ehrlich.«

»So? Warum hat er dann nicht gesagt, dass er weiß, wer der Tote ist?«

Ruth ließ perplex die Gabel sinken, die sie gerade zum Mund hatte führen wollen. »Alex weiß das? Du auch? Woher?«

»Von seinem Computer.«

»Du hast auf seinem Computer herumgeschnüffelt?« Ruth legte die Gabel empört neben ihren Teller.

»Nein. Hier, guck mal.« Anna hielt Ruth ihr Handy hin.

Ruth nahm es und zog mit zwei Fingern das Foto des dunkelhaarigen Fremden auf dem Display auf. »Sieht dem

Toten schon etwas ähnlich.« Sie gab Anna das Telefon zurück. »Wer ist das?«

»Weiß ich noch nicht«, sagte Anna und steckte das Telefon ein. »Das ist von einer Website. Die war geöffnet auf Alex' Laptop, und ich habe sie schnell abfotografiert. Leider in Kyrillisch. Eine News-Site, ich habe die URL gegoogelt.«

Ruth antwortete nicht, sondern starrte aus dem Fenster.

»Ruth?«

»Ja?« Sie wandte sich Anna wieder zu. »Sorry, ich dachte, ich hätte draußen jemanden gesehen. Also, die Seite ist auf Russisch.«

»Ja. Du musst mir dabei helfen, sie zu übersetzen.«

»Ich? Ich kann kein Russisch!«, protestierte Ruth. »Sag doch Rasmussen Bescheid, er wird sich darum kümmern. Oder nimm ein Übersetzungsprogramm.«

»Das ist ein sehr unscharfes Foto, dann müsste ich erst alles abschreiben. Komm schon, Ruth«, drängte Anna. »Du bist andauernd in diesem Ukrainer-Heim, da spricht garantiert jemand Russisch. Wann noch mal genau?«

»Dienstags und sonnabends«, gab Ruth widerwillig Auskunft.

»Perfekt! Dann kannst du übermorgen unauffällig einen deiner Klienten bitten, dir bei einer Übersetzung zu helfen. Du musst schließlich politisch auf dem Laufenden bleiben, wenn du Kriegstraumatisierte therapieren willst, oder? Hilf mir, Ruth, bitte! Vielleicht hat dieser Alex etwas mit dem Tod von dem Mann zu tun.«

»Quatsch!«, antwortete Ruth heftig. »Wie sollte er? Laura hat außerdem gesagt, dass er seit dem Vormittag im Restaurant war. Da fährt er nicht mal schnell mit dem Boot raus und bringt jemanden um.«

Anna drehte den Stiel ihres Glases in den Händen.

Ruth nahm es ihr energisch aus der Hand und beugte sich vor. »Du hast zwei Möglichkeiten. Entweder du informierst Rasmussen und überlässt ihm die Ermittlungen.«

»Die er wahrscheinlich nicht anstellt.«

»Oder du schnüffelst weiter herum und hast irgendwann genug in der Hand, damit die Sache weitergeht.«

»Genau.« Anna war erstaunt, wie klar Ruth sah. »Willst du damit sagen ...«

»Dass du auf eigene Faust weitermachen sollst, ja. Ich glaube, dass du das brauchst. Ein echtes Ende. Closure.«

Anna hasste dieses Buzzword. Ruth schien zu glauben, dass sie nur diesen Fall lösen müsste, und schon könnte sie auch die Sache mit Marie abschütteln. Als ob es für Verrat ein Verfallsdatum gäbe. Sie schluckte ihre sarkastische Entgegnung rechtzeitig runter und fragte stattdessen: »Du hilfst mir also?«

Ruth nickte ergeben. »In Ordnung. Leite mir das Foto weiter. In meiner Gruppe gibt es einen Lehrer, den kann ich fragen.«

»Danke.«

Anna wirkte nicht so, als ob sie erstaunt über den Sinneswandel ihrer Freundin war. Sie hatte gewusst, dass sie nachgeben würde, dachte Ruth gereizt. »Aber diesmal darfst du die Grenze nicht überschreiten«, schob sie nach.

Anna nickte. Natürlich würde sie das nicht tun. Sie hatte es auch nie getan. Selbst damals in München nicht.

WhatsApp-Nachricht von Veli an Anna Wolf

Veli
Soll ich aufhören, Ihnen zu schreiben? Sie antworten mir sowieso nie. Das tut weh, Anna, richtig weh.

Veli
Nein, ich darf nicht aufhören. Denn Sie können etwas tun. Tun Sie was, Anna, bitte, bitte, tun Sie was! Lassen Sie ihn nicht davonkommen. Er wird nie aufhören, niemals! Und dann sind Sie schuld daran. Wieder schuld daran.

DIENSTAG

Sven

Viertel vor acht. Gerade noch geschafft.

Sven Rasmussen zwängte seinen SUV in die Parklücke vor der Kaserne, mit Millimeterabstand zu dem betagten Škoda, der ihn am Sonnabend eingeparkt hatte. Jetzt würde dessen Besitzer selbst durch die Beifahrertür klettern müssen, um wegzufahren, genauso wie er letzte Woche, dachte er befriedigt. Ruths Therapiestunde fing um Viertel nach acht an, er musste sie vorher abpassen.

Die Halle war leer, aber vor der verwaisten Pförtnerloge stand eine Tafel. Rasmussen trat näher und überflog die angepinnten Aushänge. Der Menüplan für die Kantine, Angebote für Sprachkurse und Kinderbetreuung, ein Flugblatt auf Kyrillisch mit einer stilisierten Faust und das Tagesprogramm.

»Raum 2/8. Die Treppe hoch, dann rechts.«

Rasmussen fuhr herum. Vor ihm stand ein kleiner Mann mit einem Wischmopp in der Hand. Der Hausmeister, vermutete er.

»Sie wollen doch zu Ruth, oder?« Ohne eine Antwort abzuwarten, fuhr der Hausmeister fort: »Aber in ihrem Therapieraum ist sie gerade nicht.« Er lehnte den Wischmopp gegen die Wand.

»Sondern?« Rasmussen machte Anstalten, in die Innentasche seines Trenchcoats zu greifen. »Ich bin …«

»Lass man stecken. Der Kommissar aus Flensburg, weiß ich. Sie waren letzten Sonnabend schon hier, bei der Heimleitung. Haben mit Ruth gesprochen.«

Rasmussen war irritiert – wegen des Redeflusses, aber auch wegen des Kenntnisreichtums des Mannes, der sich nun hinter den Schreibtisch in der Loge setzte und das Glasfenster öffnete. »Sie sind der Hausmeister?«

»Richtig. Jan Cremer.«

»Ich will tatsächlich zu Dr. Andresen. Wo finde ich sie denn?«

Cremer deutete mit seiner speckigen Hand zu einer großen, geöffneten Flügeltür. »Kantine. Gibt gerade eine Privataudienz.« Mit einem Ruck zog er das Schiebefenster zu. Seine eigene Audienz war beendet.

Der Speisesaal war gut besetzt, obwohl niemand mehr frühstückte. Ein paar Männer spielten Karten, einige grauhaarige Frauen hatten ihr Strickzeug mitgebracht. Ruth saß an einem kleinen Tisch abseits des Eingangs. Ihre blonden Locken, die ihr heute auf die Schultern fielen, wirkten gegen die dunkelbraune, strähnige Matte des Mannes ihr gegenüber wie ein Heiligenschein. Beide waren in etwas vertieft, das vor ihnen auf dem Tisch lag.

Rasmussen trat näher. »Störe ich?« fragte er leutselig.

Ruth sah auf und ließ im gleichen Moment mit einer geschickten Handbewegung ein Blatt Papier verschwinden. »Was machen Sie denn hier?«

Sie wirkte verlegen, als ob er sie bei etwas ertappt hätte.

»Sven Rasmussen«, stellte er sich dem ihm unbekannten Mann vor, zog einen Stuhl vom Nachbartisch heran und setzte sich neben den Mann. »Kripo Flensburg. Und Sie sind?«

Kurze Pause. »Dmitri«, gab der hochgewachsene Mann widerwillig Auskunft und fügte nach einer weiteren Pause hinzu: »Bojkov.«

»Sie wohnen hier?«

»Ja.«

»Herr Bojkov nimmt an meiner Therapiegruppe teil«, erklärte Ruth. »Die gleich anfängt. Wenn Sie uns also entschuldigen würden?« Sie stand auf, und Dmitri tat es ihr schnell nach.

Rasmussen sah auf seine Armbanduhr. »Sie haben noch zehn Minuten«, sagte er. »Ich muss kurz mit Ihnen sprechen.«

Ruth zögerte und nickte dann Dmitri zu. »Gehst du schon mal vor?« Sie wartete, bis Bojkov hinter der Tür verschwunden war, und setzte sich wieder an den Tisch. »Was gibt's denn?«, fragte sie frostig. »Ich werde nicht gerne gestört bei meiner Arbeit.«

Rasmussen hätte sie liebend gerne gefragt, was auf dem Zettel stand, den sie so hastig hatte verschwinden lassen. Und ob sie befreundet war mit diesem Dmitri mit den ungewaschenen Haaren. Der Mann sah auf eine interessante Art verwegen aus, wenngleich er sehr hager wirkte, fast krank. Mindestens 30 Kilo leichter als er selbst. Aber er war schlau genug, den Mund zu halten. »Es geht um Ihre Freundin«, antwortete er stattdessen.

»Anna?« Ruth wirkte plötzlich gestresst. Sie schien zu ahnen, was er fragen wollte.

»Meine Münchner Kollegin«, bestätigte der Kommissar. »Hören Sie, Dr. Andresen …«

»Können wir bitte mit der Scharade aufhören, Sven?«

Ruth wischte mit einer genervten Geste ihren Pony zur Seite. »In meinem Sprechzimmer war ich Ruth für Sie. Die bin ich immer noch.«

»Ruth«, wiederholte der Kommissar folgsam und stockte. Sie hatte ihn durcheinandergebracht. So wie bei ihren Sitzungen auch. Einer der Gründe, weshalb er sie beendet hatte. »Sie können sich sicherlich denken«, fuhr er fort, als er sich gesammelt hatte, »dass ich über die Vergangenheit von Frau Wolf Bescheid weiß.«

»Natürlich. Die Story stand schließlich in allen Zeitungen. Die Kommissarin, die Beweise manipuliert. Die einen Unschuldigen beinahe hinter Gitter gebracht hätte«, entgegnete Ruth sichtlich verärgert. »Und die dann durchdreht und in einem Akt göttlicher Gerechtigkeit in der Psychiatrie landet. Was für ein Schwachsinn! Wie ich diese Schmierblätter hasse!«

»Glauben Sie mir, ich hasse sie auch«, versicherte Rasmussen. »Aber es ist nun einmal Tatsache, dass Frau Wolf den Ermittlungsprozess damals ruiniert hat. Dass deshalb möglicherweise ein Mörder frei herumläuft.«

Ruths Ärger verflog. »Sie halten Maries Vater für schuldig?«

»Er könnte es sein. Außerdem wirkt Ihre Freundin ganz und gar nicht durchgedreht auf mich. Gerade deshalb möchte ich Sie um etwas bitten.« Weil Ruth die Information kommentarlos zur Kenntnis nahm, fuhr er fort: »Ich habe den Eindruck, dass Frau Wolf auf eigene Faust ermittelt. Das sollte sie besser nicht tun, in ihrem eigenen Interesse.«

»Tun Sie es denn?«

»Was?«

»Ermitteln?«

Rasmussen hob die Schultern. »Wir schöpfen alle Möglichkeiten aus, um den Toten zu identifizieren«, gab er zurück. Er bemerkte selbst den defensiven Ton in seiner Stimme. Nach seinem ersten Bericht hatte er Order von ganz oben bekommen, dafür zu sorgen, dass sich seine Münchner Kollegin aus der Sache raushielt. Man wollte nicht, dass die schlechte Presse aus Bayern nach Schleswig-Holstein schwappte. Anna Wolf sei eine persona non grata. Kontaminiere alles, was sie anfasse. Außerdem hatte man ihm zu verstehen gegeben, dass er nicht allzu viel Energie in aussichtslose Unterfangen investieren sollte. Damit meinten sie die Identifizierung des ertrunkenen Unbekannten.

»Ich werde es ihr ausrichten«, gab Ruth gereizt zurück. »Wenn Sie mich jetzt bitte entschuldigen würden? Meine Sitzung fängt an.« Sie stand auf und verschwand wie Dmitri zuvor hinter der Flügeltür.

Sven Rasmussen sah ihr hinterher. Sie würde Anna Wolf nicht zum Aufhören drängen, Ruths Gesicht war ein offenes Buch. Das war es auch, was ihn in ihren Sitzungen so für sie eingenommen hatte. Sie hatte nicht das branchenübliche Pokerface zur Schau gestellt, sondern sich für sein banales Gejammer wirklich interessiert. Und anscheinend Verständnis dafür gehabt, dass er manchmal alles satthatte, seine Ehe genauso wie seinen Job.

Das war ein weiterer Grund, weshalb er die Therapie beendet hatte. Er wollte nicht, dass man ihn verstand. Sondern dass ihn jemand überzeugte, bei der Stange zu bleiben. Oder besser gesagt bei Antje.

Anna

Am frühen Morgen ruhte die Nordsee wie eine Gummimatte am Fuß der Dünen, schwer und dunkel. Anna war nach dem Duschen in ein Handtuch gewickelt auf den Balkon getreten und erschauerte unwillkürlich. Schnell ging sie zurück ins Zimmer, zog ihre Jeans an, streifte einen schwarzen Rolli über und lief durchs Treppenhaus zur Lobby.

Als sie nach dem Frühstück vor die Tür trat, hatte sich nach einem doppelten Espresso nicht nur ihre Laune zum Besseren geändert, sondern auch das Wetter. Der Wind hatte den grauen Himmel aufgerissen und die Wolken durcheinandergewirbelt. Anna zog den Pullover enger um sich, lief den Deich hoch und über den Dünenpfad zum Strand, der jetzt bei Flut um Kilometer schmaler als bei Ebbe war.

Das Wasser schillerte in Blau- und Grautönen. Schaumbekränzte Wellen rollten ans Ufer und liefen trotzig im Sand aus. Bevor ihre Turnschuhe nass werden konnten, blieb Anna in sicherer Entfernung stehen und sah zu, wie sich ein paar schwarze Neoprenfiguren mit ihren Boards in die vermutlich eisigen Fluten stürzten.

»Wollen Sie auch mal?«

Anna fuhr herum. Hinter ihr war ein weiterer Neoprenmann aufgetaucht. Die eng anliegende Kapuze gab einen dunkelblonden Oberlippenbart und wasserblaue Augen frei.

»Surfen? Garantiert nicht.« Anna musterte die große athletische Gestalt, die anders als die anderen kein Brett dabeihatte. »Sie aber anscheinend auch nicht. Haben Sie Ihr Brett vergessen? Oder machen Sie Bodyboarding?«

Der Mann lachte. »Das würde ich nur in der Karibik machen. Paul Voss«, stellte er sich rasch vor. »Ich leite das Bullicamp vom Hotel. Und gebe die Anfängerkurse.« Er streckte seine Hand aus, die Anna nach einem winzigen Zögern ergriff. Sie fühlte sich überraschend warm an.

»Anna Wolf. Ich wohne im Hotel. Aber nicht im Camp«, fügte sie schnell hinzu.

»Weiß ich.« Paul Voss warf einen kurzen Blick zu der Gruppe hinüber. Seine Schützlinge paddelten neben ihren Boards und versuchten mehr oder weniger erfolgreich, sich hochzuhieven und ein paar Sekunden aufrecht stehen zu bleiben. »Ich habe Sie gerade in der Lobby gesehen«, fuhr er fort. »Also, wirklich kein Interesse?«

Bevor Anna antworten konnte, vibrierte das Handy in ihrer Hosentasche, gefolgt von einem vom Wind gedämpften Klingelton. Sie zog es heraus und warf einen Blick auf das Display. »Da muss ich ran.«

»Klar.« Der Surflehrer verabschiedete sich, indem er kurz die Hand hob. »Bis später vielleicht.«

Anna wartete, bis er knietief im Meer stand. »Ruth?« schrie sie in den Hörer. »Kannst du mich verstehen?«

»Kaum. Kannst du etwas lauter brüllen?«

»Sorry«, entschuldigte Anna sich, »der Wind ist so laut.«

»Was sagst du? Der Wind ist so laut.«

»Haha.« Anna hasste es, wenn man sie zappeln ließ. Und tausend Jahre alte Scherze machte. »Was gibt's?«

»Neuigkeiten.«

Anna zwang sich, Ruths Kunstpause abzuwarten. Sie wusste, dass ihre Freundin diese Sekunden auskostete, in denen sie, was selten genug vorkam, Oberwasser hatte.

»Stell dir vor, ich habe im Heim wirklich jemanden aufgetrieben, der die Website übersetzen konnte«, fuhr Ruth schließlich fort.

»Und? Was ist das für ein Typ?«

»Dmitri? Der ist Russischlehrer. Aus Kiew.«

»Nein, du Schaf! Der Kerl auf dem Foto. Der Tote im Watt.«

»Wenn es denn derselbe ist.«

»Wenn, wenn, wenn. Also?«

»Dmitri sagt, das sei eine News-Website. Übelster Propagandaschrott. Du weißt schon, von Ukrainern, die nichts lieber wollen, als sich in Mütterchen Russlands Schoß zu verkriechen. So wie Nikolaj.«

»Nikolaj? Ist das der Mann auf der Website?«

»Habe ich das nicht gerade gesagt?« Ruth klang überrascht.

Anna unterdrückte ein genervtes Stöhnen. »Nein. Also, ist er das?«

»Genau. Nikolaj Melnik. Ein ukrainischer Surf-Champion. Tritt aber bei Wettkämpfen für Russland an.«

Anna, deren Herz bei dem Wort »Surf-Champion« heftig zu pochen begonnen hatte, schnaubte enttäuscht. »Klar. Weil man im Schwarzen Meer so toll surfen kann.«

»Spar dir deine Ironie. Er trainiert in der Kamtschatka. Das ist eine russische Halbinsel im Pazifik, mit Wellen so hoch wie Wolkenkratzer. Allerdings …« Ruth, die bis jetzt sehr selbstzufrieden geklungen hatte, zögerte.

»Ja?«

»Rasmussen ist plötzlich aufgetaucht, als Dmitri mir in der Kantine erklärt hat, dass er Melnik für einen Vaterlandsverräter hält. Und dass alle hier ihn hassen.«

»Hat der Kommissar die Website gesehen?«

»Nein, das nicht«, beruhigte Ruth sie. »Ich habe mich auch schnell verzogen. Aber er wirkte misstrauisch und hat mich ziemlich unverblümt gewarnt, wegen dir. Anna, du setzt deine Karriere aufs Spiel, wenn du weiter heimlich herumschnüffelst. Stell dir vor, er meldet es seinen Vorgesetzten. Oder deinen, in München.«

Anna blies so kräftig ins Mikro, wie sie konnte, schob noch einen Krächzlaut hinterher und drückte Ruth weg.

»Hey!«, schrie sie Paul zu, der gerade aus dem Wasser gekommen war und mit skeptisch verschränkten Armen seiner Gruppe bei den Versuchen zusah, nicht vom Brett zu fallen.

Er drehte sich um. »Was gibt's?«, fragte er, als Anna ihn erreicht hatte.

»Ich würde doch gerne mitmachen. Geht das?«

Der Trainer wirkte überrascht, nickte aber. »Kein Problem. Wir treffen uns am Freitag wieder, um eins im Bullicamp. Ihren Namen brauche ich noch.«

»Anna Wolf.«

»Also, Anna, dann gehen Sie bitte am Freitag eine Viertelstunde vor Kursbeginn in den Surfshop, für die Anmeldung und die Anprobe. Anzug, Füßlinge, Handschuhe und Kappe. Alles klar?«

»Prima.«

Anna machte sich auf den Weg zurück. Gut, dass sie ihrem Instinkt gefolgt und ins Hotel gezogen war. Sie war fest davon überzeugt, dass Melnik der Tote war. Es konnte gar nicht anders sein. Erst das Armband, jetzt die Website. Vielleicht war er für einen Wettkampf nach St. Peter gereist? Wenn er mit den Surfern hier bekannt war, würde Paul Voss es garantiert wissen, und den würde sie am Freitag entspannt ausquetschen können.

Aber erst mal war ein anderer Kandidat an der Reihe. Mal sehen, wie Alex es erklären würde, dass er Melnik sofort erkannt hatte – nur aufgrund eines verschwommenen, unterbelichteten Fotos.

MITTWOCH

Sven

Rasmussen machte sich noch nicht einmal die Mühe, so zu tun, als ob er zufällig in der Lobby saß und an Limettenwasser nippte. Als Anna durch die Drehtür trat, stockte sie. Wahrscheinlich, dachte Rasmussen, spielte seine Kollegin beim Anblick seiner massigen Gestalt mit dem Gedanken, ins Treppenhaus abzubiegen und in ihrem Zimmer zu verschwinden. Was sie jedoch nicht tat. Weil klar war, dass er ihr hinterhergehen würde.

Sie kam auf ihn zu, setzte sich ihm gegenüber und nahm das Glas mit Limettenwasser entgegen, dass der Kellner ihr unaufgefordert reichte.

»Espresso?«

»Einen doppelten. Danke.«

Rasmussen wartete, bis der Kellner sich verzogen hatte. »Sie sollten weniger Kaffee trinken.«

Das Feuer im Kamin hatte den großen Raum erhitzt. Anna schälte sich stumm aus ihrer Jacke und legte sie mitsamt Mütze und Handschuhen auf den Tisch.

Der Kommissar hob die Augenbrauen. »Lassen Sie zu Hause Ihre Sachen genauso rumliegen? Wie findet Ruth das denn?« In gespielter Verwirrung schlug er sich an die Stirn und fügte hinzu: »Moment, stimmt ja, Sie wohnen gar nicht mehr bei Ihrer Freundin. Sie sind ins Hotel gezogen.«

»Der Service ist besser.«

Arne erschien, Annas Lieblingskellner. »Darf ich das aufhängen?« Er stellte die Tasse an den Rand des Tischchens, wies auf die Jacke und eilte nach Annas Nicken mit dem Bündel zur Garderobe.

»Sehen Sie?«, fragte Anna. »Das hätte Ruth nicht gemacht. Nein, stimmt nicht. Hätte sie doch.«

Der Kommissar beugte sich vor. »Hören Sie, Frau Wolf ...«

»Anna.«

»Also gut, Anna. Sie müssen damit aufhören. Mit der Schnüffelei.«

Sie sah ihn belustigt an. »So beschreiben Sie Ihren eigenen Job? Ich nenne das Ermitteln. Obwohl, Sie ermitteln ja gar nicht. Sie haben immer noch keine Ahnung, wer der Tote ist, richtig?«

»Nikolaj Melnik. 32 Jahre alt, promovierter Biophysiker und im Olympia-Kader des russischen Surf-Teams.«

»Respekt!« Anna zog die Augenbrauen hoch und deutete mit beiden Händen einen Applaus an. »Wie haben Sie das herausgefunden?«

»Gar nicht. Ich habe mir diesen Lehrer zur Brust genommen, mit dem Ruth sich unterhalten hat, und Melnik durch die Datenbank laufen lassen. Sie haben Ruth auf Dmitri angesetzt, richtig? Woher kannten Sie überhaupt die Website?«

»Die Leiche ist also wirklich Melnik«, erwiderte Anna, ohne auf seine Frage einzugehen. »Und jetzt?«

»Jetzt halten Sie sich komplett heraus!«, erwiderte der

Kommissar. »Sie haben das Geheimnis gelüftet. Reicht das nicht?«

»Ich will wissen, wer ihn umgebracht hat. Warum.«

Rasmussen stöhnte auf. »Geben Sie endlich Ruhe! Der Mann war surfen, hat sich beim Runterfallen den Kopf am Brett aufgeschlagen und ist ertrunken.«

»Nackt.«

»Wie bitte?«

»Er war nackt surfen? In der zehn Grad kalten Nordsee?« Sie sah ihn unverwandt an.

»Dann war er eben doch auf einem Boot. Und hat sich, als er aus dem Wasser kam, den nassen Anzug ausgezogen, ist dabei gestürzt und über Bord gefallen.«

»Was für ein Quatsch!«, fauchte Anna wütend. »Das wissen Sie selbst! Wo ist dann das Boot? Und wenn es einen Bootsführer gab, warum hat der nichts gesagt? Vielleicht ist Ihnen ein hergelaufener Ukrainer auch einfach egal. Gibt jetzt schließlich viele hier, da kommt es auf einen mehr oder weniger nicht an, oder?«

»Es reicht!« Rasmussens Gesicht nahm eine beunruhigende Farbe an, rote Äderchen, Boten eines hohen Blutdrucks, mäanderten über seine Backen. Mit einer genervten Geste fuhr er sich durch seine kurzen, weizenblonden Haare. »Wenn Sie weiter dazwischenfunken, geht der Bericht nach München raus. Es gibt interne Ermittlungen gegen Sie, oder? Würde nicht gut aussehen. Für Sie steht alles auf dem Spiel, Anna. Ihre Karriere. Ihr ganzes Leben!«

Anna sah aus dem Fenster, Rasmussens Blick folgte ihrem. Draußen trottete der Surflehrer mit seiner Gruppe über den Strand und bog ab in Richtung Bullicamp.

Kathie, die mit einem Tablett in der Hand erschienen war und gerade Annas leere Tasse einsammeln wollte, schien ihn auch gesehen zu haben. Das Lächeln auf ihrem Gesicht gefror. Abrupt stellte sie das Tablett ab, eilte durch die geöffnete Terrassentür und quer über die Straße auf die Gruppe zu.

»Warum nur, Anna?«

Anna wandte ihren Blick von der Szene draußen ab und schaute ihn abwartend an. Sein Gesicht hatte wieder die gewohnte Farbe angenommen.

»Wie konnten Sie nur so einen dämlichen Fehler machen?«, fragte er eindringlich. »Beweise manipulieren … Sie mussten doch wissen, dass das auffliegt. Dass der Scheißkerl für immer frei rumlaufen wird und womöglich ein weiteres Kind umbringt.«

Anna stand auf. »Ich nehme an, von Ihnen werde ich in Zukunft nichts weiter hören? Briefings über Ermittlungsfortschritte oder so?«

Rasmussen erhob sich ebenfalls. Er überragte sie um fast zwei Köpfe. »Selbstverständlich nicht, Sie sind eine gewöhnliche Zeugin in diesem Fall«, gab er kühl zurück. »Wenn Sie weiter auf eigene Faust ermitteln, wird das Konsequenzen haben. Passen Sie auf sich auf«, fügte er noch hinzu und griff nach seinem Trenchcoat, der neben ihm auf der Couch lag.

»Und Sie«, sagte Anna, ohne sich zu rühren, »passen besser auf Ruth auf.«

»Wie bitte?« Verwirrt hielt der Kommissar inne.

»Ich will nicht, dass sie verletzt wird. Für eine Therapeutin ist sie viel zu vertrauensselig.«

»Wie kommen Sie darauf, dass …«

Anna lachte. »Sieht doch jeder, dass Sie sie mögen. Nur Ruth merkt nichts, wie immer. Sie kennen sich schon länger, oder?«

»Das geht Sie überhaupt nichts an!«, fuhr er sie an. Mit dem Trenchcoat in der Hand marschierte er aus dem Hotel.

Anna okkupierte die Ledercouch und vermied dabei die vermutlich noch warme Stelle, wo Rasmussen gesessen hatte. Die »Insel«, entnahm sie der Website, die sie auf ihrem Handy aufrief, würde morgen um 11 Uhr aufmachen. Und sie sehr pünktlich sein.

MÜNCHEN

24. August im Jahr zuvor, 4.30 Uhr

Anna

Der Lichtkegel ihrer Taschenlampe wanderte über platt getretene Erde, glitt Stämme hoch, tastete sich über Sträucher und durchforstete dichtes Laub. Endlich erfasste er das Flatterband. Vor ein paar Stunden erst hatte das Team es zwischen die dünnen Bäume gebunden, die die winzige Lichtung säumten, um Gaffer vom Tatort fernzuhalten. Jetzt war Kriminalkommissarin Anna Wolf wieder hier. Allein. Noch hing die Nacht über dem Wäldchen an den Isarauen. Nicht mehr lang und es würde dämmern.

Anna horchte in die Stille hinein. In der Ferne meinte sie das Rauschen des Flusses zu vernehmen. Es hatte in diesem ultraheißen Sommer seit Wochen nicht mehr geregnet. Die Sträucher und Wiesen waren übersät mit trockenen Zweigen, sie würde auch das zarteste Knicken sofort wahrnehmen. Aber wer sollte sich hier schon so früh herumtreiben?

Sie hatte versucht einzuschlafen. Mit allen Mitteln. Whisky, Melatonin, CBD-Öl und um 1 Uhr morgens sogar mit einer der verschreibungspflichtigen Schlaftabletten aus Christians vergessenem Vorrat im Spiegelschrank. Nichts hatte geholfen.

Vor ihren geschlossenen Augen spielte sich in Dauerschleife der Horrorfilm des Tages ab. Wie sie heute früh den Anruf erhalten hatten, dass Marie verschwunden war. Der Vater des Mädchens, der Orthopäde und Privatdozent Professor Dr. Andreas Lindner, hatte sich nicht einmal die Mühe gemacht, verzweifelt zu klingen, als seine schluchzende Haushälterin ihm den Hörer weitergereicht hatte. Eigenhändig ein paar Tasten zu drücken, dachte Anna, war wohl unter seiner Würde. Seine Arroganz, die seine wohlklingende Arztstimme färbte, hatte sie schon bei ihrer ersten Begegnung abgestoßen, als sie die Familie in ihrer Zeit beim Kommissariat für Sexualdelikte unter die Lupe genommen hatte, aufgrund eines anonymen Briefes.

Seine Angestellten suchten bereits seit Stunden nach ihr, hatte Lindner am Telefon erklärt. Anscheinend hatte die Nanny sie gegen sieben im Kinderzimmer gesehen, ihr das weiche blonde Haar in Zöpfe geflochten und beim Anziehen geholfen, blaue Latzhose, rosa Hello-Kitty-T-Shirt, weiße Turnschuhe. Dann sei das Kindermädchen in die Küche gegangen, um Frühstück zu machen, und bei ihrer Rückkehr war das Mädchen weg und das vorher geschlossene Fenster stand weit auf. Ja, das Zimmer liege im Erdgeschoss der Villa, hatte Lindner Annas Nachfrage beantwortet. Vom Boden bis zum Fensterbrett seien es vielleicht anderthalb Meter.

Marie war sofort zur Fahndung ausgeschrieben worden. Hundertschaften der Bereitschaftspolizei hatten die Umgebung durchsucht. Die Spurensicherung hatte Sohleneindrucksspuren der Achtjährigen im Rosenbeet unterm Fenster gesichert, jedoch keine weiteren. Vielleicht, hatte Anna beim Anblick der zertretenen Blüten gehofft, war die Kleine nur weggelaufen und nicht entführt worden.

Minuten später waren mit Wärmebildkameras ausgerüstete Hubschrauber aufgestiegen und die Hundestaffel angerückt. Die Tiere hatten sofort Witterung aufgenommen und waren ins Gehölz jenseits der Auen geprescht, die an Lindners parkartigen Garten mündeten. Die Spur hatte in einer von Trampelpfaden zerfaserten Wildnis voller Ginsterbüsche, Wicken und Sträucher geendet, beliebt bei ungeduldigen Paaren und als Toilette.

Das Kripo-Team hatte sich nicht weiter anstrengen, lediglich ein bisschen trockenes Laub und die bröselige Erde wegwischen müssen, dann war bereits der nackte kleine Körper erschienen. Das Mädchen war erwürgt worden, die Male am Hals hatten sich tiefblau von der blassen Haut abgezeichnet. Bei der Untersuchung hatte der Forensiker zwei verheilte Knochenbrüche konstatiert, ein paar Narben, wenige verkrustete Wunden. Dass ihr im Laufe ihres Lebens mehrmals Gewalt angetan worden war, sei nicht ausgeschlossen, aber auch nicht beweisbar. Nein, keine Anzeichen einer Vergewaltigung oder eines sonstigen sexuellen Missbrauchs. Marie, so das spätere Statement von Vater, Nanny und Haushälterin, war ein wildes Kind gewesen, das furchtlos auf Bäume kletterte und sich oft verletzte.

Doch Anna wusste, dass nicht jeder Horror physische Spuren hinterließ. Der Vater war schlau. Er hätte niemals etwas getan, was nachweisbar sein würde. Weder am Tatort noch auf der Leiche fand sich fremde DNA. Auch wenn seine Tochter durchaus ein paar Wunden und Narben aufwies, war Lindners Art des Missbrauchs subtiler gewesen als rohe Gewalt, da war Anna sich sicher. Vielleicht hatte er sie nicht umbringen wollen, vielleicht war er ein bisschen zu weit gegangen, hatte Maries körperliche Reaktionen falsch eingeschätzt – und sie nur deshalb gewürgt, um einen Mord durch einen Fremden vorzutäuschen.

Dass er die Kleine gequält hatte, hatte sie bereits vor einem Jahr nicht bezweifelt, beim letzten Einsatz mit ihrem alten Team. Damals war ihr Versetzungsgesuch von der Kommission für Sexualdelikte zu der für Mord schon bewilligt gewesen. Ein ebenso besorgter wie anonymer Bürger hatte Maries Vater in einem Brief bezichtigt, die Kleine zu missbrauchen. Anna und ihr Partner Marius hatten ihn daraufhin in seiner Villa aufgesucht.

Der Mann – gepflegt, gut, aber nicht übertrieben teuer gekleidet, mit vollem weißen Haar und von Falten umkränzten graugrünen Augen, über denen schwer die Lider hingen – war zuvorkommend gewesen. Doch seine Eiseskälte hatte Anna schaudern lassen.

Maries Mutter, so Lindners Auskunft auf ihre Fragen, hatte sich schon vor Jahren aus dem Staub gemacht. Tablettenabhängig, nachlässig und fragil sei Judith gewesen, völlig überfordert davon, das Kind großzuziehen. Die Abfälligkeit in seiner Stimme war trotz des bemüht neutralen Tonfalls unüberhörbar gewesen. Eine bedauerliche Liaison. Er habe seine zweite Frau abgefunden und das alleinige Sorgerecht zugesprochen bekommen. Und keine Ahnung, wo sie sich aufhalte. Judith hätte auch niemals versucht, Kontakt zu ihm oder Marie aufzunehmen.

Den im Brief erhobenen Vorwurf des Missbrauchs hatte er angewidert zurückgewiesen. »Fragen Sie die Nanny, die Haushälterin, den Kindergarten«, hatte er gesagt, und Anna hatte gemeint, einen Unterton von Triumph in seiner Stimme wahrzunehmen. »Ich habe Marie niemals auch nur angeschrien, geschweige denn geschlagen. Rufen Sie von mir aus bei meiner ersten Frau an, Kerstin. Wir waren bereits getrennt, als Maries Mutter und ich uns kennenlernten. Kerstin lebt jetzt in Australien, aber wir haben regelmäßig Kontakt und sie kennt meine Tochter gut. Ich gebe Ihnen gerne die Nummer. Jeder wird Ihnen versichern, dass an diesem Dreck nichts dran ist! Oder«, hatte er hinzugefügt, obwohl er die negative Antwort darauf bereits gekannt hatte, »gibt es außer dem anonymen Geschreibsel einen ernst zu nehmenden Hinweis?«

»Intelligent, grausam, gnadenlos«, hatte Annas sonst so zurückhaltender Partner Marius knapp geurteilt, als sie zurück ins Kommissariat gefahren waren. »Ein Arschloch aus dem Bilderbuch.«

In den folgenden Wochen hatte es noch mehrere anonyme Nachrichten und Gespräche mit Lindner gegeben, die im Laufe der Wochen immer unangenehmer geworden waren. Der Arzt hatte Beschwerden an ihre Vorgesetzten eingereicht, und man hatte Anna angeraten, sich zurückzuhalten. Was sie befolgt hatte, schließlich wollte sie ihre Versetzung nicht gefährden.

Nun, Monate später, war das Kind also tot – und Anna, in ihrer neuen Rolle als Kommissarin für Mord, hatte sich wieder Lindners Lügen anhören müssen. Maries Missbrauch hatte sie nicht verhindern können, auch nicht ihren Tod. Aber ihren Vater würde sie dieses Mal nicht davonkommen lassen. Das hatte sie sich geschworen, als sie das tote Kind vor wenigen Stunden in der Erdkuhle liegen gesehen hatte. Egal, wie weit sie dafür gehen musste.

Gegen fünf war Anna aufgestanden, hatte Jeans und ein schwarzes T-Shirt angezogen. Anstatt sich im Bett herumzuwälzen, konnte sie genauso gut nochmals zur Lichtung fahren, hatte sie gedacht. Ein Grund für ihre Unruhe war das vage Gefühl, dass sie etwas übersehen hatte, nachdem die Spurensicherung den Schauplatz durchkämmt hatte. Ein irritierendes Detail, das sie nicht fassen konnte. Vielleicht würde es ihrem Gedächtnis auf die Sprünge helfen, wenn sie sich nochmals in Ruhe umsah, allein.

Sie hatte sich für die kurze Strecke das Rad ihrer Tochter Lola geliehen und war damit über den Waldpfad bis fast zum Tatort gefahren. Am Ende des Pfads hatte Anna das Rad auf den Boden gelegt und war weiter ins Dickicht geschlichen, sorgfältig darauf bedacht, dass ihr Pullover nicht an den Dornen der Brombeersträucher hängen blieb. Die Lampe hatte sie erst angemacht, als sie sicher gewesen war, dass ihr Schein vom Weg her nicht mehr gesehen wurde.

Um den Tatort herum hielten dunkle Stämme reglos Totenwache. Was eine optische Täuschung war, denn das menschliche Auge war zu langsam, um ihre Bewegungen wahrzunehmen. Bäume standen nicht nur da, sie tanzten. Sonst würden sie einfach umkippen, hatte Christian ihr erzählt. Es war das Interessanteste, das er jemals gesagt hatte. Bäume balancieren, unbemerkt, unentwegt.

Auf den ersten Blick sah alles aus wie gestern Abend. Die Kuhle, in der Marie gelegen hatte, wirkte merkwürdig aufgeräumt und verlassen. Man hatte herausgenommen, was zu ihr gehörte. Die gebrauchten Kondome, Kippen, eine Einwegspritze und Papiertaschentücher, die gestern überall auf dem Waldboden verteilt gewesen waren, hatte die Spurensicherung in beschriftete Plastikbeutel verpackt und etikettiert, in dem frustrierenden Bewusstsein, dass nichts davon auf den Täter hinweisen würde, ebenso wenig wie die leeren Bierflaschen und zerknüllten Zigarettenschachteln. Auch die Hunde, die nach dem Leichenfund zunächst aufgeregt herumgeschnüffelt hatten, hatten schnell Ruhe gegeben, ihr Job war erledigt.

Anna machte trotzdem ein paar Aufnahmen. Der Blitz enthüllte nur nackte Erde, Blätter, zertretenes Gras. Sie hob das Flatterband an, duckte sich hindurch, kam aber nicht weit. Jenseits der Absperrung bildeten Bäume und Sträucher ein feindliches Dickicht, das nach Moos und seltsam nach Asche roch. Es war aussichtlos. Sie würde hier nichts finden, was die Profis, Menschen wie Hunde, nicht auch aufgespürt hätten. Dennoch drückte sie auf den Auslöser der Handykamera, deren Modus, wie sie feststellte, als sie sich langsam im Kreis drehte, zwischenzeitlich auf Serienaufnahme umgesprungen sein musste. Egal. Sie würde die Fotos morgen sichten und die überflüssigen löschen.

Das Knacken von Zweigen. Anna fuhr herum und knipste gleichzeitig die Lampe aus. Sie horchte, bewegungslos, eine Minute, zwei Minuten. Stille, tief wie der Tod. Und dennoch das Gefühl, von tausend Augen beobachtet zu werden.

Sie atmete die Luft aus, die sie unwillkürlich angehalten hatte. Inzwischen dämmerte es. Die Konturen der Bäume schälten sich langsam aus der Dunkelheit. Anna fand den Weg zurück zu Lolas Fahrrad auch ohne Taschenlampe. Wahrscheinlich war die Fantasie mit ihr durchgegangen, dachte sie, befeuert von Ängsten, Whisky und Schlaftabletten.

Da war niemand. Kein Mensch und keine Geister.

ST. PETER-ORDING – DONNERSTAG

Anna

Als sie eintrat, erkannte sie das Paar zunächst nicht, das eng nebeneinander an einem der kleinen Tischchen der Eisdiele saß. Danach war es zu spät, um sich unbemerkt zu verziehen.

Der Mann rückte noch näher an seine Gefährtin mit dem exakt geschnittenen, rot glänzenden Pagenkopf und strich ihr eine Haarsträhne hinters Ohr. In dem Moment, als er aufsah, begegnete Alex' Blick dem ihren. Er flüsterte der Frau etwas zu, und nun drehte auch sie sich um. Eva, die Hotelchefin. Anscheinend hatten die zwei sich ausgerechnet den Eissalon als Treffpunkt ausgesucht, in dem Anna die Wartezeit totschlagen wollte, bis die »Insel« aufmachte.

Sie nickte den beiden knapp zu, setzte sich mit dem Rücken zu ihnen an die Theke und bestellte einen Affogato. Es wäre albern gewesen, so zu tun, als ob sie sie nicht gesehen hätte. Gerade hatte sie begonnen, ihr Eis zu löffeln, als sie Alex' Stimme hörte.

»Darf ich?« Ohne ihre Antwort abzuwarten, zog er einen der hohen Hocker heran und setzte sich.

»Ich wollte nicht stören«, sagte Anna abweisend.

»Das wäre mir neu.«

»Vermisst Ihre Freundin Sie nicht?« Das kam bissiger heraus, als es sollte.

»Eva musste zurück ins Hotel.«

»Und Sie? Machen Sie nicht bald die ›Insel‹ auf?«

»Warum, haben Sie Hunger?« Alex gab der älteren Frau hinter der Theke ein Zeichen. Er deutete auf die leere Tasse und drückte ihr einen Zwanzigeuroschein in die Hand. »Stimmt so«, sagte er, als die Frau nach Wechselgeld kramte.

»Ich bezahle lieber für mich selbst.«

»Ihr Deutschen seid ein hoffnungsloser Fall. Als ob ihr eure Seele verkauft, wenn euch jemand einen Kaffee spendiert. Sie dürfen mich gerne auch weiterhin nicht leiden können.«

Anna steckte ihr Portemonnaie wieder ein. »Ich mag Sie eigentlich ganz gern«, sagte sie.

Alex sah sie amüsiert an.

»Außerdem würde ich wirklich etwas bei Ihnen essen. Und natürlich bezahlen«, setzte sie hastig hinzu.

Alex hob mit gespielter Resignation die Schultern, erhob sich und machte eine Handbewegung zur Tür hin. »Hauptsache, Sie trödeln nicht. Ich muss um 12 Uhr da sein, dann macht Titus Pause. Mein Koch.«

Auch an diesem stürmischen Herbsttag waren die meisten Geschäfte in der Fußgängerzone geöffnet. Vor den Scheiben standen mobile Regale mit blau-weißen Kaffeebechern, Postkarten mit Robbenbabys und Fleecejacken. Gegen den Nieselregen hatte man durchsichtige Planen über die Ständer drapiert, an denen der Wind zerrte.

»Woher kennen Sie Nikolaj Melnik?«

Alex stutzte und blieb stehen. »Wie bitte?«

»Sie wissen genau, wer das ist.«

Alex kniff die Augen zusammen und setzte sich wieder in Bewegung. Anna musste sich anstrengen, um an seiner Seite zu bleiben. Wenn er einen Schritt machte, brauchte sie zwei.

»Sie hatten eine Website mit seinem Foto auf Ihrem Laptop. Als ich neulich in der ›Insel‹ war und Sie mir die Liste der Wattwanderer gegeben haben.«

»Ich habe Ihnen keine Liste gegeben.«

Anna blieb stehen und stützte sich unauffällig gegen die gemauerte Umrandung eines Springbrunnens in einer Nische der Fußgängerzone. Ihr Herz hämmerte. Eigentlich war sie immer fit gewesen, aber seit sie die Antidepressiva nahm, fühlte sie sich schon vor dem Aufstehen erschöpft. Sie hätte sich gerne gesetzt, doch die Bänke waren von territorial wirkenden Rentnern okkupiert.

»Geht es Ihnen nicht gut?« Alex' Unmut war in Besorgnis umgeschlagen.

Sie überhörte seine Frage. »Alex, keine Spielchen. Wir wissen beide, dass der Tote im Watt Nikolaj Melnik ist. Ein ukrainischer Surfer, der in Russland lebt.«

Als ein älteres Paar mühsam aufstand, gestützt auf seine Nordic-Walking-Stöcke, hockte sich Alex auf den frei gewordenen Rand des Brunnens. Anna ließ sich neben ihn fallen, erleichtert, dass sie sich keine Blöße geben musste.

»Hatten Sie wirklich vor, bei mir zu essen?«, fragte er.

»Nein.«

Er seufzte. »Ein illegitimes Verhör also, wie gewöhnlich.«

Wider Willen musste sie lachen. »Stimmt.«

»Okay, ich erzähle Ihnen, was ich weiß. Aber nicht hier.« Misstrauisch musterte Alex die Rentner, als wären sie ein Trupp Moskauer Agenten in beigefarbenen Windjacken.

Anna, die schon eine entsprechende Bemerkung auf den Lippen hatte, schluckte sie hinunter.

»Kommen Sie später in die ›Insel‹, nach Feierabend.«

»Hat Eva nichts dagegen?« Die Frage war ihr entschlüpft, bevor sie sich bremsen konnte.

Alex wirkte erstaunt. Dann dämmerte es ihm. »Sie meinen, Eva und ich sind zusammen?«

Anna hob betont gleichmütig die Schultern.

Alex fuhr sich verlegen mit der Hand durch seine Locken. »Das ist lange her. Inzwischen sind wir Freunde. Eva hat einen Lover in Köln, schon seit einem Jahr.« Er erhob sich. »Ich muss los, Titus reißt mir sonst den Kopf ab. Wir sehen uns um zehn in der ›Insel‹, in Ordnung?«, fragte er und lief mit schnellen Schritten auf die Seebrücke zu.

Anna stand ebenfalls auf, unschlüssig, was sie mit der gewonnenen Zeit anfangen sollte. Wie hieß dieser Lehrer, der Ruth die Website übersetzt hatte? Wladimir oder so ähnlich, ein typisch russischer Name jedenfalls. Vielleicht konnte sie ihm ein bisschen mehr über Melnik entlocken als der Kommissar. Einen Hinweis zu Melniks Adresse in Russland oder zu der seiner Familie in der Ukraine. Oder zumindest zu der des Vereins, bei dem er trainiert hatte.

Wenn Ruth sich nicht mal wieder verplappert hatte, dachte sie. Hoffentlich hatte sie ihrem Schützling nicht auf die Nase gebunden, dass Anna ebenfalls von der Polizei war.

WhatsApp-Nachricht von Veli an Anna Wolf

Veli
Es ist etwas passiert.

Veli
Können Sie kommen? Bitte! Helfen Sie mir!

Anna

Die Bahn brauchte zwar nur eine Viertelstunde von St. Peter nach Tating, aber die Kaserne lag laut Google Maps kilometerweit von Tatings Zentrum entfernt. Ohne Busanbindung. Anna hatte also erst den Zug nach Tönning genommen, um sich dort den Škoda ihrer Freundin zu borgen, der, wie sie wusste, unabgeschlossen im Hinterhof ihrer Praxis am Marktplatz stand. Den Schlüssel deponierte Ruth stets im Handschuhfach.

Nun stellte Anna den Wagen in der Mitte der beiden engen Besucherparkplätze vorm Eingang des Heims ab. Der Backstein der Gebäude, eingesperrt zwischen Mauern, erinnerte sie in seiner dunkelroten Tristesse an die Gefängnisse, in denen sie in ihrem Berufsleben ein und aus gegangen war. In der Loge mit dem geöffneten Glasfenster saß ein Mann mit Koboldgesicht und sah ihr erwartungsvoll entgegen.

Anna lächelte ihn, wie sie hoffte, gewinnend an und hielt einen Hotelbriefumschlag hoch, in den sie eine Werbebroschüre über die Schönheit des Nordens gestopft hatte. »Ich würde gerne einen der Heimbewohner sprechen. Dr. Ruth Andresen hat mich gebeten, ein paar Dokumente vorbeizubringen, weil ich heute sowieso in der Gegend bin. Ärztliche Unterlagen, er wartet darauf.«

»Name?«

»Anna Wolf.«

Der Kobold schüttelte tadelnd den Kopf. »Nicht ihren.«

»Dr. Andresen hat mir den Namen gesagt, aber ich komme gerade nicht mehr darauf. Ein Lehrer, hat sie gesagt, aus der Ukraine. Er besucht ihre Therapiegruppe, der Name sollte herauszufinden sein.«

»Sollte er das?« Der Kobold legte den Kopf schief. »Lassen Sie den Umschlag hier. Ruth kann mich später anrufen und mir den Namen sagen. Wissen Sie, ich kann nicht einfach Daten herausgeben. Sicherheitsvorschriften.«

»Ich muss ihn persönlich überreichen. Dr. Andresen besteht darauf.«

»Sie sind diese Freundin aus München, oder?«

Das hatte Ruth also auch fröhlich herumerzählt? Sogar dem Hausmeister? Sie schenkte dem Kobold ein weiteres Lächeln. »Eigentlich komme ich von hier. Ich bin mit Ruth in St. Peter zur Schule gegangen.«

»Dann sind Sie keine von Putins Auftragskillern?«

»Ich arbeite für jeden, der mich angemessen bezahlt.«

Der Kobold grinste. »Dmitri Bojkov. Gibt den Kindern in der Kantine gerade Deutschunterricht, aber die müssten gleich fertig sein. – Da ist er ja.« Seine Hand wies auf die gegenüberliegende Seite der Halle.

Ein paar Kinder stürmten aus einer Tür, dahinter ging, deutlich langsamer, ein hagerer, dunkelhaariger Mann. Das linke Bein zog er ein wenig nach.

»Danke.« In dem Bewusstsein, dass der Kobold sie nicht aus den Augen lassen würde, trat sie auf den Lehrer zu. »Herr Bojkov?«

Aus seinen Gedanken gerissen, wandte der Mann sich ihr verunsichert zu. Sein Kinn und seine Wangen zierte zwar ein struppiger Bart, aber Anna konnte die blassrosa Narben erkennen, die sich von der Nase abwärts bis zum Hals zogen, um hinter dem Rollkragen eines braunen Strickpullovers zu verschwinden.

»Ruth schickt mich. Könnten wir uns kurz unterhalten? Ungestört?«

»Wer sind Sie? Ihre Vertretung? Ist sie krank?«

»Ihre Freundin. Ruth meinte, Sie könnten mir vielleicht mit einer Auskunft helfen.«

Bojkov zögerte, stimmte dann jedoch zu. »Gehen wir in den Garten. Kommen Sie mit.« Er hatte nur einen leichten Akzent und sprach jedes Wort äußerst akkurat aus.

»Gerne. Könnten Sie das kurz halten?« Sie drückte ihm den Umschlag in die Hand, holte ihr Handy aus der Tasche und tat so, als ob sie eine Nachricht empfangen hätte. »Gehen Sie ruhig schon vor, ich muss das eben beantworten.«

Sie tippte wahllos aufs Display, während Bojkov mit dem Umschlag in der Hand zum Hinterausgang der Halle ging. Eine Minute später folgte sie ihm. Die kleine Scharade müsste genügen, um den Kobold von ihrer erfundenen Kurier-Mission zu überzeugen. An der Tür holte sie den Lehrer ein, der offensichtlich Schmerzen beim Gehen verspürte.

»Nach Ihnen, bitte«, sagte er förmlich, hielt die Tür auf und drückte Anna, kaum dass sie im Garten standen, den Umschlag wieder in die Hand. »Hier, Ihr Brief.«

Anna faltete ihn zusammen und stopfte ihn in die Jackentasche. Vor ihr erstreckte sich eine räudige Rasenfläche. Dass inzwischen die Sonne herausgekommen war, verbesserte den deprimierenden Anblick nur minimal. Neben einem Sandkasten standen ein rostiges Klettergerüst und zwei Wipptiere. Für die Erwachsenen hatte man unbequem aussehende Metallbänke aufgestellt. Am Rand des Areals flatterte Wäsche an zwischen die Zaunpfähle gespannten Leinen.

Dmitri Bojkov steuerte auf eine der Bänke zu und ließ sich mit einem unterdrückten Stöhnen nieder. Er zog ein Päckchen Tabak hervor und drehte sich mit nikotinbraun verfärbten Fingern eine Zigarette. »Sie auch?« Er hielt ihr die Packung hin.

Anna schüttelte den Kopf.

Er steckte den Tabak kommentarlos ein, zündete die Zigarette an und sog den Rauch in seine Lungen.

»Also?«

»Sie haben für Ruth eine Website übersetzt, richtig? Mit dem Artikel über Nikolaj Melnik.«

Wenn ihr Gesprächspartner überrascht war, ließ er es sich nicht anmerken. Er kniff nur kurz die Augen zusammen und sah den Rauchwölkchen nach, die seiner Zigarette entstiegen.

»Wissen Sie vielleicht noch mehr über den Mann?«, fuhr Anna entschlossen fort.

»Dass er tot ist. Sein Foto hängt überall aus. Ist ertrunken, anscheinend. Geschieht ihm recht«, sagte er und spuckte, das Gesicht von Abscheu verzogen, kräftig auf den Boden.

Anna zuckte zurück und rückte ein Stück ab. »Warum? Was hat er denn angestellt?«

»Warum wollen Sie das wissen?«, konterte Bojkov misstrauisch.

»Ich bin von der Lokalzeitung«, präsentierte Anna die vorbereitete Lüge. »Vom ›Eiderstedter Boten‹. Es passiert schließlich nicht alle Tage, dass bei uns jemand ertrinkt, den keiner kennt. Unsere Leser interessiert das natürlich brennend.«

»Hat die Polizei den Namen schon an die Zeitungen rausgegeben? Gestern wollte dieser Kommissar noch, dass ich mit niemandem darüber spreche.«

»Heute morgen kam die Pressemeldung rein«, log Anna. »Da ist wohl die Hilfe der Bevölkerung gefragt, um den Fall aufzuklären. Wie meistens. Wir helfen selbstverständlich gerne.«

Dmitri warf seine Kippe auf den Boden und trat sie mit der Spitze seines abgetretenen Turnschuhs aus. »Melnik ist irrelevant«, sagte er. »Das ist alles, was Sie wissen müssen. Kein Grund für einen Nachruf. Um den trauert keiner.«

»Warum? Kannten Sie den Mann?«

»Nicht persönlich, nur den Namen. Alle hier wissen, wer das war.«

»Sie meinen, weil er ein berühmter Sportler war?«

Dmitri stießen einen höhnischen Laut aus. »Ein Verräterschwein, das war er! Hat sich in Russland feiern lassen, während wir von denen angegriffen wurden. Während wir gekämpft haben und beinahe verreckt sind dabei.« Er deutete auf sein Bein. »Da steckt immer noch Blei drin. Trotzdem würde ich sofort zurückgehen und weitermachen, wenn die mich noch nähmen. Aber leider bin ich nutzlos mittlerweile.«

Anna überging seine Bemerkung. »Lebte Melnik schon vor dem Krieg in Russland? Vielleicht durfte er nach dem Überfall nicht mehr zurück in seine Heimat?«

»Gedrückt hat er sich«, gab Dmitri gehässig zurück. »Nach Deutschland hat er es schließlich auch geschafft, wie man sieht. Aus dem Land raus konnte er also. Selbst die Russen wollten ihn wohl nicht. Hat ihm nur nichts genützt. Tot ist tot.«

»Für welchen Verein ist er in Russland angetreten?«, erkundigte Anna sich.

»Wieso wollen Sie das wissen?« Dmitris Misstrauen flammte wieder auf. »Komische Fragen, die Sie stellen.«

»Ich dachte, ich könnte mich dort nach ihm erkundigen«, sagte Anna schnell. »Also die russische Sicht der Dinge …«

Dmitri erhob sich und schaute auf sie herunter. »Die russische Sicht, ja?«, fragte er verärgert. »Was diese Arschlöcher denken, ist so was von scheißegal!«

Anna befürchtete, dass ihr Gesprächspartner erneut ausspucken würde, und erhob sich ebenfalls. »Wenn Ihnen noch etwas einfällt, rufen Sie mich dann an?« Sie griff in ihre Jackentasche, riss eine Ecke des Umschlags ab und kritzelte ihre Telefonnummer darauf.

»Ist besser, wenn Sie sich hier nicht mehr sehen lassen.« Seinen Worten zum Trotz nahm Dmitri den Papierfetzen an sich und steckte ihn in die Hosentasche. »Ist nicht jeder so nett wie ich. Journalisten sind nicht besonders beliebt. Wenn Sie überhaupt eine Reporterin sind.« Er fixierte Anna mit zusammengekniffenen Augen.

»Ich gebe mir Mühe«, antwortete sie und lachte, als ob sie seine Bemerkung für einen Scherz hielte. »Danke jedenfalls für das Gespräch.« Sie deutete auf eine Tür im Bretterzaun, der den Garten der Kaserne von den umliegenden Feldern blickdicht absperrte. »Ist dort offen? Kommt man da auf den Parkplatz?«

Als Bojkov nickte, ging Anna mit schnellen Schritten aufs Tor zu. Sie konnte fühlen, wie sein Blick sie verfolgte. Zumindest bestand keine Gefahr, dass er dem Kommissar von ihrer Begegnung erzählen würde. Polizisten konnte der wütende Lehrer bestimmt noch weniger leiden als Journalisten.

Unwillkürlich atmete sie aus, als die Tür hinter ihr ins Schloss fiel und sie den schmalen Parkplatz erreichte. Neben die Beifahrerseite von Ruths Auto hatte sich ein

SUV gequetscht, zwei seiner dicken Reifen standen im angrenzenden Rosenbeet. Anna wollte gerade einsteigen, als ihr auffiel, dass ein Zettel hinter dem Scheibenwischer steckte.

»Aller guten Dinge sind drei«, stand darauf. »Darf ich Sie auf einen Kaffee einladen? Schicken Sie mir eine Nachricht? Sven.«

Sieh an, der Kollege baggerte Ruth also wirklich an. Anna steckte den Zettel ein, startete den Motor und fuhr schwungvoll rückwärts. Einerseits freute sie sich, dass ihre Instinkte noch funktionierten. Andererseits müsste sie, bei einer künftigen Liaison von Ruth und Rasmussen, beim Herumschnüffeln vorsichtiger sein. Vielleicht sollte sie ein paar Tage warten, bis sie Ruth die Nachricht übergab.

Was sie natürlich nicht tun würde. Im Gegenteil, sie applaudierte Rasmussen für seine Initiative. Der Kommissar schien ein netter Kerl zu sein, selbst wenn er sie nervtötend fand. Höchste Zeit, dass Ruth sich wieder verliebte, Hauke war schließlich seit drei Jahren tot. Irgendwann, dachte Anna, musste das, was vergangen ist, auch vorbei sein.

Sie machte den Motor wieder aus, holte das Handy aus der Jackentasche und begann zu tippen.

WhatsApp-Nachricht von Anna Wolf an Veli

Anna
Ich kann nichts mehr tun. Für dich nicht und nicht für Marie. Hör auf, mir zu schreiben. Ab jetzt werde ich alle Nachrichten ungelesen löschen. Und dich blockieren.

Laura/Kathie

»Eine Fußmassage, bitte.« Kathie ließ sich mit einem übertriebenen Stöhnen auf ihre schmale Liege am Fenster des Vierbettzimmers fallen.

»Träum weiter.« Laura, die mit untergeschlagenen Beinen auf dem Bett auf der anderen Seite des Fensters saß, ließ sich nicht stören, sondern schrieb weiter in ihren Collegeblock.

»Wo sind die anderen?« Kathie wies auf die beiden leeren, wieder einmal ungemachten Betten an der Rückseite des weiß gestrichenen Raums. Zen-Style, wie Lizzy und Yasemin sich mokierten, die zum Ausgleich Poster von Taylor Swift und Billie Eilish an die Wand über ihren Betten gepinnt hatten. Der Musikgeschmack von Zwölfjährigen, fand Laura, fehlte nur noch ein Glitzereinhorn. Außerdem machte der großzügige Balkon zum Wasser hin, den Eva bei der Renovierung an den einstigen Schafstall hatte anbauen lassen, die Kargheit der Einrichtung mehr als wett.

»Spätdienst.« Laura klappte den Block zu, öffnete die Schublade ihres Nachttischchens, holte eine zerknautschte Packung Marlboro Lights heraus und hielt sie ihrer Freundin hin.

Kathie zögerte einen Moment, dann griff sie zu.

Laura gab ihr Feuer, stand auf und öffnete die Balkontür. Sie erschauerte, als ein klirrend kalter Luftzug sie attackierte, schloss die Tür schnell wieder und legte sich beim Hinsetzen die Bettdecke um ihre Schultern.

»Du siehst aus wie eine alte Indianerin. Nur dass die Pfeife rauchen würde.«

Laura grinste. »Wollen wir später im Dorf noch was trinken gehen? Lizzy und Yasemin kommen auch. Und Arne.«

»Geht nicht. Ich übernachte bei Paul im Bulli.«

»Das wäre mir echt zu kalt jetzt. Ist mir ein Rätsel, wie er das jede Nacht aushält. Also wenn er allein ist.«

Kathie drückte ihre Zigarette aus und gähnte mit offenem Mund. Dann hielt sie sich schnell die Hand davor. »Ist nicht mehr für lang. In drei Wochen sind wir zurück in Hamburg und spielen happy Kleinfamilie.«

»Das seid ihr ja auch.«

Kathie schnitt eine Grimasse. »Meistens schon.«

Laura fand sich selbst und ihren Freund Theo definitiv zu jung sowohl fürs Heiraten als auch fürs Kinderkriegen. Aber manchmal beneidete sie ihre Freundin darum, dass deren Mann den Sommer über nur ein paar Schritte weg in dem alten Volkswagen campierte, während sie Theo höchstens alle zwei Wochen sah. Am Ende des Wintersemesters hatte sie ihn gefragt, ob er nicht auch Lust auf einen Sommerjob hätte. »Eva sucht immer dringend Kellner«, hatte sie ihm versichert, »und schlafen kannst du im Männer-Dorm.« Aber Theo hatte sofort abgewinkt. Nicht nur, weil er als Praktikant in der Kanzlei seines Vaters besser verdiente, sondern auch, wie sie ahnte, weil er so ihre gemeinsame, winzige Wohnung mit Fördeblick den Sommer über für sich allein hatte. Laura schüttelte ihre tristen Gedanken ab. »Hast du was von Cleo gehört? Geht's ihr gut?«

»Klar.« Kathie öffnete den Krimi auf ihrem Nachttisch und zog ein zusammengefaltetes Blatt Papier mit Buntstiftkritzeleien heraus. »Hat meine Mutter mir geschickt. Das sollen Paul, sie und ein Seelöwe sein, bei einer Wattwanderung.«

Laura deute auf eine Figur mit Schnurrbart. »Ist das Paul oder der Seelöwe?«

»Kunstbanausin!« Kathie faltete das Blatt behutsam wieder zusammen und steckte es zurück zwischen die Buchseiten.

Lauras Handy meldete sich mit einem Klavierakkord. Sie las die Nachricht und sah auf. »Stell dir vor, die wissen jetzt, wer der Ertrunkene ist. Der, den wir gefunden haben.«

»Echt?«

»Hat mir meine Mutter gerade getextet. Ich soll es aber keinem weitererzählen. Ist wohl noch nicht offiziell.«

»Wer ist es? Ein Tourist?«

»Vielleicht. Ein Surfer, schreibt sie. Sie meint, dass er möglicherweise für einen Wettkampf hier war. Aber im Herbst gibt es keine Wettkämpfe mehr, oder?«

»Der auf Sylt war der letzte in diesem Jahr. Der, den ich gewonnen habe. Falls ich das noch nicht erwähnt haben sollte.« Kathie gähnte nochmals und erhob sich dann entschlossen. »Ich geh jetzt rüber ins Camp, bevor ich einschlafe. Du willst wirklich noch ins Dorf?«

Laura nickte. »Klar.«

»Mit dem Rad?«

»Warum nicht?«

»Ich meine ja nur, weil die Freundin von deiner Mutter, diese Kommissarin, so was angedeutet hat. Dass sie glaubt, der Typ wurde umgebracht. Weil er eine Wunde am Kopf habe, als ob man ihm eins übergezogen hätte. Vielleicht treibt sich ein Killer bei uns rum.«

»Der mir nachts auf dem Deich auflauert, um mir eins auf die Nuss zu geben?« Laura lachte, aber sie merkte selbst, dass es nicht ganz echt klang. »Anna vermutet immer das Schlimmste«, fuhr sie fort, um auch sich zu überzeugen. »Muss eine Berufskrankheit sein.«

»Wenn du meinst.« Kathie fischte einen langen, salbeigrünen Wollschal aus dem Schrank und band ihn sich um. »Wie heißt er denn?«

»Wer?«

»Dieser tote Surfer. Ich frag Paul, ob er ihn kennt.«

»Keine Ahnung. Soll aus der Ukraine kommen, hat Mama geschrieben. Aber du weißt von nichts, okay? Schon vergessen? Ich soll's niemandem erzählen.«

Kathie, deren Gesicht inzwischen hinter dem Schal verschwunden war, eilte wortlos mit einem Winken aus der Tür.

Hoffentlich hält sie die Klappe, dachte Laura beklommen. Schlimm genug, dass Ruth kein Geheimnis für sich behalten konnte. Jetzt hatte sie selbst es noch an Kathie weitergetratscht. Kein Wunder, dass Anna, der Diskretion wichtig war, das Weite gesucht hatte. Allerdings würde sie, sobald die Identität des Ukrainers offiziell bestätigt wäre, bestimmt selbst Kathies Mann ausquetschen und wissen wollen, ob der Tote in der lokalen Surfer-Szene bekannt war.

Laura sah auf ihre Armbanduhr. Gleich zehn. Sie zauderte einen Moment, zog sich dann aber kurz entschlossen die Öljacke über, die noch feucht glänzend über der Stuhllehne hing. Sie würde mit dem Rad ins Dorf fahren. Zurück könnte sie sich später mit den beiden anderen ein Taxi teilen.

Anna

»Neuer Treffpunkt: ›Bar an der Brücke‹.«

Anna hatte gerade ihr Rad am Zaun beim Strandübergang angeschlossen, als die Nachricht aufpoppte. »Okay«, textete sie zurück, verwundert über Alex' Sinneswandel. Aber erschöpft, wie sie sich gerade fühlte, war sie erleichtert, dass ihr der Fußmarsch zur »Insel« im unablässig strömenden Regen erspart blieb. Sie hatte es gerade noch geschafft, Ruths Auto vor Praxisschluss im Hinterhof abzustellen, und danach eine halbe Stunde am Tönninger Bahnhof auf die verspätete Regionalbahn gewartet.

Die »Bar an der Brücke« musste neu sein. Anna sah sich suchend um. Erstaunlich, wie viele Lokale in den letzten Jahren aufgemacht hatten. In ihrer Jugend hatte es in der Fußgängerzone außer Pommesbuden nur eine Eisdiele, eine Pizzeria und ein gutbürgerliches Fischrestaurant gegeben, und dessen Küche hatte um Punkt acht geschlossen.

Der von Alex vorgeschlagene Treffpunkt versteckte sich in einem der letzten verbliebenen Fischerhäuser, stellte sie schließlich fest, dort, wo die Einkaufsstraße in den Vorplatz des Strandübergangs mündete. Anna schob ihr Rad in den Ständer im Vorgarten und öffnete die Holztür. Obwohl das Lokal das gesamte Erdgeschoss einnahm, war der Raum winzig und bot gerade Platz für sechs Tische, von denen zwei besetzt waren, beide mit schweigsamen Paaren in Norwegerpullis. Anna fing den Blick des glatzköpfigen Wirts auf, der hinter der Bar Gläser spülte, und deutete fragend auf einen freien Zweiertisch am Fenster.

Der Mann nickte. »Garderobe ist neben der Toilette«, erklärte er mit Blick auf ihre triefende Jacke.

Während sie dort Jacke, Mütze und Handschuhe aufhängte, musste Alex hereingekommen sein, jedenfalls saß er bereits am Tisch, als sie zurückkehrte. Seine Lederjacke, von der es munter auf den Boden tröpfelte, hatte er über die Stuhllehne gehängt. Anscheinend ermahnte der Wirt nur Personen, die kleiner waren als 1,90 Meter. Anna steuerte auf Alex zu, der sich erhob.

»Was trinken Sie?«

»Gin Tonic.«

Alex, in seinem gewohnten Outfit mit Jeans und dunkelblauem Troyer, ging zur Theke. Anna sah ihm nach. Er war einen Kopf größer als der Wirt, der nun Gin in zwei Longdrink-Gläser füllte.

»Warum treffen wir uns hier?«, fragte sie, als Alex zurückkam und ihr eines der Gläser reichte.

Alex setzte sich. »Weil Ihr Freund, der Kommissar, gerade in der ›Insel‹ eine Scholle verschlingt. Mit Krabben.«

Anna stöhnte. »Hat der Mann kein Zuhause?« Dann kam ihr ein erfreulicher Gedanke: »War er allein? Oder ist er mit Ruth da?«

»Ruth?«

»Meine Freundin«, antwortete Anna. »Groß, dünn, blonde Locken.«

»Lauras Mutter, ich weiß«, kommentierte Alex ungeduldig. »Hier kennt jeder jeden. Ich verstehe nur nicht, wieso sie mit Rasmussen essen gehen sollte. Ihr seid also befreundet?«

»Schon ewig. Als ich aus München kam, habe ich bei ihr gewohnt, bevor ich ins ›Wave House‹ gezogen bin. Ist sie nun mit Rasmussen in der ›Insel‹ oder nicht?«

»Nein, ist sie nicht. Wieso interessiert es Sie, mit wem der Kommissar essen geht?«

»Ich dachte nur ... Ist egal«, fuhr sie rasch fort.

»Nun sagen Sie schon.«

»Ich habe gedacht, dass er an Ruth interessiert ist.«

Alex warf ihr einen amüsierten Blick zu. »Sie mischen sich gerne in das Leben anderer Leute ein, nicht wahr?«, erkundigte er sich und trank von seinem Gin Tonic.

Gerne nicht, dachte Anna. Aber oft. Mit verhängnisvollen Konsequenzen manchmal. »Könnten wir über etwas anderes sprechen?«, wechselte sie das Thema. »Nikolaj Melnik zum Beispiel? Wieso haben Sie ihn sofort erkannt? Und wieso haben Sie das der Polizei verschwiegen?«

Alex stellte sein Glas ab. »Mit ›Polizei‹ meinen Sie sich? Oder die, die zuständig ist?«

»Beide.«

»Die Polizei muss nicht alles wissen, jedenfalls nicht sofort. Ich war mir nicht hundertprozentig sicher, dass der Tote Melnik ist.«

»Wieso sind Sie überhaupt auf ihn gekommen?«

Alex fuhr sich mit Hand durch die Locken, eine Geste, die Anna mittlerweile kannte. Und mochte.

»Sie wissen, dass ich in Russland Journalist war?«

»Laura hat das erwähnt, ja.«

»Ich habe auch Sportberichterstattung gemacht. Ein paarmal habe ich über die Surfer-Community in der Kamtschatka geschrieben. Das ist eine Halbinsel ...«

»... im Bering-Meer, ich weiß. Eine eisige Wildnis, wo man von Bären aufgefressen wird, wenn man nicht aufpasst. Melnik war also einer von denen?«

»Geduld, Anna«, tadelte Alex sie mit leichtem Spott. Er lehnte sich zurück und ließ sich, absichtlich, wie Anna vermutete, Zeit, bis er weitererzählte. »Ja, war er«, fuhr er schließlich fort. »Das ist eine superinteressante Szene am Chalatyr-Strand, richtig harte Jungs. Die stürzen sich selbst bei Schnee in Mega-Brecher. Faszinierend. Ich halte mich immer noch gerne online auf dem Laufenden, was da passiert. Melnik war einer der Stars, absolut furchtlos, er hat fast jeden Wettkampf gewonnen.«

»Kannten Sie ihn persönlich?«

Alex schüttelte den Kopf. »Nein, der ist erst dazugestoßen, als ich längst in Deutschland war, kurz vor der Corona-Zeit. Aber der Typ hat mich interessiert. Aus zwei Gründen.«

»Die da wären?«

»Seine Biografie. Es gibt nicht viele Surfer mit Doktortitel. Und seit dem Krieg frage ich mich, wie er es als Ukrainer in Russland aushält.«

»Überhaupt nicht«, antwortete Anna. »Schließlich ist er nach Deutschland gekommen.«

»Zwei Jahre nach Kriegsbeginn«, erwiderte Alex. »Würden Sie so lange in einem Land bleiben, das Ihr eigenes überfallen hat?«

»Sie meinen, er hätte in den Krieg ziehen sollen?«

»Was denn sonst?«

Anna überlegte. »Hätten die Russen ihn rausgelassen?«

»Seinen Pass haben die anscheinend nicht konfisziert. Er hat in einem seiner wenigen Interviews erzählt – das war allerdings vor dem Krieg –, dass er regelmäßig seine Großmutter besuche. Sie lebt in einem Altersheim in Kiew. Abgesehen davon: Keiner hätte Melnik zwingen können, weiter für Russland anzutreten und vor allem zu gewinnen.«

»Für Dmitri ist er ein Vaterlandsverräter. Der hat ihn gehasst.«

»Dmitri?«

»Ein Ukrainer aus dem Flüchtlingsheim. Er gehört zu Ruths Therapiegruppe dort.«

»Verständlich. Die Frage ist«, sagte Alex langsam und drehte gedankenversunken sein mittlerweile leeres Glas in den Händen, »wer ihn schlussendlich mehr gehasst hat. Die Russen, weil sich ihr Superstar aus dem Staub gemacht hat. Keine gute Propaganda, auch wenn die Zeitungen das totgeschwiegen haben. Oder die Ukrainer, weil er sich vor dem Kämpfen gedrückt hat, während seine Freunde verreckt sind.«

Anna sah auf. »Meinen Sie, die Russen wissen, dass er tot ist?«

Alex schaute sie stumm an.

Anna begriff. »Sie wollen sagen, dass …«

»Vielleicht ist er endlich aufgewacht, politisch, und hätte über kurz oder lang den Überfall Russlands auf die Ukraine öffentlich verurteilt. Melnik war berühmt, er hätte gefährlich werden können. Wäre nicht das erste Mal, dass die Russen einen Dissidenten im Ausland um die Ecke bringen.«

Anna erinnerte sich daran, welches Entsetzen der Giftanschlag auf Nawalny ausgelöst hatte, die Lichtgestalt der Opposition, der in einem Berliner Krankenhaus gerettet worden war – und schließlich in einem sibirischen Lager starb, wahrscheinlich mit massiver Nachhilfe. Und an das Nowitschok-Attentat in England, das dem Regimegegner Skripal beinahe das Leben gekostet hätte. »Vergiftet wurde Melnik jedenfalls nicht«, gab sie zu bedenken. Vielleicht sah Alex Gespenster, Dissidenten-Paranoia. Innerlich wehrte sie sich gegen die Idee, dass in der beschaulichen St. Peter-Blase Auftragsmörder ihr Unwesen trieben.

Alex lachte auf. »Schießen können die auch. Erinnern Sie sich noch an den Tiergarten-Mord? Diesen Georgier, angeblich ein Terrorist, den der russische Geheimdienst mitten in Berlin abgeknallt hat?«

»Rasmussen hält uns garantiert für verrückt, wenn ich ihm diese Theorie unterbreite.«

»Ich halte Sie für verrückt, wenn Sie das nicht tun«, bemerkte Alex.

»Sie meinen … ich soll weiter heimlich ermitteln? Und ihm dann das Ergebnis auf einem Silbertablett servieren?«

»Mit meiner Hilfe.« Alex sah sie abwartend an. »Die Meriten kann er sich, was mich betrifft, gerne selbst an den Hut stecken. Ich vermute, Sie sehen das genauso.«

Er schätzte sie richtig ein. »Die Stimme der Unvernunft«, bemerkte sie. »Klingt gut.«

»Noch einen Gin Tonic? Und sag bitte Du. Schließlich sind wir jetzt Partner in Crime.« Er winkte dem Wirt und deute auf die leeren Gläser.

»Sa náschu drúschbu!«, sagte er, als der Nachschub kam.

»Freundschaft?«, fragte Anna. »Wir trinken auf die Freundschaft? Druschba ist das einzige russische Wort, das ich kenne.«

»Damit«, sagte Alex und stieß sein Glas sanft gegen das ihre, »kommen wir schon sehr, sehr weit.«

Laura

Die kalte Luft tat gut. Laura ließ die Tür der überheizten Kneipe in St. Peter Dorf hinter sich ins Schloss fallen und setzte sich auf das Bänkchen an der Hauswand unter die aufgespannte Markise, auf die der Regen trommelte. Sie war verstimmt. Die Musik im »Uhu« war zu laut, das Gedränge unerträglich, Lizzy und Yasemin benahmen sich absolut idiotisch. Sie hatten abgesprochen, um zwei zusammen ein Taxi zurück ins Dorm zu nehmen. Aber jetzt, um halb drei, hatten sich die beiden schwer benebelt von ein paar Jungs aus Stuttgart anbaggern lassen, die im Bullicamp wohnten, und würden im Laufe der kurzen Nacht wohl auf den Pritschen einer der Busse landen.

Was ihr schnuppe war. Aber ein Taxi nur für sich selbst kostete nicht gerade wenig, und sie hatte keine zehn Euro mehr im Portemonnaie. Also doch Rad fahren, entschied sie. Sechs Kilometer die Deichstraße entlang. Im Prinzip kein Ding, im Dunkeln und bei Regen jedoch nicht die reine Freude.

Die Tür der Kneipe öffnete sich. Zwei Männer traten hintereinander heraus. Laura hatte sie drinnen schon gesehen. Sie hatten am Ende der langen Theke gesessen und kaum aufgeschaut, wenn sich jemand auf dem Weg zur Toilette an ihnen vorbeidrängte, anscheinend hatten sie sich viel zu erzählen gehabt. Jetzt umarmten sie sich, und der Große klopfte dem kleineren Blonden auf den Rücken. Dann trollte er sich in die Nacht hinaus. Laura schien, als ob er dabei ein Bein etwas nachzog.

Der Blonde fummelte eine Zigarettenpackung aus seiner Lederjacke, steckte suchend seine Hand in die Taschen und kam auf sie zu. »Hast du vielleicht Feuer?«

Laura sah sich um. Hinter ihr stand niemand, also meinte der Typ sie. »Ich rauche nicht.«

»Mist.« Der Blonde stopfte die Packung wieder zurück. Dann grinste er sie an. »Lust, noch was trinken zu gehen?«

»Ganz sicher nicht.« Laura stand auf, lief zum durch die Markise geschützten Ständer und schloss ihr Rad auf.

»Willst du etwa damit jetzt nach Hause fahren?«

»Was dagegen?« Laura schlang, ohne sich umzudrehen, die Kette um die Sattelstütze und begann, das Rad herauszuzerren. Was sich kompliziert gestaltete, denn der Lenker hatte sich mit den Lenkern der daneben geparkten Räder verheddert.

»Warte, ich helfe dir.« Der Blonde sprang herbei und hielt die beiden fremden Räder auseinander, sodass Laura das ihre herausschieben konnte.

»Danke.« Laura band sich die Kapuze ihrer Jacke zu und zog die Handschuhe an. »Bis dann.« Sie setzte den Fuß auf das rechte Pedal, um es runterzudrücken, aber es bewegte sich keinen Millimeter. Irritiert wandte sie sich um.

Der Blonde stand immer noch hinter ihr und hielt mit beiden Händen den Gepäckträger fest. Auf seinem Gesicht lag ein herausforderndes Grinsen.

»Spinnst du?«, fuhr Laura ihn an. Was für ein Arsch. »Lass auf der Stelle los!« Am liebsten hätte sie dem Typen eine runtergehauen, doch sie beherrschte sich.

»Laura, richtig?« Der Typ machte keine Anstalten loszulassen.

»Was?«

»Du bist Laura.« Das war keine Frage, sondern eine Feststellung. »Ich habe dich drinnen gesehen, mit deinen Freundinnen. Ziemliche Schlampen, wenn du mich fragst.«

»Dich fragt aber keiner«, fauchte sie. Allmählich wurde der Kerl ihr unheimlich. Sie schaute zum Eingang des »Uhu«, ob vielleicht jemand herauskam, doch die Tür bewegte sich nicht.

»Deine Mutter heißt Ruth«, fuhr der Blonde unbeirrt fort. Das Lächeln war aus seinem Gesicht gerutscht.

Lauras Finger schlossen sich um ihr Handgelenk, um die sie die Apple Watch trug, die Ruth ihr zu Weihnachten geschenkt hatte. Es gab doch ein Notsignal, dachte sie panisch, irgendwo musste man draufdrücken, dann wurde automatisch die Polizei angerufen. »Und wie heißt du?«, fragte sie, um Zeit zu gewinnen. Ihre Stimme klang selbst in ihren eigenen Ohren zittrig.

»Geht dich nichts an.« Der Blonde ließ den Gepäckträger los und trat so nahe an sie heran, dass sie seinen Bieratem roch.

In diesem Moment ging die Tür auf, und die Kneipe spie einen Schwung grölender Jugendlicher aus. Einer davon torkelte so heftig, dass er, als er an ihnen vorbeiging, die Balance verlor und gegen den Blonden prallte. Der wandte sich blitzschnell um und packte den Jungen am Kragen seiner Jeansjacke.

Laura ergriff die Gelegenheit, schwang sich aufs Rad und raste ohne Licht durch den pausenlos fallenden Regen davon.

Anna

Eigentlich hätte sie gedacht, dass Russen trinkfester seien. Aber der dritte Gin Tonic hatte Alex buchstäblich umgehauen.

Der kräftige Mann stützte sich auf das Geländer der Seebrücke, wo einsam ihr Fahrrad auf sie wartete, atmete tief durch und geriet dabei leicht ins Schwanken, sodass Anna schnell seinen Arm ergriff, um ihn zu stützen.

»Tut mir leid«, entschuldigte Alex sich. »Ich bin das Zeug nicht mehr gewöhnt.«

Anna, auch nicht mehr sicher auf den Beinen, ließ ihn los. »Falls du einen Hering im Kühlschrank hast, solltest du ihn essen. Und dazu zehn Aspirin.« Sie gähnte. »Da fällt mir ein – wo wohnst du eigentlich?«

Er machte eine unbestimmte Handbewegung in Richtung Osten. »Tating. Aber ich schlafe besser hier heute Nacht.« Er drehte sich um und deutete auf die dunkel daliegende »Insel« am Ende der Brücke. Im Regen war der Pfahlbau unter der dichten Wolkendecke trotz des Mondlichts kaum zu erkennen. Nur schwach zeichnete sich das spitze Dach gegen den Himmel ab.

»Ich fahr jetzt los.« Anna beugte sich runter, um ihr Rad aufzuschließen. Dabei wurde ihr so übel, dass sie einen Moment in der Position verharrte.

»Dann landest du im Graben, und wir haben eine zweite Tote im Watt.« Alex' Stimme klang ungeduldig. »Bleib hier, Anna, in der ›Insel‹ gibt es zwei Sofas, sogar ziemlich bequeme. Und Kaffee.«

Sie richtete sich vorsichtig auf, die Übelkeit ebbte ab.

»Vielleicht keine schlechte Idee.« Sie klang forscher, als ihr zumute war.

»Wir können uns gegenseitig stützen.« Alex ergriff ihre klamme Hand, und zusammen gingen sie aufs Meer zu.

Der Wind roch nach feuchtem Gras und Salz. In der Ferne ließ sich das Blöken eines schlaflosen Schafs vernehmen. Die Bohlen, stelle Anna fest, als sie die Brücke betrat, waren unangenehm glitschig. Schon nach dem ersten Schritt wäre sie beinahe ausgerutscht, aber Alex verstärkte seinen Griff um ihre Hand.

»Gute Reaktion, Wodka-Mann.«

»Das bin ich für dich? Wodka-Mann?«

Sie antwortete nicht, hatte das Lächeln in seiner Stimme jedoch durchaus wahrgenommen. Als sie etwa ein Drittel der Strecke zurückgelegt hatten, klingelte Annas Telefon.

»Moment«, murmelte sie, ließ die Hand los und zerrte das Handy aus der Jackentasche. »Laura«, stand auf dem Display. Hastig drückte sie auf den grünen Button. »Ja?«

»Anna? Gott sei Dank! Bitte komm! Ich habe Angst. Mama geht nicht ran.«

»Wo bist du, Laura?«

»Auf dem Radweg am Deich. Ich fahre gerade nach Hause, von Dorf. Und ich glaube, da ist einer hinter mir her. Bist du im Hotel? Kannst du kommen?«

Anna lief bereits die Brücke zurück. »Wo genau bist du im Moment?«

»In Bad. Kurz vor der Brücke.«

»Da bin ich auch. Fahr weiter, du siehst mich gleich, ich stehe am Geländer vorne.«

»Ich beeil mich.« Lauras Stimme erstarb.

Anna hatte den Vorplatz erreicht und starrte angestrengt in Richtung Süden. Der unbeleuchtete Fahrradweg versteckte sich in der Dunkelheit.

»Ist etwas mit Laura?« Alex klang besorgt.

Anna drehte sich um. Sie hatte nicht bemerkt, dass Alex ihr gefolgt war. »Sie ist auf dem Weg hierher, mit dem Rad. Kannst du was erkennen?«

Alex schwieg, aber sein Blick durchbohrte nun ebenfalls die Finsternis. »Da ist sie!«, rief er unvermittelt und rannte los.

Anna sauste hinterher, der Mann hatte Augen wie ein Falke. Sie hörte erst Lauras Keuchen, bevor sie endlich das Rad näher kommen sah. Die junge Frau ließ es einfach auf den Boden fallen und stürmte auf Anna zu, die sie in die Arme schloss.

»Ist ja gut«, sagte sie beruhigend, während Lauras Schluchzen langsam abebbte. »Was ist denn los?«

»Da war jemand hinter mir«, stieß Laura hervor, löste sich dann aber aus der Umarmung. »Gott sei Dank, dass du hier bist. Wieso eigentlich?«

»Wir waren etwas trinken«, antwortete Alex an Annas Stelle. »Wer war hinter dir her, Laura?«

Wenn sie verwundert über seine Anwesenheit war, ließ sie sich nichts anmerken. »Ein Typ aus dem ›Uhu‹.«

»Wollte der dich anmachen?«

Laura zögerte. »Ich glaube, der wollte mir drohen.«

Alex legte seinen Arm um Lauras Schultern. »Wir gehen jetzt zusammen zur ›Insel‹«, sagte er. »Da bekommst du einen Tee und erzählst uns alles in Ruhe.«

Anna hob Lauras Fahrrad auf, schob es zum Geländer und schloss es neben ihrem eigenen an. Dann folgte sie den beiden, die bereits von der Schwärze der Nacht aufgesogen waren, sie vernahm nur noch das Schmatzen von Stiefeln auf nassem Holz.

Wie lange dauert das noch, dachte sie nach einer kleinen Ewigkeit, in der sie die Brücke entlang durch den Regen marschierten, begleitet von vereinzelten Möwenschreien und dem beständigen Donnern der Nordsee. Im selben Moment aktivierte der Bewegungsmelder die Außenbeleuchtung der »Insel«. Ihre moosigen Pfähle waren bereits umspült.

»Schnell«, rief Alex, »wir schaffen es gerade noch rüber.«

Die drei sprangen von der Brücke, die sich an ihrem Ende nur noch einen halben Meter über dem Sand erhob. Ihre Schuhe klatschten ins Wasser. Sie hasteten über den Strand, dann die hölzerne Treppe hoch unters Vordach.

Alex gab einen Zahlencode ein, die schwere Holztür öffnete sich, und sofort flutete warmes Licht durch den Raum.

»Geht schon mal ins Bad. Laura, du weißt, wo die trockenen Klamotten sind«, rief er über die Schulter zurück und tippte auf das Thermostat unter einem Schalter.

Anna folgte der jungen Frau, die auf den Wandschrank neben der Garderobe zusteuerte und ihm Sweatshirts, Jogginghosen, Socken und Handtücher entnahm.

»Hier«, rief Laura und warf Alex, der zur Bar ging, ein paar der Klamotten zu. Dann zog sie Anna mit sich ins Bad.

Als die Frauen mit frottierten Haaren wieder herauskamen, stand Alex in trockenen Sachen hinter der Theke und goss Tee auf. »Ich bring ihn zur Sofaecke«, sagte er.

»Hast du Kekse?«

»Neben dem Kühlschrank.«

Laura bückte sich, ergriff eine Tüte mit Schokoladenwaffeln und folgte Anna zu den beiden ausladenden Couches aus hellbraunem Leder, die sich in einer Nische um einen Kaminofen gruppierten. Unvermittelt tanzten Flammen um die Holzscheite.

Alex hielt eine Fernbedienung auf die Glasscheibe gerichtet und legte sie nun neben das Tablett, das er auf dem Tischchen absetzte. »Ein Gaskamin«, erläuterte er und ließ sich neben Anna aufs Sofa fallen. »Sehr praktisch.«

Laura saß mit angezogenen Beinen auf dem anderen Sofa, schlang sich eine Decke um die Schultern und nahm ein Glas mit Tee in die Hand. »Das war richtig krass eben«, sagte sie bedrückt. »Da war ein Typ im ›Uhu‹, der mein Fahrrad festgehalten hat, als ich losfahren wollte. Das Gruseligste war aber, dass er wusste, wer ich bin.«

»Er kannte deinen Namen?«

»Meinen Vornamen.«

»Kann er den in der Kneipe aufgeschnappt haben?«

Laura zuckte zweifelnd mit den Schultern. »Eher nicht. Es war irre laut da, und er hat ziemlich weit weg von uns gesessen. Aber ich bin zweimal an ihm vorbeigegangen, als ich auf die Toilette musste.«

Anna nahm sich eine Schokowaffel. »Was hat er denn genau gesagt, Laura?«

»Nur dass er weiß, wer ich bin. Das war wie in einem Mafiafilm: Sei schön vorsichtig, sonst liegt ein Pferdekopf in deinem Bett.«

»Hat er dich angefasst?« Alex' Stimme klang scharf, von Trunkenheit keine Spur mehr.

Laura schüttelte den Kopf.

»Du hast wirklich keinerlei Ahnung, was er von dir wollte?«

»Nein. Ich bin schnell abgehauen, als Leute kamen. Aber wisst ihr, was komisch war? Er kannte auch Mamas Namen.«

»Was?«

»Ihren Vornamen. Er weiß, dass Mama Ruth heißt.«

Anna überlegte. »Vielleicht einer ihrer Patienten?«

»Natürlich!«, rief Laura. Sie schlug sich mit der flachen Hand gegen die Stirn. »Daran habe ich gar nicht gedacht! Dabei hatte sie mal Ärger mit jemandem, der bei ihr in Therapie war.«

»Wurde sie gestalkt?«

»Nicht richtig. Der Kerl hat Mama Briefe geschrieben, aber er hat ihr nicht aufgelauert oder so. Nach ein paar Wochen hat er damit aufgehört.«

»Wir fragen sie, gleich morgen früh«, beschloss Anna. »Noch bevor sie in die Praxis fährt. Dann beschreibst du ihr den Mann ganz genau, ja?«

»Und du bist sicher, dass dieser Typ dir gefolgt ist?«, schaltete sich Alex ein.

»Jetzt leider überhaupt nicht mehr. Vielleicht habe ich mir das nur eingebildet, weil ich echt Angst hatte.«

»Du musst dich ausruhen, Laura. Abschalten.« Der Wirt erhob sich, ging in Richtung Garderobenraum und kam mit ein paar Kissen und Decken zurück. »Ihr könnt die Sofas haben«, sagte er und verteilte die Sachen auf den Couches. »Mir reicht die Isomatte in der Garderobe. Gute Nacht, ihr beiden.« Er löschte das Deckenlicht.

»Alex hat recht«, sagte Anna in die Dunkelheit. »Wir schauen morgen weiter.«

Keine Antwort, Laura war wohl sofort eingeschlafen. Anna fühlte sich unruhig, sie vermisste die angenehme Gin-Tonic-Müdigkeit vom frühen Abend. Der Regen hatte Ruhe gegeben, aber der Wind wehte umso brachialer. Sie schlug die kratzige Wolldecke zurück, ging zum Fenster und sah dabei zu, wie der Mond Glitzerstreifen aufs Meer malte. Ziemlich romantisch. Ob zwischen ihr und Alex ohne Lauras Auftauchen etwas gelaufen wäre? Betrunken genug waren sie beide gewesen.

Sie legte sich wieder hin und zog die Decke bis unters Kinn. Sie sollte erst ihr Leben auf die Reihe bekommen, bevor sie sich auf eine Affäre einließ. Die Tabletten ausschleichen, die Kinder nach Hause holen, die Ergebnisse der Untersuchung abwarten. Ob sie in ein paar Wochen überhaupt noch einen Job hatte?

»Schläfst du?«

Anna schreckte hoch. Laura war doch noch wach. »Nein. Was ist denn?«

»Mir ist etwas eingefallen. Der Blonde war mit einem Freund da. Sie sind zusammen aus der Kneipe gekommen, aber der andere ist schnell weggegangen.«

»Wie sah er aus? Kam er dir bekannt vor?«

»Nein. Ich habe ihn nur kurz gesehen. Groß und dünn war er. Und älter.«

»Okay.«

Anna wandte ihr Gesicht der Sofalehne zu. Sie war fast weggedämmert, als sie nochmals Lauras Stimme hörte.

»Anna? Der ist nicht schnell weggegangen, wenn ich jetzt darüber nachdenke. Sondern ziemlich langsam. Weil er gehumpelt hat.«

»Gehumpelt?« Anna war plötzlich hellwach.

»Jedenfalls hat er sein Bein so komisch nachgezogen. Schlaf gut, Anna.« Laura drehte sich um.

Aber Anna starrte mit offenen Augen in die mondhelle Nacht, während ihre Gedanken auf einer mentalen Achterbahn durch ihren Kopf ratterten. Dmitri. Er kannte wahrscheinlich Lauras Namen, Ruth hatte bestimmt von ihr erzählt. Sollte die Attacke auf ihre Tochter eine Warnung für sie sein, nicht mehr im Heim herumzuschnüffeln?

Das Pling ihres Handys ließ sie aufschrecken. Verdammt, dachte Anna, sie hatte vergessen, ihn zu blockieren. Niemand außer Veli wäre so rücksichtslos, ihr um diese Zeit eine Message zu schicken. Verärgert öffnete sie die App. Sie würde den gesamten Chat jetzt augenblicklich löschen.

WhatsApp-Nachricht an Anna Wolf

Veli
Sind Sie die Anna von der Polizei?

Anna
???

Veli
Hier ist Valentins Mutter, Kerstin Adam. Ich habe sein Handy.

Anna
Was ist mit ihm?

Veli
Wir sind in der Notaufnahme. Können wir morgen telefonieren? Sie sind doch Anna Wolf?

Anna
Ja. Was ist mit ihm????????

Veli
Ich rufe Sie morgen an. Gegen neun.

MÜNCHEN

24. August im Jahr zuvor, 13 Uhr

Anna

In den hohen Altbauten der Hohenzollernstraße, Schwabings ewigem Hotspot, residierten in den Etagen unterhalb der wohlhabenden Wohnungseigentümer Concept-Stores, Schuhläden, Label-Shops, Cafés und Restaurants. Für normale Studenten, dachte Anna, die den Hals in den Nacken gelegt hatte und die fetten Putten bewunderte, die auf der blassblauen Stuckfassade turnten, war die Gegend bestimmt viel zu teuer. Mit Ausnahme derer, die Lindner mit Nachnamen hießen.

Sie hatte Valentins Bild bei einem ihrer Besuche in der Villa des Arztes entdeckt, als sie die Toilette benutzt hatte. Der gerahmte Schnappschuss hatte auf einer Kommode gegenüber dem Gästebad gestanden und einen hoch aufgeschossenen Jungen gezeigt, der an einer Hauswand lehnte. Anna hatte den Rahmen hochgenommen und das Foto genauer betrachtet. Blaue, überrascht aufgerissene Augen hatten sie angestarrt. Der Junge war wohl nicht vorgewarnt worden. Rasmus, hatte Anna amüsiert gedacht, war genauso. Man musste ihren Sohn überfallen, um ein Bild von ihm zu bekommen. Im Gegensatz zu seiner Schwester Lola, die, YouTube-trainiert, sofort eine gelangweilte Modelmiene aufsetzte, wenn sich eine Linse auf sie richtete.

Anna hatte den Rahmen gerade wieder auf seinen Platz zurückgestellt, als Lindner im Flur aufgetaucht war, vermutlich besorgt darüber, dass sie auf dem Weg zur Toilette herumspionierte. Was sie in der Tat gemacht hatte.

»Wer ist das?« Sie deutete auf das Bild.

»Mein Sohn«, antworte der Arzt. »Valentin. Hören Sie, ich muss zurück ins Krankenhaus. Wenn Sie nun bitte gehen würden?«

»Selbstverständlich. Es kann aber sein, dass wir wiederkommen müssen.«

Lindner ignorierte ihre Bemerkung und begleitete sie und Marius, der aus dem Wohnzimmer in den Flur trat, zur Tür, um sicherzugehen, dass die beiden wirklich verschwinden würden.

»Ich wusste gar nicht, dass Marie einen Bruder hat«, versuchte Anna, das Gespräch in Gang zu halten.

»Halbbruder. Valentin studiert Medizin, er stammt aus meiner ersten Ehe mit Kerstin. Wir sehen ihn kaum noch.«

»Wir möchten auch mit ihm sprechen«, schaltete sich Marius ein.

Lindner fuhr sich ungeduldig durch seine beneidenswert vollen Silberhaare. »Natürlich wollen Sie das«, erwiderte er unwirsch. »Ich maile Ihnen seine Kontaktdaten.«

Er hatte Wort gehalten. Zwei Tage später war der schlaksige junge Mann nach Annas Anruf auf eigenen Wunsch auf dem Revier aufgetaucht, anstatt sich zu Hause interviewen zu lassen. Seine Aussage hatte Marius und ihr allerdings nicht weitergeholfen, was die in den anonymen Briefen erhobenen Vorwürfe gegen seinen Vater betraf. Ja, er studiere hier an der TU. Er habe aber seit Langem sehr wenig Kontakt zu seiner Familie. Die kleine Schwester kenne er kaum, da er seit der Scheidung der Eltern die letzten Schuljahre im Internat verbracht habe. Ob Lindner jemals gewalttätig gegen ihn gewesen sei, hatten sie ihn gefragt. Mit dunkelblauen Murmelaugen, die leicht hervortraten und in seinem schmalen Kopf riesengroß wirkten, wohl wegen der millimeterkurz abgeschnittenen Haare, hatte er sie verständnislos angesehen. »Glaube ich nicht«, hatte er erwidert. »Mein Vater kann manchmal ein bisschen ruppig im Umgang sein. Streng. Aber er hat mich nie angerührt.«

»Und Marie?«

Er hatte mit den Achseln gezuckt. »Nicht, dass ich wüsste. Kann ich mir nicht vorstellen. Doch wie gesagt, ich kannte sie kaum.«

Anna schüttelte die Gedanken an das damalige Gespräch ab und presste ihren Finger auf den Knopf neben dem messinggefassten Klingelschild.

»Ja?«

Glück gehabt. Lindner junior war zu Hause. »Anna Wolf«, sagte sie knapp. »Kripo München. Ich muss mit Ihnen reden.«

Er hatte sofort auf den Summer gedrückt. Anna stieß die Tür auf und betrat ein dunkel- und hellblau gefliestes Foyer, in dessen Mitte sich unter einem imposanten Leuchter eine Marmortreppe mit gedrechseltem Holzgeländer nach oben schraubte.

Valentin Lindner stand bereits an der doppelflügeligen Tür, als sie im zweiten Stock ankam. Sein Kopf reichte beinahe bis an den Rahmen. Das verwaschene, inzwischen viel zu kurze rot gestreifte T-Shirt, das er vermutlich seit Jahren besaß, endete kurz über dem Gürtel der billigen

Jeans, die aus der Schnäppchenabteilung eines Discounters hätte stammen können.

»Sie sind spät dran.« Der Junge deutete auf eine dem Eingang gegenüberliegende offene Tür in der Wohnung. »Ich habe auf Sie gewartet.«

Wortlos ging Anna dem Jungen voraus in das dämmerige Wohnzimmer, kaum erhellt durch das blasse Licht, das durch die zugezogenen Vorhänge drang. Nach kurzem Zögern setzte sie sich auf eine der beiden rechtwinklig zueinander auf dem Parkettboden positionierten Matratzen. Ansonsten war der weiß gestrichene Raum bis auf einen Schreibtisch und einen gigantischen Fernseher unmöbliert. Die großen Fenster zur Hohenzollernstraße waren geschlossen. Nichts wies darauf hin, dass Valentin und seine Besucherin oder sein Besucher sich an einem der belebtesten Orte Münchens befanden. Hikikomori, schoss es ihr durch den Kopf. Rasmus hatte vor ein paar Wochen einen Artikel über das Phänomen gelesen und ihr gezeigt. »Warum machen die das bloß?«, hatte er gefragt. Anna hatte interessiert den Report überflogen, in dem die freiwillige Isolation japanischer Teenies beschrieben wurde, die sich, zurückgezogen in ihren Kinderzimmern, dem Leben verweigerten. »Angst, nehme ich an«, hatte sie geantwortet. »Diese Kids wollen wohl nicht von einer Welt verschluckt werden, die ihnen unheimlich ist.«

»Das waren also Sie heute morgen auf der Lichtung?« Obwohl als Frage an Valentin formuliert, war der Satz als Feststellung gemeint.

»Sie haben mich doch fotografiert«, gab er zurück und ließ sich für seine Größe erstaunlich grazil auf die andere Matratze gleiten. »Warum sind Sie denn da gewesen?«

»Aus dem gleichen Grund wie Sie.«

»Um Abschied zu nehmen?«

»Das wollten Sie? Abschied nehmen?«

Er antwortete nicht gleich, und Anna ließ ihm Zeit. Sie hatte sich, als sie vor ein paar Stunden aus dem Wald zurückgefahren war, nur schnell einen Kaffee gemacht und dann die Fotos des Tatorts gesichtet. Die leptosome Schattengestalt, die sich zwischen der Galerie der Bäume eingereiht hatte, als sei sie eine von ihnen, hatte sie sofort erkannt. Der Junge aus dem gerahmten Schnappschuss auf der Kommode vor der Toilette, weit entfernt von den anderen Familienbildern.

Valentin stützte die Ellbogen auf seine knochigen Knie und verbarg sein Gesicht. Als er aufsah, sah sie die Wut in seinen nun mit Tränen gefüllten Augen.

»Ich hasse ihn«, brach es aus ihm heraus. »Meinen Vater. Er hat sie umgebracht! Sie müssen ihn festnehmen, hören Sie?«

»Die anonymen Briefe stammten also von Ihnen?«

Er nickte.

»Warum haben Sie nicht mit uns gesprochen, als sie den Verdacht hatten, dass er Ihre Schwester misshandelt?«, fragte sie behutsam.

Das Lachen, das er ausstieß, klang hässlich und bitter.

»Und das hätten Sie mir geglaubt, ja? Mir, dem Idioten aus der Psychiatrie. Den sie weggesteckt haben, als er zu lästig wurde. Sie hätten garantiert nichts unternommen.«

»Sie waren in der Psychiatrie?«

»Ein halbes Jahr lang, mit 14. Teenage-Angst, wie es so schön heißt. Depressionen, Bulimie, die ganze Palette. Das war, kurz nachdem das Arschloch es geschafft hat, seine neue Affäre zu schwängern. Ich wette, er hat ihr Marie abgekauft. Damit er was Neues zum Quälen hat.

Die blöde Kuh und ich waren ihm inzwischen wohl zu alt und langweilig.«

»Sie reden von Ihrer Mutter?«

»Von wem sonst?«

»Er hat Sie geschlagen? Sie und Ihre Mutter?«

Valentin nickte. »Deshalb das Internat, als es mir besser ging. Kerstin hat nur versäumt, mich wieder abzuholen. Hat erneut geheiratet, nachdem sie endlich von dem Arsch getrennt war, und sich nach Australien verzischt. Aber man muss für kleine Gaben dankbar sein, oder? Ich bin immerhin rausgekommen. Marie, die musste bleiben.«

»All das hätten Sie mir erzählen können, als wir Sie damals befragt haben. Wir hätten Sie beschützt. Sie und die Kleine.«

Der junge Mann gab wieder dieses hässliche Lachen von sich. »Psychoterror ist schlecht nachweisbar. Und was die Schläge angeht: Da war er sehr vorsichtig, hat immer schön darauf geachtet, dass die Verletzungen nicht offensichtlich sind. Nicht ins Gesicht gehauen und so. Marie hätte niemals von sich aus etwas gesagt. Sie hat den Arsch geliebt, trotz allem. Sie hat selbst mir gegenüber nicht zugegeben, dass er sie misshandelt.«

»Sie hatten also Kontakt zu ihr?«

»Heimlich, als ich zurück nach München kam zum Studieren.« Valentin hob resigniert die Schultern. »Mein Vater durfte das natürlich nicht wissen.« Der Blick seiner blauen Murmelaugen bohrte sich förmlich in ihre. »Aber Mord, dafür kriegen Sie ihn dran, oder?«

Anna ergriff seine Hand mit den langen, kalten Klavierspielerfingern und umschloss sie. Sie zuckten einen Moment wie ein gefangener Vogel, gaben dann jedoch

Ruhe. »Ich kann nichts garantieren. Wir tun alles, was wir können, das verspreche ich Ihnen. Aber bislang haben wir nichts finden können, was auf die Schuld Ihres Vaters hindeutet.«

»Tun Sie mehr!«

Auf dem Heimweg hallte Valentins letzter Satz in ihr nach. Sie war sicher, dass er keine Pointe hatte landen wollen, sondern jedes Wort so gemeint hatte.

Zwei Tage später wurde der Slip des Mädchens gefunden, verscharrt unter Sträuchern, nur wenige Meter entfernt von seinem Grab in der Erdkuhle.

ST. PETER-ORDING – FREITAG

Ruth/Anna

»Was macht ihr denn hier?«, fragte Ruth.

Sie klang heiser und sah grau im Gesicht aus, fand Anna, so wie die ausgeleierte Jogginghose, die sie trug. Der schwarze Oversize-Hoodie ließ sie noch müder wirken. Die Locken hatte sie zu einem Dutt am Hinterkopf zusammengesteckt. Ihre Augen wanderten von den beiden Fahrrädern, die an der Hauswand lehnten, zu ihrer Tochter und ihrer Freundin.

Anna überhörte die Frage. »Du fährst heute nicht in die Praxis?«, wollte sie mit einem Blick auf Ruths Outfit wissen.

»Ich habe mir was eingefangen. Jetzt kommt schon rein und sagt mir, was los ist.«

Anna und Laura folgten ihr ins Wohnzimmer, wo ihnen Fiete, bequem auf die ihm verbotene Couch gebettet, neugierig entgegensah, ohne eine Pfote zu rühren.

»Kaffee? Ich kann auch Croissants aufbacken!«, rief Ruth über ihre Schulter zurück.

»Beides!« Laura setzte sich an den Tisch vorm Sprossenfenster, auf dem der aufgeschlagene »Eiderstedter Bote« und eine Lesebrille lagen. Anna ging zu Ruth in die Küche und kehrte mit zwei Tellern und Bechern zurück.

»Sie haben den Artikel über den Toten gebracht«, meldete Laura, die die Zeitung durchblätterte und nun die erste Seite des Lokalteils vor sich hatte. »Dass man ihn identifiziert hat. Jetzt ist es also offiziell.«

Ruth erschien mit einer Kanne, goss Kaffee ein und stellte den Teller mit Croissants auf den Tisch. »Also?«, fragte sie, als sie sich mit einem leichten Aufstöhnen in ihren Ohrensessel am Fenster setzte.

»Reg dich bitte nicht auf, Mama«, begann Laura vorsichtig. »Ich war gestern Abend im ›Uhu‹. Dort war ein unangenehmer Typ, der hat behauptet, dass er mich kennt. Und dich auch.«

»Hat er dich belästigt?«, fragte Ruth beunruhigt. »Und warum sollte ich mich bitte schön nicht darüber aufregen?«

»Er hat nicht wirklich etwas gemacht.« Die präzisen Details des Abends, hatte Laura beim Aufbruch in der »Insel« beschlossen, brauchte ihre Mutter nicht zu wissen. »Er sah nur so unheimlich aus. Wieso bloß kannte er unsere Namen?«

»Wir haben uns gedacht, dass er vielleicht einer deiner Patienten sein könnte«, fügte Anna hinzu.

»Klienten«, korrigierte Ruth. »Möglich, aber ich hoffe nicht. Dieser eine Stalker von damals hat mir gereicht. Anna, was machst du eigentlich hier? Seid ihr beiden gerade aus dem Hotel gekommen?«

»Ich habe sie gestern Nacht angerufen«, antwortete Laura schnell. »Auf dem Rückweg war mir unheimlich, ich hatte Angst, dass der Typ mir gefolgt ist. Ich dachte, Anna könnte mir aus dem Hotel entgegenfahren.«

»Du warst mitten in der Nacht mit dem Rad unterwegs? Bei diesem Wetter?«

»Ist doch egal, Mama«, sagte Laura ungeduldig.

Ruth seufzte. »Also gut. Wie sah der Kerl aus?«

»Mittelgroß, so um die 30. Blond, mit Bart.«

Kam es Anna nur so vor, oder war ihre Freundin noch bleicher geworden?

»Er hatte kleine Kringellöckchen wie ein Pudel, die hingen ihm ins Gesicht«, ergänzte Laura ihre Beschreibung.

Als Ruth antwortete, wirkte sie wieder entspannt. »Kenne ich nicht. Und selbst wenn, dürfte ich euch das nicht sagen, das wisst ihr doch. Schweigepflicht. Wahrscheinlich bist du ihm im Hotel begegnet, Laura. Oder bei einer Wattwanderung.«

»Und du? Wo hat er dich getroffen? Woher wusste er, wer du bist?«

»Hat er gesagt, dass er mich kennt? Oder nur meinen Namen?«

Laura zögerte. »Nur den Namen, glaube ich«, gab sie schließlich zu.

»Siehst du.« Ruth musterte die Kuckucksuhr über dem alten Apothekerschränkchen, beides Fundstücke vom Flohmarkt und in einsamen Winternächten aufgearbeitet. »Laura, musst du nicht zur Arbeit?«

»Gleich neun, Mist!«, rief die junge Frau erschrocken. Sie sprang auf, küsste ihre Mutter auf die Wange und winkte Anna zu. »Bis bald!«

Ruth wartete ab, bis ihre Tochter auf ihrem Rad am Fenster vorbeiglitt. Dann lehnte sie sich zurück, hievte mühsam die Beine auf den Hocker vor ihrem Sessel und sah Anna scharf an. »Muss ich mir Sorgen machen?«

»Kann sein. Der Typ hat Laura Angst gemacht. Aber …« Sie zögerte.

»Aber?«

»Ruth, ich glaube, dass das Ganze eher etwas mit dem Toten im Watt zu tun hat als mit Laura. Mit Melnik.«

Ruth stöhnte auf. »War ja klar.« Sie stellte ihre Beine zurück auf die Dielen. »Noch einen Kaffee?«

»Gerne. Und bleib um Himmels willen sitzen, ich mache ihn mir selbst.« Als Anna mit der Tasse in der Hand zurückkam, fuhr sie fort: »Ich habe doch erzählt, dass ich gestern deinen ukrainischen Lehrer im Heim besucht habe.«

»Hast du nicht, das weißt du genau«, gab Ruth müde zurück. »Jan war mitteilsamer. Er sagte, du hättest Dmitri Unterlagen von mir gebracht.«

»Der Hausmeister?« Anna war überrascht, dass der Kobold mit dem Wischmopp ihr die Lüge nicht abgekauft hatte. Sie selbst hatte ihre Scharade überzeugend gefunden. »Sorry, Ruth. Ich dachte, Dmitri weiß vielleicht mehr über Melnik. Das tut er auch, garantiert. Er war kein bisschen erstaunt, als ich angedeutet habe, dass sein Tod möglicherweise kein Unfall war. Und er hat mir sehr klar zu verstehen gegeben, dass ich keinen Staub aufwirbeln soll.«

Ruth schüttelte resigniert den Kopf. »Das hat Rasmussen dir auch geraten, oder? Ich wünschte, du würdest auf ihn hören. Du setzt deine Karriere aufs Spiel!«

Anna wischte die Bedenken mit einer flüchtigen Geste zur Seite. »Dmitri zieht sein Bein nach, richtig?«

»Eine Kriegsverletzung.«

Anna beugte sich vor. »Laura hat erzählt, dass Goldlöckchen mit einem Freund im ›Uhu‹ war. Älter, ziemlich groß. Er hat sein Bein nachgezogen.«

»Dmitri? Das macht keinen Sinn!«, protestierte Ruth.

»Doch. Wenn die beiden etwas mit Melniks Tod zu tun haben. Und uns klarmachen wollen, dass wir uns raushalten sollen. Mir und dir.«

»Wie bitte?«

»Melnik war extrem verhasst in der Ukraine«, erklärte Anna. »Er galt als Verräter. Weil er für den Feind Medaillen gewann, anstatt ihn zu bekämpfen.«

»Anna, hör dir doch mal selbst zu. Selbst wenn es so war, warum sollte man ihn dann umbringen? Einfach aus Rache?« Ruth beugte sich vor und sah Anna eindringlich an.

»Vielleicht. Oder Melnik hat noch etwas anderes getan, was seinen Landsleuten missfällt. Genau das will ich herausfinden. Alex denkt übrigens, dass die Russen dahinterstecken. Weil ihnen ihr Propagandapferdchen davongaloppiert ist.«

»Wieso Alex?« Ruth kam langsam nicht mehr mit.

»Hatte ich das auch nicht gesagt? Er war gestern Abend dabei, als Laura anrief. Wir waren was trinken, in der ›Bar an der Brücke‹.«

»Soso.«

»Spar dir dein Soso. Da läuft nichts zwischen uns.«

»Ist auch besser so. Dass Alex dich in deinen Mordfantasien bestärkt, ist völlig daneben.«

»Seit wann bist du so sicher, dass es kein Mord war?«, fragte Anna verärgert und griff nach ihrer Jacke. »Ich dachte, du bist auf meiner Seite.«

Ruth errötete. »Ich habe noch mal mit Rasmussen geredet.«

»Wann das denn?«

Nach kurzem Zögern sagte Ruth: »Gestern Abend.«

»Aber da war er in der ›Insel‹! Mit …« Anna verstummte.

»Mit einer Frau?« Ruth lächelte schief. »Ja, das war Antje. Er hat ihr gestern gesagt, dass er sich trennen will. Mich hat er danach angerufen.«

»Du kanntest ihn also doch schon längst!«, rief Anna triumphierend. »Er war dein Patient, richtig?«

»Klient heißt das, Anna, merk dir das endlich!«

»Und, konntest du ihn trösten?« Die Bemerkung klang gemein, was Anna nicht beabsichtigt hatte. »Tut mir leid«, entschuldigte sie sich sofort, als Ruths Gesicht sich verschattete. »Ich mag Rasmussen, wirklich. Ihr beide passt zusammen.«

Ruth sah sie zweifelnd an. »Anna, ich bin so lange raus aus dem Spiel. Ich weiß gar nicht mehr, wie man flirtet.«

»Ist wie Fahrradfahren.« Anna zog die Jacke an, die sie in der Hand gehalten hatte. »Tu mir nur den Gefallen und pass auf dich auf.«

»Wegen Rasmussen? Oder Dmitri?«

»Wegen beiden.«

Anna beugte sich zu Ruth runter und bedachte sie mit einer flüchtigen Umarmung. »Ich muss los. Mörder fangen.«

»Warte.« Ruth klang ernst.

Anna blieb stehen.

»Sven hat so etwas angedeutet.«

»Sven?«

»Rasmussen.«

»Was angedeutet?«

»Dass ihm von seinen Vorgesetzten angeraten wurde, die Sache auf sich beruhen zu lassen. Dass er den Kontakt zu dir aufs Nötigste beschränken soll.« Rasch, bevor

Anna einen Kommentar abgeben konnte, fuhr sie fort: »Das macht er natürlich nicht. Anna, ich bin auf deiner Seite, und ja, ich glaube, dass Melnik ermordet wurde. Sven auch, besonders nachdem man ihm befohlen hat, die Sache auf sich beruhen zu lassen. Wir befürchten nur, dass für dich alles in einer Katastrophe enden könnte.«

»Schon wieder, meinst du.«

In diesem Moment klingelte Annas Telefon. Sie warf einen Blick aufs Display und spürte, wie ihr Herz zu hämmern begann. »Bin gleich wieder da«, sagte sie zu Ruth, die sie nicht aus den Augen ließ, ging in den Flur und nahm den Anruf an.

»Frau Wolf? Kerstin Adam hier. Valentins Mutter.«

Kathie/Laura

»Endlich!«

Kathie stand hinter der Rezeption und bedachte Laura, die mit hochrotem Kopf und verschwitzt durch die Drehtür in die Lobby stürmte, mit einem vorwurfsvollen Blick.

Laura schnappte sich ein Tablett. »Ich räume die Tische ab. Hat Eva gemerkt, dass ich spät dran bin?«

»Ich habe ihr gesagt, du hättest Kopfschmerzen, würdest aber noch kommen. Lizzy und Yasemin sind auch gerade erst aufgetaucht. Scheint ein lustiger Abend gewesen zu sein gestern.«

»Alles andere als das. Kathie, ich muss mit dir reden. Um eins? Dann habe ich Pause.«

»Daraus wird nichts«, stellte eine Stimme hinter ihr fest.

Laura fuhr herum. Ohne sie zu beachten, wandte sich der Leiter des Bullicamps an seine Frau: »Du kommst also rüber? Um zwölf?«

Kathie nickte, ohne zu lächeln. »Klar.«

»Ich habe jetzt einen Anfängerkurs. Bis später.«

Laura sah Paul Voss verärgert nach. »Habe ich deinem Mann eigentlich was getan?«, fragte sie Kathie. »Oder warum behandelt er mich wie Luft?«

Kathie zuckte mit den Schultern. »Keine Ahnung, er ist einfach mies drauf. Wenn du willst, können wir gleich kurz reden. Arne, springst du hier ein, bitte?«

Der Kellner, dessen Oberarmmuskeln sich beim Einsammeln der Tassen und Teller von den Tischchen in der Lobby deutlich unter seinem engen T-Shirt abzeichneten, sah auf. Er stellte das volle Tablett auf einen der Geschirrwagen in einer Nische und schlenderte zur Rezeption. »Für dich tu ich alles, mein Hase.«

Kathie rollte mit den Augen. »Lass das Gesäusel.« Sie packte Laura am Arm und zog ihre Freundin mit sich durch die Hintertür, die auf einen gepflasterten Hof hinausführte, in dem sich Getränkekisten stapelten.

Laura nahm zwei Sitzkissen aus einer Box und legte sie auf die Kisten. »Der lässt nicht locker, was?«

»Quatsch, das ist nur so ein Spruch von Arne. Musst du nicht ernst nehmen, mir reicht es schon, dass Paul das tut.«

»Er ist eifersüchtig? Ist er deshalb mies drauf?«

»Eher eine Midlife-Crisis.«

Laura lachte. »So alt ist er doch noch nicht.«

Sie war nie warm geworden mit dem aktuellen Mann

ihrer Freundin, den sie in diesem Sommer endlich kennengelernt hatte. Eva hatte ihn, vermittelt durch Kathie, als neuen Leiter des Bullicamps eingestellt. Für Lasse, den Vater der gemeinsamen Tochter Cleo, war es bestimmt nicht lustig gewesen, dass die beiden sofort nach der Trennung zusammengezogen waren. Laura mochte Lasse immer noch gerne. Er hatte sie und Theo im letzten Winter ein paarmal in Kiel besucht und sich bei ihnen ausgeweint. Aber jetzt hatte er sich seit Monaten nicht mehr blicken lassen. Wahrscheinlich gab es eine neue Freundin.

Kathie zündete zwei Zigaretten an und gab eine davon Laura.

»Rauchst du immer noch heimlich?«

Kathie zuckte mit den Achseln. »Paul ist ein Gesundheitsfreak. Was gibt's denn nun so Wichtiges?«

»Mich hat gestern so ein Idiot im ›Uhu‹ blöd angemacht. Das Rad festgehalten, als ich wegwollte. Sag jetzt bitte nicht, ›ich habe dich ja gewarnt‹«, unterbrach sie Kathie, die gerade den Mund aufmachen wollte. »Es geht nämlich nicht um mich. Der Typ kannte den Namen meiner Mutter und meinen auch. Vielleicht ist er ein Klient von ihr.«

»Machst du dir Sorgen, dass er sie belästigt?«

»Ja, weil es schon mal vorgekommen ist. Außerdem hat Mama sich vor Kurzem verplappert, dass einer ihrer Klienten ihr unheimlich ist.«

»Weißt du, wer?«

»Natürlich nicht«, antwortete Laura verdrossen. »Sie nimmt es supergenau mit der Schweigepflicht.«

»Was sagt die Freundin deiner Mutter dazu? Die Kommissarin?«

»Anna? Die glaubt, dass der Typ in dem Ukrainer-Heim wohnt, in Tating. Ich habe gehört, wie Alex und sie heute morgen darüber geredet haben, als sie dachten, dass ich noch schlief. Keine Ahnung, wie sie darauf kommt. Er hatte jedenfalls keinen Akzent.«

Sie bemerkte Kathies offensichtliche Verwirrung.

»Ich habe mit Anna bei Alex in der ›Insel‹ übernachtet. Die beiden haben mich gestern Nacht auf dem Deichradweg aufgelesen, als ich aus der Kneipe abgehauen bin. Ich dachte nämlich, der Kerl würde mich verfolgen, und habe sie angerufen, damit sie mir entgegenfährt. Aber sie war nicht im Hotel, sondern hatte ein Date mit Alex, in der ›Bar an der Brücke‹.«

»Junge Liebe?« Kathie kicherte.

»Wer weiß? Eigentlich zicken sie sich andauernd an.«

»Denkt Alex auch, dass dieser Typ umgebracht wurde? Der, den ihr im Watt gefunden habt?«, fragte Kathie unvermittelt. »Du hast gestern gesagt, dass man inzwischen weiß, wer das war. Ein Ukrainer, richtig?«

Klang Kathies Stimme beunruhigt, oder bildete Laura sich das nur ein? »Genau, ein Surfer«, antwortete sie. »Er lebt aber in Russland, gehört da zum olympischen Team. Ob er eins über die Rübe bekommen hat oder nur unglücklich vom Boot gefallen ist, wisse man erst, wenn seine Leiche auftaucht, sagt Anna. Vielleicht noch nicht einmal dann.«

Kathie nickte nur.

Laura drückte ihre Zigarette mit dem Fuß aus und warf die Kippe in eine mit nikotinbraunem Wasser gefüllte Konservendose. »Wir sollten wieder reingehen. Eva ist bestimmt schon sauer auf mich.«

Kathie erhob sich von der Getränkekiste und legte die beiden Polster zurück auf den Stapel. »Zieh doch für ein paar Tage zu deiner Mutter«, schlug sie vor. Dann ist Ruth nicht so allein in dem Haus.«

»Daran habe ich auch schon gedacht. Du hast nichts dagegen?«

»Dass du mich mit den beiden Gänsen allein lässt? Keine Sorge, die werden ausquartiert in das andere Dorm-Zimmer. Die Mädels aus dem Surfshop sind heute nach Hause gefahren und haben es freigemacht. Lizzy und Yasemin wissen es allerdings noch nicht. Ich habe mit Eva gesprochen und gesagt, dass ich Ruhe brauche, zum Arbeiten. In zwei Wochen ist Deadline für meine Semesterarbeit.«

»Dann kann Paul ja aus dem Camp zu dir ziehen.«

»Vielleicht. Mal gucken. Wie gesagt, ich brauche Ruhe.«

»Trouble in paradise?« Nicht dass Laura überrascht wäre. Obwohl die neue Beziehung erst die Halbwertzeit von Kathies üblicher Verweildauer erreicht hatte. Sie hätte bei Lasse bleiben sollen, dachte sie.

»Lohnt sich einfach nicht, der Aufwand. In drei Wochen bin ich sowieso wieder in Hamburg.«

Und Laura in Kiel. Worüber sie dieses Jahr ausgesprochen froh war. »Dann sage ich Eva jetzt Bescheid, dass ich zu meiner Mutter ziehe.« Sie öffnete die Hintertür und machte eine kleine Verbeugung. »Nach dir, mein Hase. Arne wartet sehnsüchtig, ich höre ihn schon hecheln. «

Alex

Die Sonne krönte Strand und Salzwiesen mit ihrer Gegenwart. Alex hatte gewartet, bis Anna und Laura den Abgang der Brücke erreicht hatten. So früh am Morgen war sonst niemand in Richtung Festland unterwegs, und er konnte die beiden schmalen Gestalten von der »Insel« aus gut erkennen. Dann schloss er die Tür und ging zur Garderobe. Das Fellfutter der Lederjacke, die er gestern zum Trocknen auf einen Bügel gehängt hatte, war noch feucht vom Regen und roch wie Ruths nasser Hund. Er hätte sie umgekehrt aufhängen sollen. Eva und früher Frauke hätten sie ihm einfach aus der Hand genommen und es für ihn getan. Anna, dachte er und zog die Jacke über, würde im Leben nicht auf die Idee kommen.

Ob er vorab texten sollte? Er verwarf den Gedanken sofort. Er wollte nicht noch einmal den Fehler machen und die Jungs unterschätzen. Wahrscheinlich warteten sie schon darauf, dass er aufkreuzte.

Weil die Küchencrew in einer halben Stunde kommen würde, verzichtete er darauf, die Alarmanlage anzustellen, und eilte über die Brücke zum Motorradparkplatz hinter dem Fischimbiss. Er klappte den Deckel der Box seiner betagten Yamaha auf, nahm den Helm heraus, setzte ihn auf und drückte den Zündknopf. Mit leisem Surren sprang das Motorrad an.

Sonnig und windstill war es ein perfekter Tag für einen Ausflug. Mit Anna hätte er noch mehr Spaß gemacht. Wäre Laura gestern Nacht nicht aufgetaucht …, wer weiß, was alles passiert wäre, überlegte er. Anna schien ihn zu mögen, bei aller Widerborstigkeit. Die Gin Tonics hatten ihm eine neue Facette von ihr offenbart, die lustige, offene. Andererseits würde sie über kurz oder lang nach München zurückkehren, zu ihren Kindern, wie sie ihm gestern erzählt hatte. Und in den Polizeidienst, jedenfalls wenn diese interne Untersuchung zu ihren Gunsten ausging.

Er konnte immer noch nicht ganz glauben, dass Anna so einen dummen Fehler gemacht hatte. Klar, der Mord an einem kleinen Mädchen ließ niemanden kalt, aber mit Beweisen herumpfuschen? Dazu war sie zu klug und zu reflektiert. Er hatte nicht den Eindruck, dass Anna sich leicht von Gefühlen überwältigen ließ. Obwohl genau das passiert war, sonst hätte sie keinen Nervenzusammenbruch gehabt und wäre nicht in einer Klinik gelandet. Wie auch immer, für einen russischen Wirt in Norddeutschland war wohl kein Platz in ihrem Leben.

Die Landstraße war leer, und er gab Vollgas. Alex hatte die Kaserne in Tating bereits zweimal besucht. Beim Tag der offenen Tür im vorletzten Frühjahr und als er den betrunkenen Dmitri von der »Insel« zurück ins Heim gebracht hatte.

Der einsame Gast hatte ihn an jenem Abend vor einem Jahr neugierig gemacht. Er hatte auf seinem Handy Schach gespielt und sich mit Horilka abgefüllt, dem ukrainischen Schnaps, von dem Alex demonstrativ ein paar Flaschen bestellt hatte, nachdem Putin das Land überfallen hatte.

Kurz vor der Sperrstunde hatte Alex ein richtiges Schachbrett vor ihn hingestellt. Dmitri, trotz seines Alkoholpegels brillant, hatte ihn im Handumdrehen Matt gesetzt. Damals waren sie Freunde geworden.

Ein paar Kilometer hinter der Stadtgrenze tauchten die roten Backsteinmauern über den Wiesen auf. Alex bremste und fuhr in Schrittgeschwindigkeit die Auffahrt hoch. Vorsichtshalber checkte er den Parkplatz vor dem Eingang des Flüchtlingsheims, ob Besucherautos dort standen, speziell die dicke Kiste des Kommissars. Alles leer. Er schob das Rad hinterm Haus vorbei zum Garteneingang und lehnte es gegen die Mauer. Dann wählte er Dmitris Nummer.

»Ich bin's.«

Ein Moment Stille. »Ich komme raus. Warte.«

Nach ein paar Minuten schwang die Eisentür auf. Dmitri kam auf Alex zu und klopfte ihm freundschaftlich auf den Rücken. »Alles in Ordnung?«, fragte er auf Russisch.

»Wohl nicht«, antwortete Alex. »Sonst wäre ich nicht hier.«

Sie und die anderen trafen sich immer mittwochs in der »Insel«, wenn Alex sein Restaurant schon nachmittags zumachte. Die Idee mit dem russisch-ukrainischen Stammtisch war ihm nach jenem Schachspiel mit Dmitri gekommen. Er war selbst erstaunt, wie gut es ihm tat, wieder Russisch zu sprechen. Weil seine Mutter aus Kiew stammte, war auch sein Ukrainisch passabel. Sergej aus Rostow gehörte bald mit zum Kreis, wie Alex ein ehemaliger Journalist und Pussy-Riot-Fan der ersten Stunde, der heute im Dorfkiosk Zeitschriften und Zigaretten verkaufte und abends an seinem Roman schrieb. Mit dabei waren außerdem Igor aus Charkiw, Rechtsanwalt und Taxifahrer, Hana, eine der Köchinnen im Heim, die dort als Ärztin angestellte Sofija und Wolodja, wie er selbst ein russisch-ukrainischer Wechselbalg, der direkt bei Kriegsbeginn aus Russland getürmt war. Wolodja war mittlerweile Alex' gelegentlicher Kellner und Gelegenheitspianist, der mit einer Passion für traurige deutsche Seemannslieder seine Gäste zum Weinen brachte.

»Lass uns ein Stück gehen. Aber langsam. Mein Bein macht Zicken.«

Sie schlugen den Weg über die seit Mitte August abgeernteten Felder ein, auf die der Winterhafer bereits ausgesät war. Selbst hier, Kilometer vom Meer entfernt, roch die Luft noch nach Salz, und das Krächzen der Krähen, die auf Körnersuche über den Feldern flatterten, wurde übertönt vom Kreischen der Möwen.

»Also?« Dmitri bemühte sich, gelassen zu klingen, aber die alte Schusswunde bereitete ihm sichtlich Schmerzen.

»Es geht um deinen Bruder.«

»Denys? Was hat er wieder angestellt?«

»Laura belästigt, die Wattführerin. Die, die Melnik gefunden hat. Gestern Abend im ›Uhu‹. Ihr wart zusammen dort, richtig?«

Dmitri blieb stehen. »Warte«, sagte er und fuhr prüfend mit der Hand sein Bein entlang. Dann setzte er sich wieder in Bewegung. »Was dagegen, Alexej?«, fragte er. »Dass wir auch woanders trinken?«

»Nein. Aber Denys sollte vorsichtig sein. Den Ball flach halten. In Bayern haben die Russen gerade zwei ukrainische Ex-Soldaten umgebracht.«

Dmitri lachte hart auf, seine Stimme klang bitter. »Himmel, Alexej, gönn dem Jungen ein bisschen Spaß. In ein paar Wochen ist er wieder an der Front.«

»Dass er Laura belästigt, ist kein Spaß.«

»Was hat er denn genau getan?«

»Ihr Angst gemacht. Davon gefaselt, dass er sie kennt und ihre Mutter auch.«

»Ruth?« Dmitri seufzte. »In Ordnung, ich rede mit ihm. Alexej, er war betrunken. Das war nicht ernst gemeint.«

»Hast du ihm erzählt, dass Laura die Leiche gefunden hat? Dass Ruth ihre Mutter ist? Das hatte ich dir nämlich im Vertrauen gesagt, Dmitri. Die Zeitung hat Lauras Namen nicht veröffentlicht. Dass Ruth bei euch im Heim als Therapeutin arbeitet, wusste ich sogar selbst nicht.«

Dmitri räusperte sich und spuckte dann auf den Boden. »Selbstverständlich habe ich ihm das gesagt«, antwortete er mürrisch. »Immerhin war er es, der die Ratte hier entdeckt hat.«

Alex hatte Denys schon in dem Moment nicht ausstehen können, als er ihn kennenlernte. Dmitri hatte ihn vor zwei Wochen zum Treffen mitgeschleppt. Sein Bruder sei Soldat und würde im Oktober an einer Geheimoperation in der Ukraine teilnehmen, hatte er erklärt und sie gebeten, Stillschweigen über den geplanten Einsatz zu bewahren. Für die Zwischenzeit habe man ihn wegen seines Asthmas nach St. Peter in eine Lungenklinik geschickt. Die anderen hatten Dmitri das abgekauft und Denys willkommen geheißen.

Alex hatte Dmitri kein Wort geglaubt. Sein Instinkt hatte ihm gesagt, dass der Junge mit den blonden Locken, dessen Lungen bei jedem Atemzug ein leises Quietschen von sich gaben, desertiert war. Wahrscheinlich versteckte Dmitri ihn im Kellerlabyrinth des Heims. Wofür er volles Verständnis hatte. Alex' Credo lautete schließlich: Rette sich, wer kann. Dass ihre ukrainischen Stammtischfreunde gebilligt hätten, dass Denys sich aus dem Staub gemacht hatte, bezweifelte er allerdings.

Bis auf Hana, die ihren Mann und einen Bruder im Krieg verloren hatte, hatten sie alle gekämpft. Sofija war als Ärztin an der Front im Einsatz gewesen. Inzwischen waren sie zu desillusioniert und zu verbraucht für den Kampf, auch wenn Dmitri nach wie vor davon redete, in die Ukraine zurückzukehren, sobald sein Bein wieder gesund wäre. Wenn nicht als regulärer Soldat, dann wenigstens in einem dieser 60-plus-Unterstützungskommandos.

Denys hatte sich an diesem Abend so volllaufen lassen, dass Alex ihn auf einem der Sofas im Restaurant hatte schlafen lassen. Am Morgen danach musste der junge Mann durch den Ort gestreunt sein. Reiner Zufall, dass er Melnik in der Ordinger Fußgängerzone dabei beobachtet hatte, wie der sich in ein Taxi setzte. Natürlich hatte er das brühwarm seinem Bruder berichtet, und seitdem hatten die beiden nichts Besseres zu tun, als die Runde in der »Insel« aufzustacheln. »Wir müssen ihm einen Denkzettel verpassen«, hatte Denys gefordert, und Dmitri hatte beifällig genickt.

Die anderen Ukrainer schienen bedachtsamer – aber was wusste Alex schon? Ihn und Sergej, die Russen, würden sie garantiert nicht in ihre Pläne einbeziehen, auch wenn sie sie dafür respektierten, ihrem Vaterland den Rücken gekehrt zu haben.

Igor hatte sogar versucht, Denys den Plan auszureden. »Was geht uns das Schwein an?«, hatte er gefragt. »Er ist nur einer von einer halben Million. Alles Feiglinge, die sich in Europa verstecken, obwohl sie kämpfen könnten. Man sollte sie ausliefern, alle!«

»Melnik ist aber von der schlimmsten Sorte. Die anderen kriechen Putin immerhin nicht in den Arsch«, hatte Hana zu bedenken gegeben, die nach dem Tod ihres Mannes mit drei kleinen Kindern nach Deutschland geflüchtet war. Sie hatte sich an Denys gewandt. »Irrst du dich auch nicht? Hast du ihn wirklich erkannt? Weil wenn ja, dann sollten wir uns was einfallen lassen.«

»Für Wettkämpfe hier in der Nähe war er jedenfalls nicht akkreditiert«, hatte Wolodja geantwortet. »Auch nicht für die Sylt-Challenge. Ich habe die Teilnehmerlisten heruntergeladen. Wenn das tatsächlich Melnik war, den du gesehen hast, dann ist er aus Russland abgehauen.«

»Eben«, hatte Denys geschrien, das Gesicht verzerrt von Hass, und mit der Faust auf den Tisch gedonnert, sodass die Doppelkopf-Karten, die Alex gerade gemischt hatte, runtergesegelt waren. »Er ist hier und nicht an der fucking Front! So wie wir alle es waren!«

»Vielleicht«, hatte Igor plötzlich gesagt, »könnte er ein Taxi dorthin nehmen?«

»Was redest du da für einen Schrott?«, hatte Dmitri ihn angefahren.

Hana dagegen hatte sofort begriffen, was Igor meinte. »Du findest, dass wir ihn auf den rechten Weg bringen sollten? Also ganz konkret?«

Daraufhin war auch bei Denys der Groschen gefallen. »Klar, wir setzen ihn in Igors Taxi!«, hatte er geschrien, und seine Augen hatten gefunkelt. »Das zufällig nach Polen fährt. Sogar noch ein Stückchen weiter.«

»Ihr spinnt doch!«, hatte Alex protestiert. »Schluss mit dem Wodka! Ich koche jetzt Kaffee.« Er hatte das betrunkene Gerede nicht mehr ertragen, war aufgestanden und in der Küche verschwunden.

Als er mit einem Tablett voller Tassen zurückgekommen war, waren die beiden Brüder gegangen.

»Das haben die nicht ernst gemeint«, hatte Sergej ihn beim Abschied zu beruhigen versucht. »Die wissen nicht mal, in welchem Hotel er wohnt. Und ob er nicht schon längst abgereist ist. Die würden den Typen niemals kidnappen!«

Alex hatte genickt und inständig gehofft, dass Melnik sich auf der Fußgängerzone nur mit Teebechern und Plüschrobben eingedeckt hatte und wieder abgereist war. Es war Alex auch jetzt noch ein Rätsel, was der Mann hier gesucht hatte. In Berlin oder Hamburg wäre es so viel leichter gewesen, unterzutauchen und Putins tausend ausländischen Augen zu entgehen – und denen von Melniks Landsleuten.

»Hör zu, Dmitri«, wandte er sich nun an Denys' Bruder, der langsam neben ihm her humpelte. »Wir sollten unsere Treffen auch die nächsten Male ausfallen lassen. Bis sich alles wieder beruhigt hat. Schau zu, dass Denys von hier verschwindet.«

»Du glaubst, dass er Melnik um die Ecke gebracht hat?« Dmitri wirkte aufgebracht. »Schwachsinn! Warum wir? Warum nicht die Russen? Die haben garantiert sofort herausgekriegt, wohin ihr Goldjunge abgehauen ist. Oder der Idiot ist wirklich Surfen gegangen und im Watt ertrunken. Passiert doch andauernd in diesem Kaff.« Er spuckte erneut auf den Boden.

»Ende September?«, bemerkte Alex. »In der Nordsee? Ohne Wetsuit?«

»Herrje, der Typ kommt aus der Kamtschatka! Da ist es hier für den wie in der Karibik.«

Eine Möwe stieß mit lautem Kreischen herab und schreckte zwei Krähen auf, die in Panik davonflogen. Alex verfolgte sie mit seinen Augen, ehe sie hinter einer Wolke verschwanden. Der Himmel zog sich allmählich wieder zu. Wenn er nicht nass werden wollte, sollte er sich auf den Weg machen.

»Pass einfach auf deinen Bruder auf, Dmitri«, sagte er müde. »Ich muss jetzt los.«

»Du hältst doch den Mund?«

»Was denkst du denn?« Er ging zurück zum Garteneingang. Als er die Eisentür öffnete, spürte er Dmitris Blick immer noch im Rücken.

Anna

»Moment.« Sie presste den Finger aufs Mikrofon ihres Handys. »Der Anruf ist wichtig, Ruth, sorry. Wollen wir heute Abend zusammen im Hotel essen?«

»Besser morgen.« Ruth errötete. »Ich habe heute Abend keine Zeit«, schloss sie.

»Gut. Grüß Sven von mir.« Anna schloss die Tür und setzte sich zum ungestörten Telefonieren auf die Gartenbank am Kräuterbeet. »Woher weiß ich, dass Sie wirklich Velis Mutter sind?« Sie sparte sich die Höflichkeitsfloskeln.

»Weil Sie seit meiner Nachricht gestern vermutlich alles über mich herausgefunden haben, was es herauszufinden gibt«, gab die Frauenstimme zurück. Sie klang ein bisschen zu hoch, aufgeregt und gleichzeitig kaltschnäuzig. »Schließlich sind Sie von der Kripo.«

Kerstin Adam war klug. Aber das überraschte Anna wenig, nachdem sie Marius' Dossier studiert hatte. Ihr alter Partner hatte keine einzige Rückfrage gestellt, als sie ihn gebeten hatte, nach Melnik nun auch Valentins Mutter zu durchleuchten und ihr die Ergebnisse zu mailen. Er ging wohl netterweise davon aus, dass Anna ihre guten Gründe haben würde, schon wieder in Maries Leben herumzuschnüffeln.

»Valentin weiß vermutlich nicht, dass wir uns unterhalten?«

»Er ist im Krankenhaus und darf keine elektronischen Geräte haben«, antwortete seine Mutter. »Ich habe ihn vorgestern in die Notaufnahme gebracht. Mein Sohn war total am Ende, psychotisch, hat rumgetobt und geschrien. Ich dachte, er tut sich was an. Gott sei Dank bin ich am Tag vorher angekommen.«

»Angekommen? Woher, aus Australien?«

»Klar.« Kerstin Adam wirkte erstaunt. »Ich komme doch jeden Sommer, seitdem mein Sohn aus dem Internat raus ist, und wohne dann bei ihm. Also in unserer alten Wohnung.«

Wenn das mal stimmte. Anna schwieg. Valentin jedenfalls hatte nichts Entsprechendes erwähnt. »Wieso haben Sie sein Handy?«, fragte sie schließlich.

»Das habe ich einkassiert, als er den Panikanfall hatte. Ich dachte, ich finde vielleicht einen Hinweis darauf, warum er durchgedreht ist. Sie waren die Einzige, mit der er gechattet hat. Mit der er überhaupt Kontakt hatte. Valentin hat gelebt wie ein Einsiedler.«

Das wiederum stimmte. Bei Annas Besuchen in der Hohenzollernstraße hatte die Einsamkeit Kerstin Adams fragilen Sohn eingehüllt wie eine zweite Haut.

»Hat er sich verletzt?«, erkundigte sie sich mit vorgetäuschter Sachlichkeit. In Wirklichkeit war ihr übel vor Angst. Hoffentlich hatte Valentin nicht doch wahrgemacht, was er damals bei ihrem zweiten Besuch, ein paar Tage nach dem Auffinden von Maries Leiche, angedeutet hatte. Sich das Leben nehmen zu wollen. Als er bereits die Hoffnung auf Gerechtigkeit aufgegeben hatte – und die, dass sie ihren Job machen würde.

Sie hatte ihm eröffnet, dass die Beweise, die die Polizei gesammelt hatte, definitiv nicht zu einer Anklageerhebung gegen seinen Vater ausreichen würden. »Aber wir bleiben dran«, hatte sie versichert, in dem Wissen, dass es nichts gab, woran sie hätte bleiben können.

»O doch«, hatte er ruhig entgegnet. »Die Beweise werden ausreichen, glauben Sie mir.«

»Wovon reden Sie, Valentin?«, hatte sie verwirrt nachgefragt. »Ich sagte Ihnen doch gerade …«

»Man muss immer einen Plan B haben«, hatte er geantwortet. »Sie waren mein Plan A. A wie Anna.« Dabei hatte er sein seltsames Lächeln gelächelt.

Anstatt ihn weiter zu befragen, war sie einfach nach Hause gegangen. Lola hatte Geburtstag gehabt, und sie hatte noch einiges vorbereiten müssen. Wäre sie an jenem Abend nicht so egozentrisch gewesen, wäre sie zum Fundort von Maries Leiche gefahren, hätte alles nochmals abgesucht, den mit der DNA von Andreas Lindner kontaminierten Slip gefunden und verbrannt. So aber war das verfluchte Ding, nachdem ein anonymer Tipp zu einem weiteren Einsatz der Spurensicherung geführt hatte, am nächsten Tag entdeckt worden.

Das Labor hatte keine 24 Stunden gebraucht, um das Indiz als Fake zu entlarven. Anna, wütend auf seine, aber noch mehr auf ihre eigene Dummheit, hatte Valentin ein drittes Mal aufgesucht und der Versuchung widerstanden, den Jungen anzuschreien, den die Mitteilung in eine Schockstarre versetzt hatte. »Ihnen ist doch klar, dass man Sie verdächtigen wird, oder?«, hatte sie ihn gefragt. »Woher hatten Sie den Slip überhaupt?« Valentin hatte einen Schlüssel aus seiner Jeans gezogen und auf den Tisch gelegt. »Den habe ich nie zurückgegeben. Ich dachte, es ist besser, wenn ich ins Haus kann. Wenn Marie mal was passiert …« Dann hatte er hemmungslos angefangen zu schluchzen.

Sie hatte ihn weinen lassen.

Nach einer Weile hatte er aufgesehen, weiß im Gesicht, aber merkwürdig ruhig. »Wenn mein Vater das erfährt, bringt er mich auch um«, hatte er festgestellt. »Aber das lasse ich nicht zu. Sie wissen wieso, nicht wahr?«

Natürlich hatte sie es gewusst. Er würde sich umbringen. Weil sie versagt hatte. Also musste sie ihn beschützen. Die Schuld auf sich nehmen.

An diesem Abend hatte sich alles logisch für sie angefühlt. Wie verdreht ihre Reaktion war, wie absurd und krank, hatte sie erst später erkannt, in den langen Therapiestunden in Berchtesgaden, als ihr langsam, Stunde für Stunde, klar wurde, dass sie keinen Kontakt mehr zu dem Jungen haben durfte. Dass er seinen Kampf für Gerechtigkeit verloren hatte. Und sie nicht mit ihm im Ring stand.

»Sind Sie noch da?« Die Stimme von Valentins Mutter riss Anna aus ihren Erinnerungen. »Haben Sie das gerade wirklich im Ernst gefragt? Ob Valentin sich verletzt hat? Mein Sohn hat eine Vase nach mir geworfen. Sie sollten lieber fragen, ob er mich verletzt hat. Hören Sie …« Kerstin Adam sprach nun lauter, eindringlicher. »Ich muss mit Ihnen reden, sofort!«

»Tun Sie doch gerade.«

»Persönlich.«

»Ich bin in Norddeutschland.«

»Wo genau?«

Anna schwieg befremdet. Kerstin Adam war in der Tat dreist, genau wie Veli sie beschrieben hatte. Nun war sie also wieder auf der Münchner Bildfläche erschienen. Vielleicht konnte sie mit ihrem erwachsenen Sohn besser umgehen als mit dem bedürftigen Kind von einst. Wenn sie erfahren wollte, was mit Veli los war, durfte sie die Frau jedenfalls nicht verärgern.

»Ich will Sie nicht in Ihrem Hotel heimsuchen«, durchbrach Kerstin Adam die Stille. »Oder wo immer Sie wohnen. Schlagen Sie ein Café vor, eine Bushaltestelle, egal. Sie haben es verdient, dass ich Sie informiere.«

»Worüber?«

»Ich kann Ihnen das nur persönlich sagen«, wiederholte Kerstin. »Das bin ich Ihnen schuldig. Valentin hat Ihnen vertraut. Ich habe den Chat gelesen. Warum nennt er sich da eigentlich Veli?«

»Ist nicht wichtig. Wann können Sie nach Hamburg fliegen?«

»Morgen.«

»Wir treffen uns in St. Peter-Ording, das ist ein Badeort an der Küste.«

»Da war ich mal. Mit Valentin und seinem Vater. Die beiden sind mit einem dieser irre schnellen Strandsegler gefahren. Ich habe noch ein Foto davon.« Kerstin Adams Stimme, rauer geworden gegen Ende, brach ab.

Anna reagierte nicht auf die sentimentale Anekdote, die wahrscheinlich sowieso erfunden war. Velis Eltern hatten sich gehasst, und er hatte das Internat verabscheut. »Ich war das perfekte Mobbing-Opfer«, hatte er Anna verbittert erzählt. »Introvertiert, pickelig und mit Brille. Der klassische Nerd.«

»Um 15 Uhr an der Seebrücke in Bad. Bei ›Frosch‹, direkt am Anfang der Brücke. Das rote Holzhaus.« Ohne sich zu verabschieden, drückte Anna auf das rote Icon. Sie traute Kerstin Adam nicht über den Weg. Niemandem aus dieser reichen Sippe, die ihre Kinder behandelte wie falsche Geschenke, die sie am liebsten umgetauscht hätte. Aber sie würde der Mutter zuhören, sehr, sehr aufmerksam.

Vielleicht konnte Anna wenigstens Veli retten.

Paul/Anna

Durch das Fenster seines Bullis sah der Surftrainer erst seiner Frau nach, die über die Straße zurück ins Hotel eilte, und dann auf seine wasserdichte Armbanduhr. In 15 Minuten begann der Anfängerkurs, der letzte dieser Saison. Er nahm das Klemmbrett mit der Teilnehmerliste vom Regal. Ein Name fehlte, fiel ihm ein. Wie hieß noch mal diese Frau mit den unordentlichen braunen Haaren, die er vor ein paar Tagen überredet hatte, dabei mitzumachen?

Eigentlich hatte er den Vorschlag nicht ernst gemeint. Sie war ihm schon vor ein paar Tagen in der Lobby aufgefallen, weil sie so konzentriert auf ihrem Laptop gelesen hatte. Sie hatte nicht einmal hochgeschaut, als ein Kind ein Glas fallen ließ, das direkt neben ihr zersplittert war. Kurz darauf war er ihr am Strand erneut begegnet, und er hatte den Kurs eher spaßeshalber erwähnt. Erwartungsgemäß hatte sie abgewinkt. Aber es sich Minuten danach anders überlegt. »N.N.«, kritzelte Paul Voss schließlich auf die Liste und legte das Brett zur Seite.

Am liebsten hätte er den Kurs heute abgesagt und wäre Kathie hinterhergelaufen, um sich mit ihr zu versöhnen. Ihre Auseinandersetzung nagte an ihm. Anstatt zu streiten, sollten sie die wenigen Wochen lieber genießen, die ihnen noch blieben, bevor das Semester anfing und sie nach Hamburg zurückkehrte. Er hasste es, getrennt von ihr zu sein. Wobei es nur für einen Monat war. Ab Ende Oktober war das Wasser zu kalt zum Surfen, das Bullicamp würde für den Winter zumachen und er ebenfalls nach Hause fahren.

Flüchtig dachte er an den nackten Kamtschatka-Surfer, den sie im Watt gefunden hatten. Er bewunderte diese hartgesottenen Kerle, die es mit den eisigen Wellen des Bering-Meers aufnahmen. Aber die Nordsee zu unterschätzen, konnte auch gefährlich werden. Sie war eben kein Mittelmeer. Im Moment war sie zwar noch so warm, wie es in Sibirien selbst im Hochsommer nie werden würde, aber ohne Wetsuit kühlte man schnell aus. Paul selbst stieg am liebsten im Pazifik aufs Brett. Vielleicht sollten Kathie und er sich nächstes Jahr lieber in Waikiki nach Saisonjobs umsehen als in St. Peter-Ording.

Noch standen um die 15 Wagen auf dem Sandplatz des Camps. Zehn davon gehörten dem Hotel und wurden vermietet, plus der eine, in dem er sein Office hatte und wohnte. Die anderen waren Privatautos von Gästen.

Seine Gedanken wanderten zu Kathie zurück. Er verstand nicht, was mit ihr los war. Was hatte sie bloß dagegen, dass er zu ihr ins Dorm zog, wenn sie, wie sie triumphierend berichtet hatte, Lizzy und Yasemin losgeworden war? Nachts war es mittlerweile echt ungemütlich im Bulli. Das Ding hatte zwar eine Standheizung, aber länger als ein, zwei Stunden hintereinander durfte die nicht laufen.

Sie brauche Ruhe, um ihre Semesterarbeit über die Didaktik der Sekundarstufe zu Ende zu schreiben, hatte Kathie erklärt. Sie sei im Rückstand und müsse die Nächte durcharbeiten. Was eine glatte Lüge war. Er hatte das Manuskript nämlich in ihrem Koffer gefunden, als sie im Camp an einem der letzten warmen Abende mit den anderen am Lagerfeuer gesessen hatte und er schnell rüber ins Dorm gelaufen war, um ihr den silbergrauen Pashminaschal zu holen, der ihr so gut stand. Die Arbeit war bereits ausgedruckt, gebunden und mit einem Etikett versehen: »Oberseminar Pädagogik, SS 24«, Katarzyna Dschughaschwili.

Noch mehr als die Lüge ärgerte ihn, dass sie es immer noch nicht geschafft hatte, die Namensänderung auf Voss an der Uni registrieren zu lassen. Genauso wenig wie im Hotel. Wer, der halbwegs bei Verstand war, wollte so heißen wie Stalin früher? Das war mit ein Grund, warum er Kathie drängte, auch den Namen der Kleinen ändern zu lassen. Aber jedes Mal, wenn er das vorschlug, entgegnete sie, wie schmerzhaft es für Lasse wäre, wenn Cleo so heißen würde wie sein Nachfolger. Dabei hatte der das Kind seit der Scheidung höchstens dreimal besucht. An sehr schlechten Tagen glaubte er, dass Kathie ihre Entscheidung für Voss längst bereute. Und damit meinte er mehr als den Namen.

Wahrscheinlich steckten die Großeltern dahinter, die gerade in Hamburg auf das kleine Mädchen aufpassten. Kathie war ihr einziges Kind, und mit ihr würde, wie sie sogar auf der Hochzeitsfeier lamentiert hatten, die edle Sippe der Dschughaschwilis aussterben. Paul konnte nicht nachvollziehen, wieso eine kluge Frau wie die seine sich von diesem patriarchalen Quatsch beeinflussen ließ. Dass Kathies erster Mann damals nachgegeben und den Namen seiner Frau angenommen hatte, erst recht nicht. Waschlappen. Es lag eine amüsante Ironie darin, dass der gute Lasse irgendwann als einziger Dschughaschwili durchs Leben laufen würde.

Der Himmel zog sich langsam zu. Aber der Neuzugang der Surfer-Community ließ sich, wie er beim erneuten Blick durchs Fenster feststellte, durch dunkle Wolken nicht abschrecken. Anna, jetzt fiel ihm wieder ein, wie die Frau hieß. In einem schwarzen Neoprenanzug steuerte sie auf seinen signalroten Bulli zu, auf dem in großen schwarzen Lettern »Staff« stand.

»Du bist früh dran«, stellte er fest, als er die Tür öffnete. »Passt der Anzug?«

»Bisschen eng, aber okay.«

»Die anderen sind noch nicht hier. Setz dich.« Er ließ die Tür offen stehen und deutete auf den kleinen Resopaltisch, an den neben seinem Stuhl ein Campinghocker gequetscht war.

»Das habe ich mir gedacht«, antwortete Anna. Sie öffnete den Klettverschluss der Brusttasche des Anzugs und schob ihm ein Foto über den Tisch. »Du weißt, wer das ist?«

Paul warf einen flüchtigen Blick auf das Bild. »Natürlich. Das hing überall aus. Der Tote im Watt.«

»Nikolaj Melnik«, bestätigte Anna. »Mich interessiert, ob du ihn persönlich gekannt hast. Vielleicht hat er hier gewohnt? Er war ein Surfprofi, wusstest du das?«

»Selbstverständlich weiß ich das«, entgegnete Paul leicht pikiert. Hielt seine neue Schülerin ihn für einen Deppen aus der Provinz? »Der ist superbekannt in der Szene. Wie kommst du darauf, dass er hier gewohnt hat? Und wieso willst du das überhaupt wissen?«

»Kripo«, antwortete Anna gleichmütig. »Im Urlaub«, stoppte sie ihn, als Paul den Mund für eine Entgegnung aufmachte. »Aber ich unterstütze Sven Rasmussen von der Kripo Flensburg bei seinen Ermittlungen. Von Kollegin zu Kollege, gewissermaßen.«

»Dem habe ich schon erzählt, dass ich diesen Russen nie persönlich getroffen habe.«

»Ukrainer«, korrigierte Anna ihn. »Auch nicht, wenn du ganz scharf nachdenkst?«

»Nein.« Paul Voss stand verärgert auf. »Die anderen

kommen bestimmt gleich. Bist du echt zum Surfen hier? Oder willst du mich nur ausquetschen?«

Anna überging seine Frage. »Paul, tust du mir einen Gefallen? Würdest du im Camp herumfragen, ob jemand Melnik gesehen hat? Ich kann mir nicht vorstellen, dass ein Champion aus der Ukraine zufällig in St. Peter ist und dann nicht im ›Wave House‹ aufkreuzt. Dem Epizentrum der Szene.«

»Gibst du dann Ruhe?«

»Klar«, erwiderte Anna liebenswürdig.

Paul fixierte sie mit zusammengezogenen Augenbrauen. »Na gut. Komm, es geht los, ich suche dir ein Board aus. Zum Wasser tragen musst du es aber selbst.« Paul, der sich gegen den Einbauschrank gelehnt hatte, um mit dem Kopf nicht das Dach des Bullis zu berühren, deutete aus dem Fenster.

Drei weitere Neoprengestalten liefen zügig auf das Zelt zu, in dem die Bretter verstaut waren.

In diesem Moment klingelte sein Telefon. »Eva«, stellte er erstaunt fest, als er das Handy aus der Brusttasche seines Surfanzugs zog. »Geh schon mal vor. Das muss etwas Dringendes sein.«

Anna sprang folgsam aus dem Bulli, und Paul Voss schloss die Tür.

»Eva, was gibt's?« Er hörte seiner Gesprächspartnerin am anderen Ende der Leitung einen Moment zu. Dann fragte er: »Wieso Polizei?« Und kurz darauf: »Geht in Ordnung. An der Rezeption, verstanden.« Er steckte das Handy weg und sah einen Moment nachdenklich durch das einen Spaltbreit geöffnete Seitenfenster nach draußen. Anna war erst ein paar Schritte vom Bulli entfernt auf dem Weg Richtung Surfzelt.

Er öffnete die Tür. »Hey!«, schrie er und ging zu ihr.

Anna blieb stehen. »Was ist?«

»Der Kurs fällt aus. Sagst du den anderen Bescheid?«

»Klar. Schlechte Nachrichten?«

»Wie man's nimmt. Hat der Kommissar dir nichts gesagt?« Bevor Anna etwas erwidern konnte, beantwortete er seine misstrauische Frage selbst. »Ach so, dein Handy ist im Spind.«

Anna bedachte ihn mit einem kühlen Blick. »Richtig. Was ist los?«

»Die Leiche von dem Typen wurde gefunden. Zumindest wurde auf Hooge eine angeschwemmt. Eva sagt, ich soll den Kommissar mit unserem Boot hinbringen.«

Er wollte losrennen, als ihm noch etwas einfiel. »Willst du mit?«

»Das schafft er schon allein.« Voss brauchte nicht zu wissen, dass Rasmussen keineswegs entzückt über eine Eskorte sein würde.

Anna warf einen flüchtigen Blick zum Surfzelt hinüber, das die anderen Anfänger gerade mit ihren Boards unterm Arm verließen, und folgte dann Paul mit etwas Sicherheitsabstand in die andere Richtung. Die Neopren-Kids würden schon merken, dass kein Trainer auftauchte. Sie genoss das unerwartete Hochgefühl, das sie von innen wärmte wie eine »Tote Tante«. Obwohl es fraglich war, dass die Gerichtsmediziner jetzt noch Fremdeinwirkung feststellen konnten, freute es sie, dass der Surfer geborgen worden war. Das machte alles, was bislang so unangenehm unbestimmt gewesen war, real. Aus einem Geist war ein Mensch geworden. Normalerweise, dachte sie, war es andersherum.

Hinter der Drehtür des Hotels wäre Anna beinahe in

ihren Surflehrer hineingelaufen, der gerade wieder herauseilte.

»Paul? Wartest du kurz?« Die Hotelchefin studierte hinter der Rezeptionstheke etwas im Computer und sah nun auf. »Wegen der Urlaube. Ihr wollt im März nächstes Jahr weg, richtig? 17. bis 27.3.?«

Paul nickte, sichtlich ungeduldig.

»Gut. Moment, ich habe hier noch etwas.« Eva griff unter die Theke und drückte dem Mann einen Umschlag in die Hand. »Für deine Frau, gibst du ihn ihr bitte?«

Der Trainer steckte den Brief ein, hielt den Daumen hoch und verschwand durch die Drehtür, während Anna auf die Theke zuging.

»Paul habe ich«, murmelte Eva geistesabwesend und scrollte mit der Maus durch die Tabelle auf ihrem Bildschirm. »Aber wo zum Teufel ist Kathie?« Als sie ihre Besucherin bemerkte, lächelte sie ihr entschuldigend zu. »Der Surfkurs muss ausfallen, sorry.«

»Paul hat schon Bescheid gesagt«, antwortete Anna, die sich wunderte, dass Eva von ihrer Teilnahme gehört hatte. »Er ist davongejagt, als ob der weiße Hai hinter ihm her wäre. Er bringt also Rasmussen nach Hooge?«

Eva nickte, erleichtert darüber, dass die Kommissarin Bescheid wusste und sie keine Geheimnisse verriet. »Ihr Kollege wohnt ja seit gestern bei uns.«

Anna nickte. Klar, dass Rasmussen nach dem Tête-à-Tête mit Ruth und der Trennung von seiner Frau neutrales Terrain bevorzugte. Vielleicht hatte sie ihn auch rausgeschmissen.

»Die Wasserschutzpolizei ist schon auf dem Weg zur Hallig, von Husum aus«, fuhr die Hotelchefin fort, offensichtlich in Plauderlaune. »Die Spurensicherung aus Flensburg ist auch an Bord. Hat Herr Rasmussen mir alles genau erklärt. Er wollte wissen, ob ihn jemand mit unserem Boot rüberbringen kann. Wir haben eins im Tümlauer Koog liegen, in dem kleinen Hafen.«

»Wie lange dauert das?«

»Eine Stunde vielleicht. Das Meer ist ruhig.«

Das bedeutete, dass die Wasserleiche am frühen Nachmittag in die Gerichtsmedizin nach Flensburg überführt werden würde. Anna musste den Kommissar unbedingt im Hotel abfangen, bevor er heute Abend zu Ruth fuhr. Ihn ausquetschen, ob er die Kopfwunde gesehen hatte.

»Hatten Sie Melnik hier in der Gegend mal gesehen?«, fragte sie Eva. »Ich meine, als er noch lebte?«

Eva schüttelte entschieden den Kopf. »Nein. Ich bin schon vor Tagen mit Rasmussen die Belegungsdatei des Camps für September durchgegangen. Der Mann war nicht hier, weder in den Bullis noch im Hotel.«

»Auch nicht unter anderem Namen?«

»Garantiert nicht. Ich habe alle aktuellen Gäste selbst eingecheckt.«

»Vielleicht ist er nur zum Surfen vorbeigekommen. Hat sich mit den Leuten vom Camp unterhalten.«

»Möglich«, antworte die Hotelchefin zweifelnd. »Aber ob ihn jemand erkannt hätte? Der war in der Szene zwar ein Begriff, doch in den schwarzen Anzügen sehen die Jungs alle gleich aus, vor allem mit Kapuze. Haben Sie Paul schon gefragt?«

Anna nickte. »Fehlanzeige.«

»Wenn er es nicht weiß, dann niemand«, befand Eva und wandte sich wieder ihrem Computer zu. »Jetzt habe ich Kathie gefunden!«, rief sie plötzlich aus. »Immer noch unter D.« Weil Anna sie fragend anschaute, erläuterte sie:

»Ich aktualisiere gerade die Urlaube meiner Mitarbeiter. Kathie hat letzten Sommer geheiratet, sie steht mit dem alten Namen in der Liste. Dschughaschwili.«

»Wie Stalin?«

Eva quittierte die Bemerkung mit einem müden Lächeln. »Das sagen alle. Sie heißt aber jetzt Voss, wie Paul.«

»Sie ist mit dem Surftrainer verheiratet?«

»Ja. Und sicher heilfroh, dass Schluss ist mit der Buchstabiererei.«

Dass Kathie nicht mehr wie der berüchtigte Georgier genannt werden wollte, konnte Anna nachvollziehen. Obwohl sie selbst sich eher entleibt hätte, als als Frau Rossbauer durchs Leben zu gehen. Sie hatte auch darauf bestanden, dass die Kinder ihren Nachnamen bekamen, nicht den von Christian.

»Kathie ist hier geboren, aber ihre Eltern kommen ursprünglich aus Tiflis«, erläuterte Eva, die mit der Maus die Tabelle entlangfuhr. Sie tippte etwas auf die Tastatur, lächelte zufrieden und sah auf. »Danach hat der Vater in Sibirien bei einem Pipeline-Projekt gearbeitet und ist später mit seiner Frau nach Deutschland ausgewandert.«

»Ich mache mich mal auf den Weg.« Anna wollte sich abwenden, als sie das amüsierte Grinsen der Hotelchefin bemerkte.

»Als Catwoman?« Eva holte Annas Zimmerschlüssel vom Brett und hielt ihn ihr hin.

Der Neoprenanzug, natürlich! Deshalb hatte Eva gewusst, dass sie zu Pauls Anfängergruppe gehörte. Anna nahm ihr mit einem dankbaren Nicken den Schlüssel aus der Hand und ging zu ihrem Zimmer, um sich umzuziehen. Bis zum Nachmittag, wenn sie in der Lobby dem Kommissar bei seiner Rückkehr auflauern würde, war noch genug Zeit, zur »Insel« zu fahren und Alex die Nachricht zu überbringen, dass Melnik wiederaufgetaucht war.

Im wahrsten Sinne des Wortes.

Anna/Alex

Sie wusste sofort, wer er war. Die auffälligen blonden Löckchen, die ihm zu Unrecht den Look eines Chorknaben verliehen, kringelten sich wie ein Heiligenschein um seinen Kopf. Er hielt ihn gesenkt, als er Anna raschen Schritts entgegenkam, die Hände in den Taschen seines abgetragenen olivgrünen Bundeswehrparkas vergraben, vermutlich die Spende einer Kleiderkammer. In dem Moment, in dem sie aneinander vorbeigingen, er in Richtung Land und sie zur »Insel«, sah er auf, und sie zuckte zurück, getroffen von der Aggression, die sich in seinen Augen spiegelte.

Lauras Verfolger, hundertpro. Sollte sie ihm nachgehen? Anna zögerte. Zu auffällig, entschied sie dann. Er würde mitbekommen, wenn sie ihre Richtung änderte. Letztendlich hatte er nichts angestellt. Selbst Laura war nicht überzeugt davon, dass er ihr wirklich hinterhergefahren war.

Anna sah auf ihre Uhr. Gleich drei. Die »Insel« würde heute ab Mittag wegen ein paar kleinerer Handwerksarbeiten schließen, hatte Alex erwähnt. Er sei aber trotzdem im Restaurant, um Papierkram zu erledigen.

Merkwürdig, dachte Anna, als sie die Holztreppe des Restaurants hochlief, dass die schwere Holztür offen stand. Und überdies nicht festgestellt war, der Wind schubste sie hin und her und ließ die Scharniere quietschen. Vielleicht hatte sie sich vom Haken losgerissen, oder die Handwerker hatten sie beim Weggehen nicht richtig zugemacht. Anna achtete darauf, dass sie zuschnappte, als sie den stillen, halbdunklen Raum betrat.

»Alex?«

Sie drückte auf einen der Schalter neben dem Eingang, und die marokkanische Lampe flammte auf. Die Tische waren abgeräumt. Das Kaminfeuer glühte noch, und die Decken, unter denen sie letzte Nacht geschlafen hatten, lagen ordentlich gefaltet auf den Sofas. Der geöffnete Laptop stand wie immer auf dem Tresen, daneben lagen ein paar Aktenordner. Aber der Barhocker davor war umgefallen. Sie bückte sich und stellte ihn an seinen angestammten Platz.

»Alex, bist du da?«, rief sie nochmals. Keine Antwort. Annas Sinne, geschärft für Gefahren, nahmen Witterung auf. Etwas war falsch hier. Sie holte ihr Handy heraus, öffnete WhatsApp und drückte auf Alex' Namen. Prompt erklangen blechern die Anfangstöne von »Bella Ciao«, die einen Anruf ankündigten, sie kamen eindeutig aus dem mit dem Vorhang abgetrennten Garderobenbereich. Also war Alex nur auf der Toilette, dachte Anna, und wusste doch gleichzeitig, dass es nicht so war.

Sie sah sich suchend um und griff sich schließlich einen Schirm aus dem Ständer neben dem Eingang. Bedacht darauf, beim Anschleichen keine Geräusche zu machen, riss sie den Vorhang beiseite. Der Bewegungsmelder schaltete die Lampe an, sodass sie in der plötzlichen Helligkeit kurz die Augen zusammenkniff. Dann sah sie die Gestalt auf dem Boden. Und hörte ein leises Stöhnen.

Der Wirt lag gekrümmt auf den Holzdielen, einen Arm hielt er wie schützend über dem Gesicht.

»Alex«, flüsterte sie, als sie neben ihm niederkniete und vorsichtig den Arm anhob. »Verstehst du mich? Bist du wach?«

Die Antwort bestand in einem weiteren Stöhnen.

Anna konnte nun das Blut erkennen, dass die linke Gesichtshälfte verschmierte. »Beweg dich nicht«, sagte sie leise. Sie lief in den Waschraum, machte ein Gästehandtuch nass und tupfte behutsam Alex' Gesicht rund um die geschlossenen Augen ab. Das Blut, stellte sie fest, quoll aus einer Wunde unter den Haaren hervor. Sie presste das feuchte Tuch darauf.

Alex murmelte etwas Undeutliches.

»Was?«, fragte Anna und hielt ihr Ohr an seinen Mund.

»Verbandskasten«, wiederholte er, »oben im Schrank.« Er öffnete die Augen. »Ist okay«, brachte er hervor und machte Anstalten, sich aufzusetzen.

Anna half ihm dabei, sich gegen die Wand zu lehnen, holte die Erste-Hilfe-Box herunter und legte ihm mit geübten Griffen einen Druckverband an. Sie entdeckte ein Röhrchen mit einem Schmerzmittel und schob Alex zwei Kapseln in den Mund. Dann holte sie ein Glas Wasser und hielt es ihm an die Lippen. »Trink.«

Als er gehorsam schluckte, stellte sie den Becher auf den Boden.

»Schaffst du es bis zum Sofa?«

Alex nickte, wenn auch mit schmerzverzerrtem Gesicht. Sie stützte ihn, während er sich langsam die Wand hochschob und aus dem Garderobenraum Richtung Sofa wankte. Anna stopfte ihm ein Kissen hinter den Rücken und breitete die karierte Wolldecke über ihm aus, unter der sie letzte Nacht selbst geschlafen hatte.

»Ich rufe einen Arzt, okay?«

Alex winkte ab, sorgfältig darauf bedacht, den Kopf nicht zu bewegen. »Geht schon«, krächzte er.

»Sei nicht albern. Vielleicht hast du eine Gehirnerschütterung. Aber gut, lass uns erst reden.« Anna zog einen Stuhl heran und setzte sich neben das Sofa. »Ich habe ihn gesehen, auf der Brücke. Den Blonden. Der Kerl hat dich angegriffen, richtig?«

»Ja.« Alex hob den Arm und betastete vorsichtig den Verband.

»Warum? Weil du Russe bist?«

Einen Moment lang dachte sie, er sei eingeschlafen, weil seine Augen sich wieder schlossen.

»Nein.«

»Du weißt, wer der Typ ist?«

»Denys. Der Bruder von Dmitri, dem Lehrer.«

»Ich nehme an, das ist auch der Typ, der Laura verfolgt hat?« Anna wartete seine Antwort erst gar nicht ab. »Du hast mich also angelogen«, stellte sie fest. »Die ganze Zeit.«

Alex öffnete erneut die Augen, aber sah an ihr vorbei auf die marokkanische Lampe. »Ich habe dir nur nicht alles erzählt. Warum sollte ich auch?«

Die Bemerkung traf Anna härter, als sie sich anmerken ließ.

»Du bist Kommissarin«, fuhr er fort, als rechtfertigte ihr Beruf sein Misstrauen.

»Und du?«, fragte sie. »Der Komplize eines Mörders?«

»Quatsch!« Alex setzte sich ruckartig auf und stieß einen leisen Schmerzenslaut aus, weil er dabei den Kopf bewegt hatte. Er war sichtlich aufgebracht.

Gut, dachte sie. Wütend ist gut.

»Anna, dieser Denys ist gefährlich. Er kannte Melnik.« Er machte eine Pause, das Reden strengte ihn an. Aber er schaffte es, ihr von dem wöchentlichen Stammtisch in der »Insel« zu berichten. »Seitdem dieser Surfer hier aufgetaucht ist, traut keiner keinem mehr. Denys ist ihm zufällig über den Weg gelaufen, in der Fußgängerzone, kurz vor dessen Tod. Alle Ukrainer hier verachten ihn, und möglicherweise hat Denys ihn umgebracht. Er bestreitet das. Vielleicht stecken auch die Russen dahinter, was weiß ich. Es ist ja bekannt, dass Putin in Deutschland Russen rekrutiert. Als Spione und Saboteure.«

»Warum hat dieser Denys denn dich angegriffen?«

Erst dachte sie, Alex würde nicht antworten, in seinem Gesicht konnte sie erkennen, wie er mit widerstreitenden Gefühlen kämpfte. Schließlich antwortete er doch.

»Ich nehme an, er hatte Angst, dass ich ihn verrate. Ich bin ziemlich sicher, dass Denys desertiert ist, von der ukrainischen Armee. Und dass Dmitri ihn versteckt.«

»Im Heim?«

»Wahrscheinlich.«

»Klingt abenteuerlich«, bemerkte Anna skeptisch. »Der reinste John le Carré.«

»Was glaubst du, warum ich nichts gesagt habe?« Alex Wut war abgeflaut, aber er war immer noch erregt.

»Du wolltest erst herausfinden, wer Melnik umgebracht hat. Da kam ich dir gerade recht. Weil ich das Gleiche wollte wie du, sehr praktisch.« Sie ignorierte Alex' Protest. »Ich rufe jetzt ein Taxi und bringe dich in die Notaufnahme. Höchste Zeit. Ist der Typ eigentlich von selbst wieder abgehauen?«

Alex nickte. »Die Aktion sollte eine Warnung sein, nehme ich an. Umbringen wollte er mich nicht.«

Anna stand auf. »Wir müssen uns beeilen. Der Kommissar ist bestimmt gleich zurück, ich will ihn nicht verpassen.«

»Zurück wovon?«

Nach Alex' Geständnis genoss Anna ihren Wissensvorsprung umso mehr. »Man hat Melniks Leiche gefunden. Sie wurde auf Hooge angeschwemmt, Rasmussen ist mit der Spurensicherung gerade dort und lässt sie nach Flensburg in die Gerichtsmedizin bringen. Ich nehme an, dass er sich im Hotel umzieht, bevor er heute Abend zu Ruth fährt. Vielleicht kann ich da ein paar Infos aus ihm rauskitzeln.« Anna streckte die Hand aus.

Alex, der versucht hatte, sich ohne ihre Hilfe vom Sofa zu erheben, ergriff sie mit einer frustrierten Geste und ließ sich hochziehen. »Warum fährt er zu Ruth?«

»Junge Liebe. Hast du deine Versicherungskarte dabei?«

Alex zeigte zur Garderobe. Als Anna seine Lederjacke vom Haken nehmen wollte, fiel ihr Blick auf den blutverschmierten Fußboden vor der Toilette. Sie sollte die Bescherung beseitigen, bevor sie eintrocknete. Sie riss ein paar Papierhandtücher vom Spender ab, machte sie unterm Wasserhahn nass und wischte das Gröbste auf. Um das Blut zu entfernen, das unter den Schrank gespritzt war, musste sie sich bücken. Als sie mit dem feuchten Knäuel über den Boden wischte, berührte sie etwas Hartes. Sie streckte den Arm aus und zog den Gegenstand heran.

Sieh an, dachte sie, Denys war also doch nicht einfach so verschwunden. Alex hatte ihn vertrieben. Sanft strich sie mit den Fingern über den Lauf der Beretta 92 FS, bevor sie das Magazin herausklickte und begutachtete. Die Pistole war vollständig geladen. Alex musste sie schnell mit dem Fuß weggekickt haben, als Anna ihn gefunden hatte. Ihre eigene Dienstwaffe hatte sie bei der Suspendierung abgeben müssen, und wenn sie ehrlich war, vermisste sie ihre HK SF P9. Aber eine Beretta war auch nicht schlecht. Sie steckte die Waffe in die Innentasche ihrer Jacke und ließ die rot verfärbten Papierklumpen im Abfalleimer verschwinden. Dann telefonierte sie nach einem Taxi.

Als sie aus dem Restaurant traten, regnete es wieder, sanft, aber ohne Unterlass. Anna schmeckte das Salz auf den Lippen, fühlte die Kälte der Tropfen und einen leisen Abschiedsschmerz. Sie würde nach dem Gespräch mit Valentins Mutter nach München zurückkehren müssen, davon ging sie aus. Nun, da Melniks Körper gefunden worden war, der tote Mann eine Geschichte besaß mit Anfang, Mitte und Ende, war das auch in Ordnung.

Ruth hatte recht gehabt, die ganze Zeit. Es war Anna nie um den Toten im Watt gegangen, sondern immer um Marie. Sie hatte keine Lust mehr, den Hilfssheriff zu spielen, weder für Rasmussen noch für Alex. Genau das würde sie auch dem Kommissar mitteilen, sobald sie ihren stöhnenden russischen Freund in der Notaufnahme abgesetzt hatte.

»Warte, ich muss abschließen«, sagte Alex in ihre Gedanken hinein. Während er den Schlüssel drehte, fragte er, ohne sich umzudrehen: »Ist es aus zwischen uns?«

Anna nahm seinen Arm und half ihm die Stufen zum Strand hinab. Als sie auf dem harten Sand standen, wandte sie ihm ihr regenfeuchtes Gesicht zu. »Es hat doch nie wirklich angefangen.«

»Das kann es noch. Anfangen.«

»Ich muss erst etwas zu Ende bringen.«

Alex fragte nicht nach, und langsam, während der Regen fiel und die Pfützen auf den Bohlen anschwellen ließ, gingen sie über die Brücke den Scheinwerfern des wartenden Taxis entgegen.

Ruth

Sie konnte die Wortfetzen kaum verstehen. Rasmussens Stimme, übertönt von Motorenlärm, klang blechern, dazu heulte der Wind.

»Lauter!«, rief sie in den grünen Griff des Retro-Festnetztelefons, einem Weihnachtsgeschenk von Laura, das den Schreibtisch ihrer Tönninger Praxis mit Nostalgie schmückte.

Der Motor drehte herunter.

»Ruth, hörst du mich?«

»Jetzt ja. Wo bist du?«

»Auf einem Boot. Wir fahren gerade von Hooge zurück.«

»Die Hallig? Was macht du denn da?«

»Melniks Leiche ist angespült worden, wir bringen den Körper in die Gerichtsmedizin nach Flensburg. Ich komme danach zu dir, aber das dauert. Spätestens um neun bin ich da, versprochen.«

Ruth legte den Hörer auf die Gabel und schaute auf die analoge Uhr über dem Sessel, der für ihre Klienten reserviert war – direkt neben dem Blechschild mit dem Tagore-Zitat, das Anna ihr damals verehrt hatte, als sie nach München gezogen war: »Du kannst keinen Ozean überqueren, indem du einfach nur aufs Wasser starrst.« Ihr war zwar nicht klar, ob der Aphorismus auf Annas neues Abenteuer anspielte oder Ruths vorsichtiges Naturell, aber sie hatte es aufgehängt, der Spruch gefiel ihr.

Gleich fünf. Und nur noch einen Termin, um halb sieben. Heute Abend würden Sven und sie den Rotwein trinken, den sie heute morgen bereits aus der Speisekammer geholt und sorgfältig abgestaubt hatte. Seit Haukes Tod lagerten die Flaschen unberührt in ihrem Versteck.

Ob Anna schon vom Leichenfund wusste? Ruth wählte ihre Nummer, aber nach dem vierten Klingeln meldete sich die Voicemail. Egal, ihre Freundin würde die Neuigkeit früh genug erfahren, wahrscheinlich ging die Meldung heute noch an die Presse raus.

Sie hatte gerade den Hörer aufgelegt, als der Apparat schrillte. Anna?

»Ich bin's.«

Ruths Herz sank. Sie wusste sofort, um wen es sich handelte. Und es ärgerte sie, dass er sich nicht mit Namen meldete. So tat, als ob sie auf seinen Anruf gewartet hatte. Womit er recht hatte. Schon den ganzen Tag über hatte sie die Ungewissheit darüber, ob der Abendtermin stattfinden würde, unruhig gemacht.

»Ja, bitte?«, erkundigte sie sich, um einen distanziert professionellen Tonfall bemüht.

»Tut mir leid«, entschuldigte er sich.

»Sie schaffen es nicht?« Innerlich jubilierte Ruth. »Ist

schon in Ordnung. Bestimmt finden wir einen anderen …«

»Nein, nein«, unterbrach der Mann sie. »Ich wollte den Termin nur bestätigen. Allerdings komme ich ungefähr zehn Minuten später, wenn das geht.«

»Okay«, erwiderte Ruth knapp.

Zu früh gefreut. Vielleicht war es auch besser so. Heute, bei der letzten der fünf Probesitzungen, würde sie ihm mitteilen, dass er sich jemand anderen suchen musste. Die Chemie stimmte nicht, würde sie ihm erklären. Das käme immer wieder vor in der therapeutischen Praxis. Was stimmte. Verschweigen würde Ruth jedoch, dass sie seine Fantasien nicht mehr ertragen konnte. Es waren nur Gedanken, sicherlich, aber abscheuliche, dunkle, unheimliche Gedanken.

Ihre Nervosität wuchs. Ruth stand auf und sah über das feucht glänzende Kopfsteinpflaster auf den verwaisten Marktplatz. Die Restaurants hatten Planen über die Tische und Stühle gespannt, auf die nun der Regen prasselte. Der Herbst war früh gekommen in diesem Jahr.

Noch zwei Wochen, dann würde Laura wieder nach Kiel ziehen. Aber dieses Mal würde Ruth nicht allein zurückbleiben. In diesem Winter würde sie mit Sven am Kamin sitzen, sie würden kochen, Bücher lesen, Strandspaziergänge machen. Abends ausgehen, in die »Insel« und die »Bar an der Brücke«. Oder nach Hamburg zu einer Milonga fahren. Zu den erstaunlichsten Offenbarungen, die ihr bärenhafter Lover ihr gestern gemacht hatte, gehörte, dass er passionierter Tangotänzer war. In den »Uhu« würde sie allerdings keinen Fuß setzen. Sie nahm an, dass die lärmige Raucherkneipe auch nicht Svens Geschmack traf.

Der Zwischenfall gestern hatte Ruth mehr beunruhigt, als sie ihrer Tochter gegenüber zugegeben hatte. Anna hatte zwar gemeint, dass der Typ, der Laura belästigt hatte, zu den Ukrainern im Heim gehören könnte, weil er sich mit Dmitri unterhalten hatte. Ruths Gefühl sagte ihr etwas anderes.

Noch eine gute Stunde, bevor ihr Patient eintrudelte. Sie ging zur Garderobe im Flur, fischte aus der Tasche ihres Trenchcoats das Päckchen mit den Heimweg-Marlboros heraus und bemühte sich, das aufkeimende Schuldgefühl zu ignorieren. Sie war erwachsen und gesund – und würde heute eben zwei Zigaretten statt der einen erlaubten rauchen. Normalerweise erledigte sie zwischen den Terminen Büroarbeit oder ging eine Runde um den Block. Beides lockte sie gerade nicht sonderlich. Sie blickte auf Fiete, der in seinem Körbchen schnarchte. Offenbar teilte der Hund ihre Abneigung gegen frische Luft.

Ruth zündete die Zigarette an. Sie stellte sich direkt ans Fenster und sah zu, wie die Wölkchen durch die kühle Luft davonschwebten, ihrer Auflösung entgegen. Rauchte Sven eigentlich? Sie nahm es nicht an, seine Jacke, die sie gestern Abend an ihren Garderobenhaken gehängt hatte, hatte eher erdig gerochen, nach Wald und Pilzen. Aber es gab so viel, was sie nicht von ihm wusste. So viel, das sie entdecken könnte.

Der Gedanke hob ihre Laune. Energisch drückte sie die Kippe auf einem Untersetzer aus und trug sie ins Bad, wo sie Wasser darüberlaufen ließ, die Nikotinleiche in Papier wickelte und im Eimer beerdigte. Sie würde jetzt Rechnungen schreiben, beschloss sie, die erfreulichste ihrer unerledigten Büroarbeiten.

Als sie das Sprechzimmer wieder betrat, erschauerte sie unwillkürlich. Es war richtig kalt. Kein Wunder, dachte sie verärgert, sie hatte das Fenster offen stehen lassen. Sie wollte es gerade schließen, als sie innehielt. Lehnte dort jemand an der Laterne gegenüber? Die Birne, seit Tagen defekt, flackerte erratisch, und der Regen ließ die Szene verschwimmen. Sie trat näher, bedacht darauf, dass der Leinenvorhang sie verbarg. Beim nächsten Aufflackern der Lampe hielt sie unwillkürlich den Atem an: Dort stand tatsächlich jemand – und er sah zu ihr herauf.

Die Gestalt sah dem Klienten, den sie erwartete, ungemein ähnlich.

Laura

Merkwürdig, dass Ruth nicht auf die Nachricht reagiert hatte. Laura hatte ihr getextet, dass sie heute bei ihr übernachten würde. Die Eröffnung, dass sie bis zum Semesterbeginn im Deichhaus wohnen wollte, sparte sie sich für später auf. Sie wollte zusehen, wie ihre Mutter sich freute.

Sie legte das Handy zurück auf den Rezeptionstresen und setzte ihr freundlichstes falsches Lächeln auf. Diese junge Frau war wieder im Anmarsch, die sich seit ihrer Anreise heute morgen schon zweimal beschwert hatte – über ein fehlendes Bügeleisen in ihrem Zimmer, das sich später im Kleiderschrank auffand, und über die angeblich zu harte Matratze.

Nun hielt sie anklagend eine weiße Plastikkarte hoch. »Die funktioniert nicht mehr«, erläuterte sie gereizt.

»Ich codiere sie schnell neu.« Laura steckte die Karte in das Lesegerät und reichte sie zurück über den Tresen.

Ohne sich zu bedanken, nahm die Frau sie entgegen und stolzierte davon.

»Blöde Schnepfe«, murmelte Laura. Sie sah sich suchend nach Arne um, der heute Nachtschicht hatte. Müsste er nicht sie, sondern Kathie ablösen, wäre er bestimmt eine Viertelstunde früher aufgekreuzt, dachte sie missmutig. Es hatte seine Vorteile, wenn man aussah wie Barbie.

Sie wollte gerade ihre Mutter anrufen, als Arne durch die Hintertür hastete.

»Sorry«, sagte er, während Laura rasch Handy, Trinkflasche und das Portemonnaie in den Rucksack stopfte, den sie bereits morgens gepackt hatte. »Ich habe Lizzy und Yasemin beim Umziehen in das neue Zimmer geholfen. Die beiden sind echt sauer auf Kathie. Weil sie sich bei Eva über sie beschwert hat.«

Laura streifte ihre Regenjacke über und grinste dabei in sich hinein. Kathie hatte Eva gesteckt, dass die beiden im Zimmer rauchten, allerdings unerwähnt gelassen, dass Laura und sie es auch taten. Sie sah sich prüfend um, dann warf sie den Rucksack über die Schulter. »Bis morgen!«

Sie öffnete die Hintertür, verstaute den Rucksack auf dem Gepäckträger und hob ihr Rad aus dem Ständer im Hof, wo die Angestellten ihre Bikes parkten. In 20 Minuten würde sie zu Hause sein, es machte keinen Sinn, jetzt noch mal anzurufen. Für den Fall, dass Ruth wider Erwarten noch nicht daheim war, läge bestimmt wie immer ein Schlüssel unter der Matte. Ihre Mutter glaubte unerschütterlich an das Gute im Menschen, obwohl sie jeden Tag in ihrer Praxis vom Gegenteil erfuhr.

Die Dämmerung senkte sich in diesen Tagen bereits deutlich früher über das flache Land als noch vor einer Woche, außerdem nieselte es. Dennoch verzichtete Laura darauf, die Kapuze aufzusetzen. Strandkinder waren nicht aus Zucker, und sie genoss die frische, feuchte Luft, die ihr ins Gesicht blies.

Das Unbehagen, das sie gestern Nacht auf demselben Radweg verspürt hatte, war gänzlich verflogen. Wahrscheinlich hatte sie sich die Verfolgung durch den blonden Idioten bloß eingebildet, dachte Laura, als sie auf dem Deichpfad kräftiger in die Pedale trat. Sie hätte nicht so ein Theater machen sollen. Eigentlich war gar nichts groß passiert, sie war in Kieler Kneipen schon mit härteren Typen fertiggeworden als mit dieser Pudeltype. Obwohl … dass er den Namen ihrer Mutter kannte, fand sie immer noch merkwürdig. Gut, dass sie Ruth in den nächsten Tagen Gesellschaft leisten würde.

Ob sie wohl Annas und Alex' erstes Date torpediert hatte? Die Vibes, die sie aufgeschnappt hatte, waren eindeutig gewesen. Die beiden würden schon eine andere Gelegenheit finden, sich zu amüsieren, beruhigte sie sich, Anna war schließlich noch ein paar Tage hier. Sie passte viel besser zu Alex als Eva, mit der er letztes Jahr zusammen gewesen war, fand Laura. Das ganze Hotel hatte über die Affäre getratscht, die den Winter nicht überlebt hatte.

Sie wünschte es Anna zwar nicht, aber wenn sie nicht mehr zur Münchner Kripo zurückkehren durfte, würde sie vielleicht für immer heim nach St. Peter ziehen. Ihre Mutter jedenfalls wäre begeistert, auch wenn es zwischen den beiden hin und wieder krachte.

Kathie und sie hatten sofort nach dem Abendessen letzte Woche im Deichhaus gegoogelt, was genau im vergangenen Jahr in München passiert war. Dieses arme kleine Mädchen. Und arme Anna. Es musste grässlich sein, einen Kindermörder erwischt zu haben, ihm aber nichts nachweisen zu können. Kathie war komplett auf Annas Seite. Manchmal muss man die Regeln brechen und selbst für Gerechtigkeit sorgen, hatte sie verkündet. Klar, dass sie als junge Mutter so dachte. Als Laura später allerdings mit ihrer eigenen Mutter telefoniert und Kathies Sicht der Dinge referiert hatte, hatte Ruth wenig Verständnis für diese Haltung gezeigt.

»Was, wenn der Typ sonst das nächste Kind umbringt?«, hatte Laura entgegnet.

»Aber wenn er doch unschuldig ist?«, hatte Ruth zu bedenken gegeben. »Manchmal«, hatte sie hinzugefügt, »braucht die Wahrheit ein bisschen Zeit, um über unsere Narrative zu triumphieren.«

Das klang zwar pathetisch, aber Laura stimmte ihr zu, trotz Kathies Sympathie für die Aktionen der Kommissarin. Anna musste nicht den Schatten eines Zweifels gehabt haben, sonst hätte sie die Beweise nicht manipuliert. Was hatte sie nur so sicher gemacht?

Laura kniff die Augen zusammen, um im unablässig strömenden Regen ihre Umgebung besser erkennen zu können. Bald müsste sich ihr Elternhaus jenseits des Deiches aus dem amphibischen Grau herausschälen.

Ein paar Minuten später nahm sie tatsächlich ein schwaches Leuchten wahr. Ihre Mutter war also zu Hause. Im Grunde war Laura froh, das Dorm im Hotel verlassen zu können, wo sie sich zu viert um eine Dusche streiten mussten. Sie würde gleich ein ausgiebiges heißes Bad nehmen und eine halbe Flasche von dem Lavendelöl hineinkippen, das Ruth so liebte. Und sich danach an den gedeckten Tisch setzen. Ihre Mutter war nie zu müde, um abends zu kochen, sogar für sich allein.

Laura stieg ab und öffnete das Törchen zur Treppe, die vom Radweg runter in den Garten führte. Neben den glitschigen Stufen war eine Rinne betoniert, die das Hinabschieben des Bikes einfacher machte. Das würzige Aroma des Holzes, das im Kamin verbrannte, stieg in ihre Nase, und Laura freute sich darauf, gleich mit einem Glas Rotwein in der Hand davorzusitzen.

Sie stellte das Rad in den Unterstand, wo die gestapelten Scheite lagen. Unter dem Vordach der Hintertür setzte sie die Kapuze ab und drückte die Klinke runter. Fehlanzeige, heute hatte ihre Mutter ausnahmsweise nicht vergessen abzuschließen. Sie hob die Hand, um gegen die Tür zu hämmern, als ihr einfiel, dass das vielleicht keine gute Idee war. Nicht dass Ruth eine Herzattacke bekam, weil sie dachte, Lauras durchgeknallter Verfolger stünde im Garten. Am besten, sie würde gegen die Wohnzimmerscheibe klopfen, vor dem die Außenlaterne brannte, dann würde ihre Mutter sie sehen können.

Laura verzichtete darauf, die Kapuze wieder aufzusetzen, als sie mit schnellen Schritten über den Kiesweg eilte. Sie wischte über das nasse Glas – und erstarrte. In dem Ledersessel vorm Kamin saß unübersehbar Sven Rasmussen. Der Kommissar, von dem Anna behauptet hatte, dass er in ihre Mutter verknallt war.

In diesem Moment betrat Ruth das Wohnzimmer, mit einer Flasche in der Hand und in einem meerblauen Kleid. Sie hatten es in einer Boutique in Kiel gekauft, als ihre Mutter sie und Theo vor Weihnachten besucht hatte. Der

Mann stand auf, nahm ihr die Flasche ab und stellte sie auf das Beistelltischchen, auf dem bereits zwei Gläser warteten. Dann nahm er Ruth in die Arme und küsste sie.

Mit einem Satz sprang Laura zur Seite und rannte geduckt zurück in den Unterstand. Auf keinen Fall wollte sie nochmals ein Date versemmeln, schon gar nicht das ihrer Mutter. Lieber holte sie sich eine Lungenentzündung. Gut, dass sie den Schlüssel zum Dorm noch nicht abgegeben hatte. Schicksalsergeben setzte sie die Kapuze auf, knotete sie fest, schob ihr Rad in den Garten und schließlich hoch auf den Deichweg.

Ruth/Sven

»Alles gut?«, fragte der Kommissar besorgt, als Ruth zusammenzuckte.

Ruth löste sich aus Rasmussens Umarmung. »Ich dachte, da wäre jemand am Fenster«, gab sie zurück. »Ich bin schon paranoid.« Sie setzte sich auf die Sessellehne, steckte die Flasche zwischen ihre Knie und zog vorsichtig den Korken heraus, damit kein Wein auf ihr meerblaues Kleid spritzte. Dann goss sie die dunkelrote Flüssigkeit in die Gläser und reichte ihm eines. »Cheers!«

»Auf uns«, sagte er. Er setzte sich in den Sessel, nahm einen Schluck und schloss für einen Moment genießerisch die Augen.

»Gut?«, fragte Ruth.

»Wunderbar. Sag mal, bist du sicher, dass es dein Patient war, der dich von der Straße aus beobachtet hat?«

Ruth hatte Rasmussen auf seinem Handy erreicht, als er von Flensburg unterwegs nach St. Peter gewesen war. Sie hatte so nervös geklungen, als sie von der unheimlichen Gestalt unter der Laterne berichtete, dass er beschlossen hatte, auf den Abstecher ins Hotel zu verzichten und direkt nach Tönning zu fahren. Ruth hatte zunächst abgewehrt, sich dann aber überzeugen lassen. Er hatte vor ihrer Praxis das Ende der letzten Sitzung abgewartet und ihren Wagen anschließend mit seinem zum Deichhaus eskortiert.

»Klient«, korrigierte sie automatisch. »Er sah ihm auf jeden Fall ähnlich.«

»Im Regen. Bei Dunkelheit.«

Sie hob in einer hilflosen Geste die Hände. »Ich würde jetzt nicht beim Leben meiner Tochter darauf schwören. Aber der Kerl hat mir einen Schrecken eingejagt, so wie der zu mir heraufstarrte.«

Sie hatte mit einem Kleiderbügel in der Hand an der Tür auf ihren 18.30-Uhr-Klienten gewartet, als der mit der angekündigten Verspätung zu ihrer Sitzung erschienen war.

»Das ist ja mal ein Service«, hatte er zur Begrüßung gesagt und ihr seine Jacke überreicht. »Noch dazu, wo ich so spät komme.«

Ruth hatte heimlich mit der Hand über die Ärmel der Jacke gestrichen, als sie sie aufhängte. Trocken. Vielleicht hatte doch jemand anderes unter der Laterne gestanden. Egal, sie würde ihn nicht danach fragen, hatte sie beschlossen. Sie wollte den Kerl nur noch loswerden, und nach heute würde sie ihn niemals wiedersehen.

Zu ihrem Erstaunen hatte er ihre Entscheidung sofort akzeptiert. »Vielleicht sind Sie mit einem männlichen Gegenüber besser beraten«, hatte sie ihm beim Abschied mit auf den Weg gegeben. »Ich kann Ihnen gerne Kollegen in der Nähe empfehlen.«

Merkwürdig war nur, dass das erwartete Gefühl der Erleichterung ausblieb, als er gegangen war. Als ob ihre Geschichte noch nicht auserzählt war.

»Es gibt eben solche Leute«, meinte Sven und riss sie aus ihren Gedanken. »Toxisch, ich habe jede Menge solcher Typen getroffen, also beruflich. Danach möchtest du nur noch heiß duschen.«

»Wollen wir?«, fragte sie.

»Was?«

»Heiß duschen.« Ihre Mundwinkel zuckten.

Sven stellte sofort sein Glas weg. Er wollte Ruth gerade von der Lehne auf seinen Schoß ziehen, als ihr Handy in der Küche klingelte. »Lass es klingeln.«

»Würdest du auch nicht tun«, gab Ruth zurück. Sie stand auf und ging in die Küche, wo ihr Telefon neben dem Herd lag.

Nach ein paar Minuten eilte sie ins Wohnzimmer zurück. »Das war Anna. Alex ist angegriffen worden. In der ›Insel‹.«

»Was?« Rasmussen sprang mit einer Leichtigkeit auf, die man einem so großen, schweren Mann nicht zugetraut hätte. »Von wem?«

»Keine Ahnung. Anna hat Alex gefunden und in die Notaufnahme vom Hospital Heide gebracht, mit dem Taxi. Sie ist jetzt auf dem Weg hierher. Sie muss unbedingt mit dir sprechen, hat sie gesagt.«

Laura

Als sie das Rad in den Ständer schob, waren ihre Hände blau gefroren. Laura wollte jetzt nur heiß duschen, einen Tee trinken und ins Bett. Hoffentlich belagerten Lizzy und Yasemin mit ihren Haarglättern und Wimpernzangen nicht das einzige Badezimmer im oberen Geschoss des Dorms, wo die Frauen schliefen, sondern vergnügten sich bereits auf der Piste. Kathie hatte sowieso Nachtschicht, vor zehn würde ihre Freundin nicht aufkreuzen.

Der Schafstall lag still und dunkel da, nirgendwo brannte Licht. Laura fummelte den Schlüssel aus ihrer Hosentasche, deponierte die nasse Jacke und ihre Stiefel hinter der Treppe in der Garderobe neben den Männerzimmern und stieg auf feuchten Strümpfen die Treppe hoch. Sie machte im Zimmer erst gar nicht das Licht an, sondern ging direkt ins Bad, das einen Zugang von ihrem sowie von dem Zimmer hatte, in das Lizzy und Yasemin heute umgezogen waren. Sie legte die Innenriegel von beiden Türen vor, zog sich aus und stellte das Wasser so heiß, wie sie es gerade noch aushalten konnte. Nach und nach entkrampften sich ihre von der Kälte zusammengezogenen Muskeln. Ein paar Minuten stand sie einfach nur da und genoss die Wärme. Dann verteilte sie Shampoo in ihrem nassen Haar und spülte alles gründlich aus.

Laura massierte gerade den Conditioner ein, als sie unten die Tür ins Schloss fallen hörte. Schritte auf der Treppe. Schnell spülte sie ihre Haare nochmals aus, stellte das Wasser ab und nahm das Handtuch vom Haken. Kathies Schicht musste früher geendet haben, sie hörte, wie ihre Zimmertür zufiel. Rasch wickelte sie sich in das Duschtuch und ging auf bloßen Füßen zur Badtür, um den Riegel zurückzuschieben.

»Wo ist denn hier der Schalter?«

Sie hielt inne. Das war die Stimme von Paul. Verdammt!

»Links. Innen, nicht außen«, erwiderte Kathie hörbar ungeduldig. Also hatte sie ihren Mann doch aus dem kalten Bulli erlöst. Anscheinend hatte das Schicksal Laura zum dritten Mal dazu auserkoren, in Pärchen-Aktivitäten hineinzuplatzen.

Unter der Tür erschien ein schwacher Lichtstreifen. Jetzt war der richtige Moment, aus dem Badezimmer zu treten und den beiden ihre Gegenwart zu verkünden. Bevor es zum Äußersten kam. Sie drückte die Klinke, als etwas laut über den Boden schrammte.

»Die Dinger sind bleischwer. Fass doch mal mit an, Kathie. Wir stellen deins neben das andere.«

Shit, sie schoben schon die Betten zusammen. Laura ließ die Klinke wieder los. Vielleicht sollte sie sich doch erst anziehen, auch wenn ihre Klamotten noch nass waren. Sie hätte lieber etwas an, wenn sie dem wahrscheinlich sehr ungehaltenen Paul gleich mitteilte, dass er die Nacht in seinem Auto verbringen müsste.

»Für die paar Stunden? Laura kommt morgen früh zurück, dann müssen wir alles wieder umstellen.«

Was erzählte Kathie da? Sie hatte Laura doch selbst vorgeschlagen, bis Saisonende bei ihrer Mutter im Deichhaus zu bleiben. Ob sie Paul loswerden wollte? Das hörte sich fast so an. Laura hatte also recht gehabt mit ihrer Vermutung, dass es zwischen den beiden knirschte. Man konnte die Uhr danach stellen – ein Jahr war Kathie immer superverliebt, dann fing sie an, sich zu langweilen.

»Paul, hör zu, wir verschieben das. Ich setze mich besser noch an meine Arbeit«, ließ sich ihre Freundin nun vernehmen.

»Lüg mich nicht an!« Paul klang ganz schön aggressiv. In diesem scharfen Ton hatte sie ihn noch nie reden hören, mit Kathie schon gar nicht.

Laura war jede Lust vergangen, sich zu den beiden zu gesellen. Sie sah sich um. Das Fenster zum Garten war eine Fluchtmöglichkeit, wenn auch eine, die ihr Angst machte. Es waren mindestens zwei Meter bis zum Boden, und sie befürchtete, dass die Regenrinne beim Hinunterrutschen kollabierte. Aber es war nur eine Frage von Minuten, bis jemand auf die Toilette ging. Sie musste dringend raus hier. Im selben Moment schlug sie sich gegen die Stirn: Sie könnte durch Lizzys und Yasemins Zimmer verschwinden! Oder, noch besser, dachte sie erleichtert, dort übernachten. Die beiden würden sich garantiert sowieso wieder in einen Bulli abschleppen lassen.

Lautlos schlich sie zur Dusche zurück und hob ihre Sachen auf, die als unordentliches Knäuel auf der Badematte lagen.

»Schrei mich nicht an!« Kathie klang jetzt ebenso aggressiv wie Paul. »Was soll das heißen, ich lüge?«

Laura hoffte, dass die beiden sich nicht gleich prügelten. Und dann womöglich Versöhnungssex zelebrierten. In zwei Schritten war sie an der gegenüberliegenden Zimmertür und zerrte am Riegel, der folgsam zurückglitt. Hastig drückte sie die Klinke runter, aber die Tür bewegte sich keinen Millimeter. Verdammt! Die Gänse mussten von innen abgeschlossen haben. Laura hätte am liebsten gegen die Tür getreten, doch sie bremste sich rechtzeitig. Außerdem war ihr Badetuch runtergerutscht. Sie zog es hoch und knotete es fest. Inzwischen war ihr schon wieder fast so kalt wie vor dem Duschen.

»Du lügst also nicht?«, parierte Paul höhnisch.

Er klang widerlich selbstgerecht, fand Laura. Auch wenn es stimmte, was er meinte. Kathie war notorisch konfliktscheu. Sie flunkerte lieber, als dass sie sich auseinandersetzte.

»Und was bitte ist das hier?«

Anscheinend zeigte er Kathie nun etwas, das sie aus der Fassung brachte, jedenfalls schien ihr nicht direkt eine überzeugende Antwort einzufallen.

»Woher hast du den? Hast du hier herumgeschnüffelt?«, zischte sie schließlich.

Es reichte. Laura hielt die Gehässigkeiten, die durch die Tür drangen, nicht mehr aus. Sie entwirrte das Kleiderknäuel und zerrte die muffig riechende Jeans über ihre Hüften. Das war, dachte sie angewidert, als sie sich das T-Shirt überstreifte und danach die Jacke vom Boden pflückte, noch unangenehmer, als sich in einen Neoprenanzug zu quälen.

»Schluss mit den Spielchen, Kathie.« Paul sprach nun leise, aber gefährlich. »Das ist ein fucking Liebesbrief. An dich. Woher kennst du den Typen?«

»Welchen Typen?«, schrie Kathie. »Wovon redest du?«

»Von Nikolaj Melnik.«

Stille. Lauras Herz schlug so laut, dass sie befürchtete, das Pochen würde durch die Wand dringen. Die beiden sprachen von dem Toten im Watt!

»Er war dein Lover, richtig?« Paul redete wieder in seinem normalen Tonfall.

»Ja«, gab Kathie zu.

Sie hatte zwar aufgegeben, doch ihre Stimme klang erstaunlich gefasst. Laura kannte ihre Freundin allerdings gut genug, um zu wissen, dass diese innerlich zitterte.

»Rede weiter. Wo hast du ihn getroffen?«

»Kannst du dir das nicht denken? Du weißt doch, dass ich mit meinem Vater im Frühling nach Sibirien gefahren bin. Wo meine Eltern früher gewohnt haben. Meine Tante lebt noch dort, seine Schwester, bei der waren wir zu Besuch.«

Pause. Dann schien es Paul zu dämmern. »Natürlich. Die Kamtschatka liegt in Sibirien. Dort hat Melnik trainiert.«

Laura stutzte. Sie machte eine unwillkürliche Bewegung und fegte dabei mit dem Ellenbogen ein Zahnputzglas vom Regal, das mit einem hässlichen Geräusch auf dem Fliesenboden zersplitterte. Ein paar Sekunden war sie wie gelähmt, dann hechtete sie mit der Jacke in der Hand zum Fenster und kletterte auf die Fensterbank.

»Aufmachen, sofort!«, hörte sie Paul. »Wer ist da drin?« Er rüttelte an der Tür.

Zu hoch, dachte Laura panisch, als sie das Rosenbeet unten erahnte, zu dunkel, das schaffe ich nicht. In der Jacke ertastete sie ihr Handy und drückte auf den ersten Namen der Anrufliste. »Alex?«, flüsterte sie, als das Klingeln aufhörte. »Kannst du ins Hotel kommen? Sofort? Ich bin im Dorm. Kathie hatte eine Affäre mit Nikolaj Melnik! Dem Toten im Watt!«

Alex/Dmitri

Langsam rollte das Taxi die Auffahrt des Hospitals Heide hoch, die an der doppelflügeligen Glastür eines weiß verputzten Betonwürfels endete. »Notaufnahme«, verkündete ein Schild in roten Leuchtbuchstaben. Alex wollte Anna gerade mitteilen, dass er jetzt ohne ihre Hilfe zurechtkäme, als seine Begleiterin sich zum Chauffeur nach vorne beugte.

»Ich fahre weiter, zurück nach Ording. Norderdeich 16. – Du kommst klar?« Sie wandte sich an Alex, der neben ihr auf der Rückbank saß und im Begriff war, seine Brieftasche aus der Jackentasche zu ziehen.

»Natürlich.« Er ignorierte die Enttäuschung, die in ihm aufwallte. Anna wegzuschicken, war eine Sache. Von ihr verlassen zu werden, eine andere.

»Tschüs dann.«

Er stieg unbeholfen aus, die ungeöffnete Brieftasche noch in der Hand, und sah den roten Rücklichtern des Wagens hinterher. Er wusste selbst nicht, wieso er gedacht hatte, dass sie mit hineinkommen wollte.

Für eine Notaufnahme wirkte der Empfangsraum erstaunlich ruhig. Als die Glastür auseinanderglitt, sah Alex auf den zerkratzten Plastikstühlen des weiß gestrichenen, neonbeleuchteten Raums lediglich eine Mutter mit einem kleinen Jungen auf dem Schoß sitzen und einen augenscheinlich betrunkenen älteren Mann, der so wie er selbst eine Hand an den Kopf presste. Er stierte Alex an, dann glitt sein Blick weiter zum stumm geschalteten Fernseher, der oben in der Zimmerecke aufgehängt war und in einer Nachrichtensendung Unheil verkündete.

Alex trat an den Empfangstisch, hinter dem eine Krankenschwester mit kurz geschnittenen roten Haaren und einem Nasenpiercing saß.

»Unfall?«, fragte sie knapp. »Oder Schlägerei?«

»Letzteres«, gab Alex zu.

»Lassen Sie mal sehen.«

Alex nahm die Hand herunter und beugte sich vor. Sofort wurde ihm übel.

Die Krankenschwester hob den Verband an und inspizierte die Wunde. »Kopfschmerzen? Schwindel?«

Alex nickte und holte seine Versichertenkarte aus der Brieftasche.

»Der Arzt wird eine Gehirnerschütterung ausschließen wollen«, entschied die Gepiercte und zog die Plastikkarte durch den Scanner. Dann reichte sie ihm einen Becher mit Wasser und eine Tablette. »Eine Ibu gegen die Schmerzen. Warten Sie hier.«

Alex setzte sich auf einen Stuhl direkt neben dem Eingang, und die Krankenschwester winkte nun der Mutter mit dem Kind zu. Der Betrunkene war inzwischen eingeschlafen und schnarchte dröhnend.

»Frau Feddersen? Dr. Knop ist jetzt da, die Kinderärztin. Kommen Sie bitte mit?«

Die Frau, ihren wimmernden Sohn auf dem Arm haltend, folgte der ausgestreckten Hand der Schwester in einen langen, linoleumbelegten Gang.

Geht ziemlich zügig, dachte Alex erleichtert. In seinem Kopf pochte es. Er ließ ihn an die Wand sinken und schloss die Augen.

Die Glastür glitt erneut auseinander, und Alex öffnete die Augen wieder. Ein großer, hagerer Mann hatte mit einem Motorradhelm in der Hand das Wartezimmer betreten. Suchend schaute er sich um, bis er Alex direkt neben sich am Eingang entdeckte.

»Alles klar?«, erkundigte er sich auf Russisch und legte ihm eine Hand auf die Schulter.

Alex zuckte unwillkürlich zurück.

»Stell dich nicht so an«, brummte Dmitri. »Ich tu dir nichts.«

»Was willst du hier?«

»Gucken, wie es dir geht. Ich weiß, was Denys gemacht hat«, fuhr er eilig fort, bevor Alex antworten konnte. »Er hat es mir gebeichtet. Hab mir gedacht, dass du hier bist. Der Junge ist nicht mehr derselbe, seit er zurück ist. Scheißkrieg!«

Dem konnte Alex nur beipflichten. Er schloss die Augen erneut. Die Schmerztablette, die die Schwester rausgerückt hatte, machte ihn schläfrig.

»Hat er auch erzählt, warum er mich angegriffen hat?«, fragte er und merkte, wie verschwommen seine Stimme klang.

»Ist doch klar. Er wollte, dass ihr aufhört herumzuschnüffeln. Du, Ruth, diese nervige Journalistin, der Kommissar ... Natürlich hat er Angst, dass du ihn verrätst. Dass er wieder in den Krieg muss.«

»Das würde ich nie tun.«

»Ich weiß das. Aber Denys eben nicht. Jetzt mal ehrlich, ihr denkt doch, dass er Melnik umgebracht hat, oder?«, entgegnete Dmitri herausfordernd.

»ICH denke das«, bemerkte Alex. »Rasmussen weiß noch nicht mal, dass Denys überhaupt existiert.«

»Du hast ihm wirklich nichts gesagt? Also dass mein Bruder Melnik hier gesehen hat?«

»Natürlich nicht!«

»Auch sonst keinem?«

»Nein.« Anna wusste es. Aber das ging Dmitri nichts an.

»Gut. Er war es nämlich nicht.«

»Na, dann …« Das Pochen in seinem Kopf hatte etwas abgenommen, die Tablette schien zu wirken. Mit der Hand tastete Alex über seinen Verband. Er fühlte sich trocken an, die Blutung musste aufgehört haben.

Dmitri schwieg und beobachtete Alex bei dessen ungeschicktem Versuch, sich aufzusetzen. »Herrgott, Alex«, sagte er dann. »Denys kann nicht schwimmen. Der würde im Leben nicht freiwillig auf ein Boot steigen!«

»Außer vielleicht, wenn jemand mit einem fetten Scheck vor seiner Nase herumwedelt.« Alex konnte schwer nachvollziehen, dass Dmitri so blind war. »Dein kleiner Bruder ist ein übler Schläger«, knurrte er. »Der kann froh sein, wenn ich ihn nicht anzeige und er nicht im Knast landet.«

»Was du nicht machst.«

»Was ich nicht mache«, pflichtete Alex ihm bei. »Also, hat er ein Alibi? Dich etwa?«

»Ich erzähle dir jetzt was, damit ihr alle uns in Ruhe lasst. Wir haben nichts zu tun mit dem Tod von der Ratte. Sorg dafür, dass deine neugierigen Freunde das auch kapieren! Verstanden?«

Alex nickte. Er hoffte, dass die Geschichte, die ihm Dmitri gleich auftischen würde, zumindest unterhaltsam war.

»Also. Melnik ist meinem Bruder in der Tat zufällig über den Weg gelaufen. Aber danach ist er nicht mit einem Taxi weggefahren. Er ist gelaufen. Und Denys ist ihm gefolgt.«

Alex kniff skeptisch die Augen zusammen. Dass Dmitris Bruder die Adresse des Surfers kannte, machte ihn in Alex' Augen noch verdächtiger. »Seit wann weißt du das?«

»Die ganze Zeit.«

Eine Ahnung stieg in Alex auf. »Die anderen wussten auch, wo Melnik wohnte? Sofija, Igor, Hana …?«

Dmitri nickte.

Alex war wütend. Sie hatten ihn die ganze Zeit verarscht. Seinen Wodka getrunken, seinen Fisch gegessen, mit ihm Schach gespielt – und ihn belogen.

»Wir wollten dich, Sergej und Wolodja da nicht mit reinziehen. Ihr seid Russen. Das alles war unsere Sache. Die ging euch nichts an«, erklärte Dmitri. Im selben Moment wurde seine knochige Gestalt von einem heftigen Hustenanfall durchgeschüttelt.

»Wohin mit reinziehen? In einen Mord?«

»Quatsch!« Dmitri hatte von der Anstrengung Tränen in den Augen, als er wieder zu Atem kam. »Wir wollten ihm nur einen Denkzettel verpassen.«

Alex konnte sich lebhaft vorstellen, wie so ein Denkzettel aussah. Ziemlich blutig.

»Habt ihr?«

»Er war nicht da, als wir ihm einen Besuch abgestattet haben.«

Alex glaubte ihm, wider Willen. Schließlich gäbe es sonst keinerlei Grund, diese versuchte Attacke zuzugeben. Vor allen Dingen, weil sie Denys nicht vom Mordverdacht befreite, denn theoretisch hätte er Melnik auch später umbringen können. Alex' Herz sank. Der Ukrainer als Mörder war ihm erträglicher gewesen als die Alternative. Nämlich dass Sergej und Wolodja dahintersteckten. Er traute den beiden schon eine ganze Weile nicht mehr. Genauer gesagt, seitdem er eine ehemalige Redakteurskollegin in Russland um Infos über die beiden angeblichen Oppositionellen gebeten hatte. Sie waren niederschmetternd gewesen. Sergej war keineswegs aufgrund seiner regimekritischen Haltung gefeuert worden, wie er behauptet hatte, sondern wegen einer Affäre mit der verheirateten Tochter des Chefredakteurs. Wolodja dagegen, der Soldat, hatte beim Überfall auf Charkiw mitgemischt und war erst danach aus Russland abgehauen. In Rostow am Don hatte er eine Frau zurückgelassen, drei Kinder und Spielschulden in Höhe von über zehn Millionen Rubel.

Dmitri betrachtete ihn, spöttisch, wie es Alex vorkam. Doch was der Ukrainer dann sagte, kam völlig überraschend. Sein Tonfall war sanft, fast tröstlich. »Du verstehst immer noch nicht, Alexej, oder? Es war keiner von uns und keiner von euch.«

Alex hob den Kopf.

»Du hast die naheliegende Frage nicht gestellt. Du bist doch Journalist, Mensch. Die sechs Ws, du erinnerst dich?«

Was, wer, wo oder wohin, wie, wann, warum? Die Grundfragen der Recherche, jede konnte eine neue Perspektive auf ein Geschehen eröffnen. Die, die alle Journalisten internalisiert hatten. Außer ihm, dem Wirt, der seinen Computer gegen einen Kochlöffel eingetauscht hatte. Er war ein Idiot.

»Wohin?«, fragte er langsam. »Wohin seid ihr Melnik gefolgt?«

Dmitri klatschte lautlos in die Hände. »Bravo, Alexej!«

»Also?«

»Ins Surfcamp. Melnik wohnte in einem der Bullis dieses Hotels in Ording. Dem ›Wave House‹. Vielleicht wäre es schlau, sich da mal nach Melniks Mörder umzuhören.«

Anna/Ruth

Die roten Rücklichter des Taxis verschwanden im nächtlichen Regen. Anna stieg aus und rannte unter das Vordach des Deichhauses.

In der Dreiviertelstunde, in welcher der Wagen über die einsamen Landstraßen Richtung St. Peter geglitten war, war ihr klar geworden, dass sie unbedingt mit ihrer Freundin sprechen musste. Auch wenn sie deren Date mit Rasmussen störte. Sie hatte ältere Rechte. Sie brauchte Ruths Rat. Zu Kerstin, zu Marie, zu Veli. Zu Alex.

Ihr Kollege würde sie nicht stören. Vorhin hatte sie angerufen und vom Überfall auf Alex erzählt, jedoch alle weiteren Informationen noch für sich behalten. Sobald sie Rasmussen Genaueres berichtete – dass Dmitri einen Bruder hatte und der Alex angegriffen hatte –, würde der Flensburger Kommissar sich umgehend auf die Suche nach Denys machen. Und sie würde Ruth endlich erzählen, was damals in München am Tatort wirklich passiert war, nachdem man die Leiche des kleinen Mädchens gefunden hatte. Was Anna dort getan hatte und was nicht. Und was sie fotografiert hatte, ohne es zu bemerken.

Ihr graute vor dem morgigen Treffen mit Velis Mutter. Vor den Geheimnissen, die sie offenbaren würde. Vor dem, was der Junge ihr verschwiegen hatte. Ohne Ruth würde sie das Gespräch nicht durchstehen. Anna wollte, dass ihre Freundin dabei war, wenn sie Dinge erfuhr, die sie nicht erfahren wollte.

Sie klingelte. Sofort ertönte Fietes Bellen, dann ließen sich eilige Schritte hören.

Ruth öffnete die Tür. »Ich mach dir erst mal einen Tee«, sagte sie, während sie ihre Freundin umarmte und ihr die Jacke abnahm. »Geh ins Wohnzimmer. Sven ist schon da.«

Rasmussen saß auf ihrem Lieblingssessel am Kamin. Als Anna im Türrahmen erschien, sprang er auf. »Wie geht es Alex?« Er zog einen der Stühle vom Esstisch für sie ans Feuer.

»Die Wunde ist, glaube ich, nicht allzu tief«, antwortete sie und setzte sich. »Er könnte aber eine Gehirnerschütterung haben. Deshalb ist es besser, wenn sich das jemand ansieht.«

Rasmussen nickte zustimmend. »Er kannte den Angreifer?«

Bevor Anna antworten konnte, kam Ruth mit einem Tablett herein und verteilte blau-weiß gemusterte Tassen, Löffel und eine Schale mit Keksen auf dem niedrigen Couchtisch. Dann gab sie in jede Tasse einen Löffel Kandis und goss Tee ein. Sie setzte sich in den anderen Sessel und sah Anna aufmerksam an.

»Denys Bojkov. Dmitris Halbbruder.«

Ruth stellte die Tasse, die sie zum Mund führen wollte, wieder ab. »Dmitris Bruder ist hier? Denys, der Soldat? Ich dachte, der ist im Einsatz?«

»Vielleicht hat er Fronturlaub.«

»Warum um Gottes willen hat er Alex überfallen?«

Anna zuckte mit den Achseln. »Kurzschlussreaktion. Denys hatte Melnik getroffen, bevor er umgebracht wurde. Ihm war klar, dass man ihn als Mörder verdächtigen und abschieben würde. Wollte wohl nicht zurück an die Front, jedenfalls nicht so schnell. In U-Haft schon gar nicht.«

»Alex wusste also, dass dieser Denys in Deutschland ist?«, fragte der Kommissar, sichtlich verärgert.

»Nicht nur Alex. Es gibt einen russisch-ukrainischen Stammtisch in der ›Insel‹, die wussten alle, dass der Tote im Watt Melnik war.«

Anna führte die Tasse an den Mund. Der Tee war tiefschwarz, süß und heiß, genau so, wie sie ihn mochte. Wie sie ihn in München einfach nicht hinkriegten. »Wann kommt das Ergebnis der Autopsie?«, fragte sie Rasmussen, als sie die Tasse wieder abstellte.

»Morgen Mittag, denke ich.«

»Und?«

»Und was?«

Als Anna ihn stumm anblickte, räusperte er sich.

»Inoffiziell also, gut. Sieht so aus, als ob Sie recht hatten, Anna. Hellberg, das ist unser Forensiker, geht davon aus, dass man ihm eins übergezogen hat. Es gibt Hinweise auf Fremdeinwirkung.«

»Sie sind überrascht?«

»Keineswegs. Anna, ich wurde nicht gerade ermuntert, in diesem Fall mehr als absolut notwendig zu ermitteln. Sie wissen doch, wie das ist, die Hoffnung stirbt zuletzt. Niemand hier will offiziell einen vielleicht politisch motivierten Mord am Hals haben. Sich mit russischen Auftragskillern oder ukrainischen Racheengeln rumärgern. Meine Chefs hofften, dass sich die Angelegenheit still und heimlich begraben lässt. Keine Leiche, kein Mord. Wo kein Kläger, da kein Richter.«

»Was sich heute geändert hat.«

»Genau. Wenn ihr mich also entschuldigen würdet …« Er wuchtete seinen massigen Körper aus dem Sessel. »Sorry, Ruth, sieht so aus, als müssten wir unser Date verschieben. Ich rufe jetzt in Flensburg an, damit die Suchmeldung für Denys rausgeht. Dann fahre ich in die Klinik und knöpfe mir Alex vor.«

Ruth begleitete ihn aus dem Zimmer, und nach ein paar Sekunden fiel die Tür ins Schloss.

Als ihre Freundin zurückkehrte, hatte Anna es sich in dem verwaisten Sessel bequem gemacht und die Beine angezogen.

»Was für ein Drama!« Ruth nahm zwei dicke Holzscheite aus einem Bastkorb und legte sie auf die ersterbende Glut im Kamin. Langsam begannen die Flammen zu fressen und zu wachsen. Eine Weile betrachtete sie das tanzende Feuer. »So leid es mir tut, dass Alex überfallen wurde«, bemerkte sie und setzte sich Anna gegenüber, »aber die Sache scheint nun endlich ein Ende zu haben. Ich hätte nie vermutet, dass Dmitri etwas damit zu tun hat.«

»Bist du enttäuscht? Weil er dich angelogen hat?«

Ruth lachte auf. »Enttäuscht? Anna, alle Klienten lügen, andauernd. Entweder weil sie sich selbst oder mir etwas vormachen wollen. Dmitri hatte wenigstens einen guten Grund. Er wollte seinen Bruder beschützen.«

»Einen mit einem schmutzigen Geheimnis.«

Ruths Gesicht wirkte plötzlich sehr aufmerksam. »Wäre dir das so fremd?«

In Annas Augen stiegen Tränen.

Ruth nahm wortlos eine Kleenex-Schachtel von der Fensterbank und reichte sie ihrer Freundin.

»Du hast es gewusst?«

»Geahnt«, antwortete Ruth. »Anna, ich kenne dich seit dem Kindergarten. Ich weiß, wozu du fähig bist und wozu nicht.«

»Sind nicht alle Menschen zu allem fähig?«

»Sicher, wenn der Druck groß genug ist. Aber dir ging es um etwas anderes, richtig? Dir ging es nicht um Rache. Oder um Gerechtigkeit. Du wolltest auch jemanden schützen.«

Anna sah aus dem Fenster, gegen das der Regen peitschte. »Maries Halbbruder«, sagte sie schließlich. »Veli.«

»Veli?«

Anna lächelte schwach. »Den Namen hat er sich selbst ausgedacht, eigentlich heißt er Valentin. Veli ist das türkische Wort für Bruder und Hüter. Lustigerweise auch das finnische. Jedenfalls ist Veli vor Kurzem ins Krankenhaus eingeliefert worden, in die Psychiatrie. Als Notfall. Ich treffe morgen seine Mutter, hier in St. Peter. Kerstin Adam. Sie kommt extra aus München. Ich fürchte, dass sie mir etwas Schlimmes mitteilen wird. Dass er sich etwas angetan hat. Und …« Ihre Stimme brach ab.

Ruth setzte den Satz für sie fort. »… und dass du schuld daran bist? Wieder einmal?« Sie stand auf und hob in einer hilflosen Geste die Arme. »Anna, du bist nicht die Heilige Johanna.« Obwohl sie sich Mühe gab, gelassen zu klingen, war ihr Ärger unüberhörbar. »Wenn du weiter Kriege führst, landest du selbst wieder in der Klinik!«

Das war ungewohnt deutlich für Ruth mit ihrer therapeutischen Finde-es-selbst-heraus-Einstellung und Vorliebe für Metaphern.

»Möchtest du, dass ich morgen mitkomme? Ich kann meine Termine absagen.«

Anna nickte. »Ohne dich schaffe ich das nicht.«

Ruth stand auf, beugte sich zu Anna herunter und gab ihr einen Kuss auf die feuchte Wange. »Wenn das alles vorbei ist, sollten wir ein paar Tage Urlaub machen«, bemerkte sie und begann, die Tassen und Teller auf das Tablett zu stellen. »Im Süden. Du brauchst Licht und Sonne.«

Anna erhob sich ebenfalls. »Kannst du mir dein Auto leihen? Dann fahre ich jetzt ins Hotel und hole dich morgen ab. Das Treffen ist um drei an der Ordinger Seebrücke.«

»Klar. Warte, der Schlüssel ist irgendwo in meiner Handtasche.«

Sie ging zur Garderobe und kam nach ein paar Minten zurück, triumphierend einen Schlüssel schwenkend. Anna nahm ihn Ruth aus der Hand und steckte ihn ein. Dabei stieß sie gegen das Beistelltischchen, und Ruths Handy fiel hinunter.

»Warum schläfst du nicht hier?«, fragte Ruth, die sich bückte, um es aufzuheben. »Sven kommt sowieso nicht mehr zurück.«

Anna schnitt ein Gesicht. »Geht leider nicht. Ich habe ganz früh Surfunterricht. Die Stunde heute Morgen ist verschoben worden. Was ist los, Ruth?«, fragte sie ihre Freundin, die mit gerunzelter Stirn das Display musterte.

Ruth sah auf, deutlich beunruhigt. »Eine WhatsApp von Laura. Von vor zwei Stunden, ich hatte die ganz übersehen. Sie schreibt, sie setzt sich jetzt aufs Rad und fährt zu mir.«

»Wahrscheinlich ist ihr etwas dazwischengekommen. Ruf sie doch schnell an.«

Ruth tippte auf den Namen ihrer Tochter. »Sie meldet sich nicht«, sagte sie. »Ich versuche es bei Kathie.«

»Ich kann Paul Voss texten, wenn du sie nicht erreichst«, meinte Anna. »Meinem Surftrainer. Eva hat mir seine Nummer gegeben, warte …« Sie suchte nach seinem Kontakt und klickte ihn an, als sie ihn gefunden hatte.

»Das ist dein Surftrainer? Groß, blond, athletisch? Kleiner Schnurrbart?«, fragte Ruth ungewohnt scharf. Sie hatte ihr über die Schulter geschaut und starrte nun auf das Profilfoto.

Überrascht sah Anna auf. »Ja, Kathies Mann«, erwiderte sie, erstaunt über die Heftigkeit in Ruths Stimme. »Er leitet das Bullicamp, wusstest du das nicht?«

»Ich muss sofort ins Hotel!« Ruth sprang auf und versuchte, Anna den Autoschlüssel aus der Hand zu nehmen, die ihn aber eisern festhielt.

»Ich fahre«, stellte Anna fest. »Was ist los?«

Ruth rannte zur Tür und riss eine Jacke vom Garderobenhaken. »Der Typ ist ein Klient. Bei mir nennt er sich allerdings anders. Er ist widerlich, Anna. Gefährlich!«

Alex/Dmitri

Alex konnte kaum glauben, was Dmitri ihm gerade mitgeteilt hatte.

»Melnik wohnte in einem der Bullis vom ›Wave House‹?«

»Genau. Mein Bruder hat gesehen, wie er in einen dieser Busse eingestiegen ist, in denen die Surfer so gerne übernachten. Er hatte sogar einen Schlüssel dafür.«

»Und dann?«

»Denys hat das Camp noch eine Weile beobachtet. Irgendwann ist Melnik wieder rausgekommen. Er hatte einen Neoprenanzug an. Denys dachte natürlich, dass er surfen geht. Er ist dann ins Heim gefahren und hat uns Bescheid gesagt.«

»Damit ihr ihm zusammen eine Abreibung verpasst.«

»Das war die Idee.«

An jenem Tag wurde Nikolaj Melnik also ermordet, dachte Alex. Mit irgendwem muss er aufs Meer hinausgefahren sein. Ironie des Schicksals. Wäre er an Land geblieben, hätten die Ukrainer ihn zusammengeschlagen, dafür wäre er am Leben geblieben. Aber er wählte die Nordsee und starb.

Das Handy in seiner Hosentasche vibrierte. Er angelte es aus seiner Tasche und drückte, als er Lauras Foto sah, verwundert auf das grüne Hörer-Icon. Gleichzeitig sah er die Krankenschwester mit dem Nasenpiercing auf sich zukommen.

»Herr Smirnov?« Sie zeigte auf eine Tür hinter der Rezeption und hielt einen kleinen Gegenstand hoch. »Der Arzt hat jetzt Zeit. Hier, Ihre Versicherungskarte.«

»Ich komme«, sagte Alex ins Telefon. Laura hatte bereits aufgelegt, bevor er den Satz beendet hatte. Er stand auf, zu hastig, wie er merkte. Ihm wurde sofort schwarz vor Augen, seine Knie zitterten. »Bist du mit dem Motorrad hier?«, fragte er Dmitri, der ihn instinktiv am Arm packte.

Der Ukrainer nickte.

»Bring mich zum Hotel. Sofort!«

Dmitri gab einen verächtlichen Laut von sich. »Bin ich dein Taxifahrer, oder was?«

»Laura ist in Gefahr. Ruths Tochter.«

Sein Gegenüber erhob sich, wenn auch widerwillig. »Na gut. Das mach ich für sie«, erklärte er mürrisch. »Nicht für dich.«

Alex nahm der Krankenschwester die Karte aus der Hand. »Ich komme morgen wieder, wenn es schlimmer wird«, sagte er knapp.

Er versuchte, das Dröhnen in seinem Kopf zu ignorieren, als er, den humpelnden Dmitri an seiner Seite, über den Flur zum Ausgang lief, dessen Glastür auseinanderglitt.

Inzwischen war es dunkel geworden. Weder Sterne noch der Mond erhellten die Nacht. Dafür fiel immer noch Regen. Die alte Honda, die Dmitri direkt neben dem Eingang abgestellt hatte, war in einem ebenso erbärmlichen Zustand wie die beiden Männer.

»Nimm«, sagte Dmitri und reichte Alex seinen Helm, der ihn widerspruchslos aufsetzte. Dann zog Dmitri eine Schutzbrille aus seiner Lederjacke, knotete die Kapuze seines Sweatshirts unterm Kinn zusammen und trat das Pedal durch.

»Verdammt!«, fluchte er, weil die Kiste keinen Mucks von sich gab. »Bei dem Wetter macht sie immer Zicken.«

»Noch mal«, drängte Alex, der sich auf das nasse Kunstleder des Rücksitzes gehievt hatte, während jeder Muskel in seinem Köper protestierte.

Dmitri trat mit aller Kraft auf das Pedal, die Maschine sprang an und setzte sich in Bewegung. Bis St. Peter würden sie bestimmt eine Dreiviertelstunde brauchen. Rasmussen, dachte Alex nach einer ihm endlos erscheinenden Weile, in der der Regen gegen sein Visier hämmerte, ich sollte Rasmussen anrufen. Er löste eine Hand von der Taille des Mannes vor ihm, um die er beide Arme geschlungen hatte, und angelte nach seinem Handy. Im selben Moment schoss etwas Dunkles über den Weg. Dmitri trat voll auf die Bremse, und das Handy flog Alex aus der Hand. Der Ukrainer gab sofort wieder Gas, die Maschine schoss vorwärts, und Alex klammerte sich fest, seine Ungeschicklichkeit verfluchend. Es machte keinen Sinn, anzuhalten und das Telefon zu suchen, in der Finsternis würde er es sowieso nicht wiederfinden. Jede Sekunde war kostbar. Laura hatte schreckliche Angst, wenn er ihr aufgeregtes Flüstern richtig gedeutet hatte.

Alex konnte nur hoffen, dass Melniks Mörder nicht gerade ein weiteres Opfer in seiner Gewalt hatte.

Anna/Ruth

Der Škoda raste die feucht glänzende Koogstraße entlang nach Norden. Ruth kauerte verkrampft neben Anna, die sämtliche Tempolimits ignorierte und nun ihrer Freundin einen besorgten Seitenblick zuwarf. Sie hatten wegen der vielen Baustellen einer schlecht ausgeschilderten Umleitung folgen müssen, und Anna war in der Dunkelheit schon zweimal falsch abgebogen.

»Was findest du denn so unheimlich an Paul Voss?«, fragte sie, ohne sich große Hoffnung auf eine Antwort zu machen. Sie wusste, wie ernst die Therapeutin es mit der Schweigepflicht nahm.

Doch Ruth überraschte sie. »Der Mann ist eine Zeitbombe, voller unterdrückter Wut. Ich kann mir durchaus vorstellen, dass er demnächst explodiert.«

»Auf wen ist er wütend?«

»Er hat abgestritten, zornig zu sein. Das machen alle mit Wutproblemen. Aber gleichzeitig hat er mir seine Gewaltfantasien ausgemalt, widerlich. Anna, er war heute Abend in der Praxis. Ich habe alle weiteren Sessions gecancelt, weil ich ihn nicht mehr ertragen konnte. Das war bestimmt kein Zufall, dass er mich als Therapeutin ausgesucht hat. Unter einem falschen Namen. Der Kerl hat irgendwas vor. Etwas Schreckliches!«

»Vielleicht hat Laura dich ihm empfohlen?«

Ruth schüttelte entschieden den Kopf. »Das hätte sie mir gesagt. Außerdem mochte sie ihn auch nicht besonders. Kathie hatte schon immer ein bewegtes Liebesleben, und Laura ist immer noch mit Lasse befreundet, ihrem Ex. Deshalb hat sie mir Voss wahrscheinlich auch nie vorgestellt.«

Dann hat Kathie ihn wohl zu dir geschickt, dachte Anna, ohne ihre Vermutung laut auszusprechen. Wahrscheinlich machte Ruth sich umsonst Sorgen. Gut, der Mann hatte ihr einen falschen Namen genannt. Was kein Verbrechen war, möglicherweise hatte er gute Gründe gehabt.

»Einmal habe ich meinen Klienten übrigens im Hotel gesehen«, unterbrach Ruth Annas Überlegungen mit einem nervösen Redeschwall. »Bei unserem Lunch dort letzte Woche, weißt du noch? Er lief über die Straße zum Strand. Ich hätte im Leben nicht vermutet, dass er dort arbeitet. Mir ist richtig übel geworden bei seinem Anblick. Da wurde mir klar, dass ich mit dem Kerl nichts mehr zu tun haben möchte. Dass er mir Angst macht.«

»Was genau befürchtest du denn? Dass er Kathie etwas antut?«

»Vielleicht. Er ist extrem eifersüchtig.« Ruths Stimme klang belegt. »Charmant und narzisstisch. Es gefällt ihm bestimmt nicht, dass Kathies Freundin ihn nicht leiden kann. Weißt du, diese Gewaltfantasien, die er beschrieben hat – das fiktive Opfer sah Laura ziemlich ähnlich.«

Die Straßenlampen standen nun dichter. Anna bog auf die gut beleuchtete B202 ab und riss im selben Moment das Lenkrad so heftig nach links, dass der Wagen ins Schleudern geriet und Ruths Kopf gegen ihre Schulter prallte. Um ein Haar hätte sie ein Motorrad gestreift, dessen Rücklicht im prasselnden Regen nur schwach flackerte.

»Idiot!«, fluchte sie, als es ihr nach ein paar Schlingerkurven gelang, das Auto wieder unter Kontrolle zu bekommen.

Ruth reagierte nicht auf den Beinahe-Unfall, sondern starrte angestrengt durch die regennasse Windschutzscheibe. »Wir sind gleich da. Du kannst direkt vorm Eingang zum Schafstall halten«, wies sie Anna nach ein paar Minuten an. »Entweder sind die Mädchen dort oder sie haben Spätdienst im Hotel.«

»Wie willst du ihnen erklären, dass wir so plötzlich auftauchen?«

»Die Wahrheit sagen? Dass ich glaube, dass Paul Voss gefährlich ist? Dass die beiden besser mit ins Deichhaus kommen sollten?«

Wenn es um Laura ging, wurde Ruth zu Mama Bär.

»Du sprichst von Kathies Mann«, erwiderte Anna sanft. »Du kannst ihr nicht einfach deine Fantasien an den Kopf werfen.«

Ruth stöhnte auf. »Das wäre ganz schön unprofessionell, was?«

»Warum sagen wir nicht, dass es dir nicht gut geht und du deine Tochter heute Abend gerne bei dir hättest?«, schlug Anna vor. »Du wolltest mich sowieso im Hotel absetzen, deshalb hast du nicht vorher angerufen. Ihr fahrt dann beide zurück, und du bringst Laura morgen ins ›Wave House‹, wenn du mich am Mittag abholst. Vielleicht kannst du sie überreden, dass sie den Rest der Saison im Deichhaus schläft. Ist ja nicht mehr für lange.«

»Gute Idee«, antwortete Ruth dankbar. »Obwohl mir nicht wohl bei dem Gedanken ist, dass Kathie mit diesem grässlichen Mann zusammenlebt. Auch wegen der Kleinen. Cleo.«

»Im Moment kümmern sich die Großeltern um sie?«

»Genau. Kathies Mutter hat schon im Frühjahr auf Cleo aufgepasst, hat Laura erzählt. Als Kathie mit ihrem Vater in Sibirien war, bei ihrer Tante.«

»Ich dachte, sie sind aus Georgien?« Anna erinnerte sich, dass die Hotelchefin so etwas erwähnt hatte.

»Ja, aber der Vater hat vor ihrer Geburt ein paar Jahre in Sibirien als Ingenieur gearbeitet. In Petrograd, hat Laura gesagt.«

Anna lachte. »Du warst immer schon eine Niete in Erdkunde. Petrograd ist nicht in Sibirien, so hieß St. Petersburg früher.«

»Echt? Der Name klingt aber so ähnlich.« Sie holte ihr Handy hervor und scrollte durch den Chat mit ihrer Tochter. »Du hast recht. Kathie war in Petropawlowsk.«

Anna trat auf die Bremse, und der Škoda kam abrupt zum Stehen. Nach der Lektüre von Marius' Melnik-Dossier war sie Sibirien-Expertin.

»Petropawlowsk? Das ist die Hauptstadt der Kamtschatka!«

»Na und?« Ruth rieb ihren schmerzenden Oberarm, in den sich der Sicherheitsgut eingeschnitten hatte. »Kannst du bitte weiterfahren?«

»Du weißt doch, dass Nikolaj Melnik da trainiert hat. Was, wenn Kathie ihn kannte?«

Ruth starrte sie ungläubig an. Ihr schien es die Sprache verschlagen zu haben.

Die Antwort gab Anna sich selbst. »Dann sollten wir uns weniger Sorgen um Laura machen als um Kathie.«

»Du glaubst, sie ist in Gefahr?«

»Melnik ist tot, oder?« Anna gab Gas. »Wenn sie ihn wirklich kannte, muss es einen Grund dafür geben, dass sie es verschwiegen hat. Vielleicht hatte sie Angst.«

Laura

Sie hockte noch auf der Fensterbank und hielt das Handy in der Hand, als die Tür aufsprang. Kathies Mann hatte sich mit der Schulter dagegengeworfen, jetzt stand er im Türrahmen. Unauffällig schob Laura den Saum ihres Sweatshirts über das Telefon.

»Was machst du denn hier?«, rief Paul. Er wirkte eher überrascht als bedrohlich.

»Ich wohne hier, schon vergessen?«, gab sie patziger zurück, als ihr zumute war.

»Hast du nicht gesagt, sie sei nicht da?« Paul drehte sich um zu Kathie, die sich nun an ihm vorbei ins Badezimmer drängte und seine Frage ignorierte.

Laura schwang ihre Beine zurück ins Zimmer. »Planänderung«, sagte sie betont locker. »Meine Mutter hatte Besuch, da wollte ich nicht stören.«

»Verstehe«, antwortete Kathie, die Lauras akrobatische

Übungen fassungslos betrachtete. »Sag mal, wolltest du aus dem Fenster springen? Du hättest dir alle Knochen gebrochen!«

»Euch wollte ich auch nicht stören«, gab Laura mit einem gequält klingenden Lachen zurück und schnitt ein Gesicht. »Sorry. Ich dachte, es kommt gleich zum Äußersten. Junge Liebe und so. Da wollte ich nicht reinplatzen.« Ich rede totalen Schwachsinn, dachte sie gleichzeitig, das glauben die mir nie.

Paul bestätigte ihre Befürchtung. »Bullshit!«, stellte er knapp fest und lehnte sich an den Türrahmen. »Hast du uns belauscht?«

»Lass sie in Ruhe, Paul!«, fauchte Kathie. Sie setzte sich neben ihre Freundin auf die Fensterbank, legte einen Arm um ihre Schultern, zog ihn aber sofort wieder zurück. »Du bist ja ganz nass!«

»Draußen regnet es, falls euch das noch nicht aufgefallen ist.« Laura musste aufhören, wie ein Opfer zu klingen, und auf Angriff umschalten. Sie warf Paul einen auffordernden Blick zu. »Ich denke, es ist Zeit, dass du dich in deinen Bulli verziehst.«

»Ja, Paul, geh jetzt besser«, pflichtete Kathie ihr bei, ohne sich nach ihrem Mann umzudrehen. »Wir beide unterhalten uns lieber allein, nicht wahr, Laura?«

Paul wandte sich tatsächlich ab und ging durchs Zimmer Richtung Tür. Doch anstatt des Geräuschs, wenn sie zufällt, erklang das eines Schlüssels, der sich im Schloss dreht. Sekunden später war Paul wieder da.

»Hast du die Tür abgeschlossen?« Kathie sprang auf, rannte ins Zimmer und rüttelte an der Klinke. »Was soll das?« Sie versetzte Paul, der ihr gefolgt war, einen heftigen Stoß gegen den Oberarm. »Los, gib den Schlüssel her!«

Er packte sie seinerseits hart am Arm. »Hast du nicht gehört, was ich gesagt habe? Laura hat mit Sicherheit alles mitgekriegt, was wir gerade besprochen haben. Dass du Melnik kanntest.«

»Kein Grund, mir wehzutun!« Kathie schüttelte seine Hand ab und drehte sich um. »Komm endlich aus dem Bad und setz dich hin, Laura.«

Laura tat widerwillig wie ihr geheißen. Im Schlafzimmer war es wenigstens warm. Inzwischen war sie völlig durchgefroren. Unwillkürlich begann sie, mit den Zähnen zu klappern.

Kathie nahm eine Decke von den zusammengeschobenen Betten, legte sie um Lauras Schultern und setzte sich neben sie. »Ich wusste wirklich nicht, dass der Tote Niko ist«, beschwor sie. »Das musst du mir glauben, Laura.«

»Niko, ja? Wie niedlich.«

Kathie ignorierte Pauls höhnischen Einwurf. »Du hast mir doch gestern gesagt, dass der Tote ein Surfer war, aus der Ukraine, erinnerst du dich? Erst da habe ich eins und eins zusammengezählt.«

»Wusstest du, dass er hierherkommt, nach St. Peter?«, fragte Laura leise. »Wollte er dich besuchen?«

»Natürlich wusste sie das.« Paul setzte sich auf die andere Bettseite. »Sie hatte schließlich was mit ihm.«

Er hat sich bemerkenswert gut unter Kontrolle, dachte Laura. Dafür, dass seine Frau zugegeben hatte, ihn betrogen zu haben. Sie liebte Kathie, aber im Moment könnte sie ihre Freundin umbringen. Deren Männerdramen hatte sie entschieden satt.

»Sollte ich jetzt die Gretchenfrage stellen?«, erkundigte sich Paul maliziös. »Ob Kathie den guten Niko um die Ecke gebracht hat, damit ihre Affäre nicht auffliegt?«

Ruckartig drehte sich Kathie zu ihm. »Du hast sie doch nicht mehr alle!«, schrie sie wutentbrannt. »Ich hatte nicht die geringste Ahnung, dass er kommt! Außerdem ist das sowieso egal.«

»Und warum ist das egal?« Pauls Stimme klang immer noch beherrscht. Mit einem Unterton, der Laura unter die Haut ging. Halt die Klappe, Kathie, flehte sie innerlich, sei endlich still!

Aber ihre Freundin hatte sich in Rage geredet. »Weil ich genug habe von dir, Paul, schon lange! Es ist aus mit uns, verstehst du?«

»Das nehme ich nicht an.«

Paul erhob sich vom Bett, ging zum Fenster und griff nach dem Päckchen Zigaretten, das auf der Bank lag. Er zündete eine an und atmete tief den Rauch ein. Dann stieß er ihn langsam wieder aus.

»Mach das Fenster auf«, blaffte Kathie ihn an. »Wir dürfen hier nicht rauchen.«

»Auch eine?« Paul reagierte nicht auf den Einwurf und hielt Laura die geöffnete Packung hin. »Eine letzte?«

In diesem Moment war Laura klar, dass alles, was sie in der vergangenen halben Stunde befürchtet hatte, wahr war. Dass sie sich nicht vergaloppiert hatte mit ihren Befürchtungen. Sondern die Gefahr, in der sie sich befand, realistisch eingeschätzt hatte.

Sie unterdrückte ihr Zittern, nahm die angebotene Zigarette und ließ sich Feuer geben. Zeit gewinnen, dachte sie. Zeit gewinnen war gut.

»Eine letzte? Was soll das heißen?« Kathie schien verwirrt.

»Das soll heißen«, erläuterte Paul, »dass Laura gleich aus dem Fenster stürzen wird.«

»Was?« Kathie sah von einem Bett zum anderen, hin zu Laura. »Was meint er damit?«

»Dass er Nikolaj Melnik ermordet hat.« Laura ließ Paul nicht eine Sekunde aus den Augen. »Und jetzt mich töten will.«

»Quatsch!« Kathie sprang auf.

»Setz dich wieder hin!«, herrschte Paul sie an. »Sofort!«

Laura zupfte am Saum von Kathies T-Shirt. »Tu, was er sagt«, flüsterte sie.

Kathie ließ sich aufs Bett fallen. »Du warst das? Du hast Niko umgebracht?«, fragte sie mit aufgerissenen Augen.

»Deine Freundin ist cleverer als du«, bemerkte Paul. »Aber kein Stress, dafür bist du hübscher, Liebling.« Er griff mit einer Hand in ein Etui, das an seinem Gürtel befestigt war, holte einen spitzen Gegenstand mit signalrotem Griff heraus und drapierte ihn auf seinen Knien. »Mein Tauchmesser. Das habe ich immer dabei. – Eins muss man dir lassen, Laura«, fuhr er fort. »Du bist fast so schlau wie deine Mutter. Nur nicht so nett. Eher nervig.«

Lauras Kopf ruckte hoch.

»Das hast du nicht gedacht, du kleine Klugscheißerin, was? Ich bin bei ihr in Behandlung. Dass deine Mutter Therapeutin ist, Laura, weiß ich von Eva. Dr. Ruth hat mich allerdings gestern Abend rausgeschmissen. Dabei hatte ich gedacht, sie könnte mir helfen. Stell dir vor, meine letzte Freundin hat gemeint, ich sei krankhaft eifersüchtig. Dabei glaube ich nur an Loyalität. Und Liebe.« Seine Stimme klang sanft, als er sich seiner Frau zuwandte. »Ich meine es ernst mit uns, Kathie.«

»Du Arschloch!«, schrie Kathie ihn an. »Du willst mich auch umbringen!«

Paul schüttelte tadelnd den Kopf. »Dich doch nicht, mein Hase. Du würdest mich niemals verraten. Ich würde den Cops sonst nämlich stecken, dass du Melnik gekillt hast, weil der eure Affäre ausposaunen wollte. Die kleine Cleo müsste zum Papa ziehen, wenn die Mama als Mörderin im Knast sitzt. Willst du das Risiko wirklich eingehen?«

Kathie schlug die Hände vors Gesicht. Laura wollte den Mund aufmachen, um Paul eine weitere Frage zu stellen, ihn am Reden zu halten. Da sah ihre Freundin hoch, ihr Ausdruck kalt, ihre Augen tränenlos.

»Wann?« fragte sie. »Wann hast du Niko getroffen? Wo?«

Endlich, dachte Laura. Kathie schien begriffen zu haben. Sie musste seine Eitelkeit bedienen, sein fasziniertes Publikum sein. Vielleicht hatte sie aber auch gerade dasselbe erspäht wie Laura. Lizzys Hockeyschläger, dessen Griff unter dem verschobenen Bett herausragte. Den das Mädchen vergessen hatte, beim Umzug ins andere Zimmer mitzunehmen.

Paul lehnte sich entspannt zurück, bis sein Kopf die Wand berührte. »Märchenstunde gefällig?«, fragte er leutselig und schlug die Beine übereinander. »Könnt ihr haben. Also, anders als du, Kathie, wusste ich, dass Melnik kommt. Das hat er dir nämlich geschrieben, in einem langen, rührenden Brief. Eva hat ihn mir gegeben. War falsch einsortiert, ist heute übrigens auch wieder passiert. Hier, von der Krankenversicherung.« Er zog einen zerknitterten Umschlag aus der Hosentasche und reichte ihn Kathie, die keine Anstalten machte, ihn zu nehmen. Paul legte ihn mit einem tadelnden Kopfschütteln neben sie aufs Bett. »Du musst das unbedingt korrigieren lassen. Du bist jetzt nicht mehr Frau Dschughaschwili, nicht wahr? Sondern Frau Voss.«

»Wieso konntest du Nikos Brief lesen? Seit wann sprichst du Georgisch?«, fragte Kathie scharf.

Paul lachte auf. »Hast du dich deshalb in ihn verguckt, Kathie? Aus gemeinsamer Liebe zur Heimat?« Er wandte sich erklärend an Laura. »Melnik war auch ein kluger Kopf, genau wie du. Seine Mutter kommt aus Georgien, deshalb kennt er die Sprache. Hat in Tiflis Biophysik studiert, unser kleines Genie. Ich weiß alles über ihn. Schließlich musste ich herausfinden, warum meine Frau auf ihn steht. Mehr als auf mich.« Nun fixierte er wieder Kathie. »Den Brief habe ich übersetzen lassen, war kein Problem, im Internet jemanden zu finden. Weißt du, warum Melnik und seine Mutter damals von Kiew nach Tiflis gezogen sind? Sein Vater war ein übler Schläger, er hat ihn schlimm verprügelt. Stand alles in dem Brief. Hat mir fast das Herz gebrochen. Auch seine anderen Gewissensqualen. Dass er es als Ukrainer nicht mehr aushält, für die Russen Pokale zu gewinnen. Dass er für sein Land kämpfen will. Schon seine Ausreise organisiert hat, unter dem Vorwand, seine sterbende Großmutter in Kiew besuchen zu wollen. Wirklich eine gemarterte Seele, unser Niko. Aber Frauen schwärmen für sensible Typen, oder?« Er klang bedauernd. »Dabei dachte ich, du findest es toll, wenn man dich ein bisschen härter anfasst, Kathie.«

Laura berührte Kathie leicht an der Hüfte, die die Geste richtig interpretierte und nicht auf Pauls Gehässigkeit einging. Stattdessen fragte sie: »Hat er geschrieben, dass er hierherkommt? Dass er mich besuchen will?«

Die Frage ließ Pauls Stimmung erneut kippen, er wirkte äußerst vergnügt, als er antwortete: »Nein, er kam, weil du ihn darum gebeten hast. Du hast ihm nämlich zurückgeschrieben – und ihm deine neue WhatsApp-Nummer mitgeteilt. Dein altes Handy hattest du verloren, erinnerst du dich? Ich musste es leider sofort konfiszieren, als ich die Messages von deinem Lover gelesen hab. Das hat mich sehr verletzt, Kathie. Du hast nie gemerkt, dass ich deine Nachrichten mitlese, oder?« Er machte eine Kunstpause.

»Dann hast du mit ihm gechattet? So getan, als ob du Kathie wärst?«

Paul Voss antwortete zwar auf Lauras Frage, ließ aber seine Frau nicht aus den Augen. »Genau. Du warst entzückt über seine Ausreisepläne. Hast ihn herzlich eingeladen, dich in St. Peter zu besuchen. Aber dann wart ihr alle ganz zufällig bei der Sylt-Challenge in Westerland an dem Tag, als er aufkreuzte. An dem Datum, das ich ihm natürlich vorgeschlagen hatte. Das gesamte Camp war auf Sylt, nur ich nicht. Die Blinddarmreizung, du erinnerst dich? Die Challenge musste ich deswegen absagen. Obwohl ich bestimmt gewonnen hätte.«

Kathie war so bleich geworden, dass Laura Angst bekam, ihre Freundin könnte ohnmächtig werden. »Und dann?«, fragte sie schnell.

Paul wandte ihr sein Gesicht zu. »Ich habe den Trottel am Bahnhof abgeholt«, gab er bereitwillig Auskunft. »Wie abgesprochen ist er nach Hamburg geflogen und hat von dort den Zug nach St. Peter genommen. Habe ihm erklärt, was los ist.« Er sah Kathie an. »Dass du unerwartet nach Hause fahren musstest, wegen Cleo, und erst morgen zurückkommen würdest. Aber ich habe mich rührend um ihn gekümmert, Kathie, keine Sorge. Bin sogar mit ihm aufs Meer rausgefahren, um ihm einen coolen Surfspot zu zeigen. Melnik hat unseren Ausflug leider nicht überlebt. Als ich ihn gezwungen habe, sich auszuziehen, wollte er mich wegstoßen und hat mir dabei das Armband von der Sylt-Challenge im letzten Jahr abgerissen. Sehr unhöflich. Ich musste ihn dann über Bord befördern. Schon aus Notwehr.«

»Du mieses Schwein!« Ehe Laura sie zurückhalten konnte, sprang Kathie auf und stürzte sich auf Paul.

Einen Moment lang wirkte es so, als ob sie eine Chance hätten. Das Messer fiel klirrend auf den Boden, und Laura kickte es mit dem Fuß quer durchs Zimmer. Gleichzeitig bückte sie sich, um nach dem Griff des Hockeyschlägers zu greifen. Doch dann versetzte Paul ihr einen harten Tritt in den Rücken. Mit einem Aufstöhnen brach sie zusammen.

»Gib mir den Schläger!«

Laura gehorchte. Sie robbte ein Stück unters Bett und fischte ihn heraus.

Paul riss ihn ihr aus der Hand. »Aufstehen!«, kommandierte er.

Laura kroch etwas zurück und hievte sich am Bettrahmen hoch.

Paul, der mit der einen Hand Kathie am Nacken gepackt hatte, hielt mit der anderen den Schläger hoch. »Ins Badezimmer, los!« Er schleuderte Kathie aufs Bett. »Bleib da liegen. – Schneller!«, herrschte er Laura an, die halb gebückt neben dem Bett stand.

»Ich kann nicht. Mein Rücken ...«

»Und ob du kannst!« Paul versetze ihr wieder einen Stoß, und mit einem Schrei fiel sie zurück auf den Boden. Ihr Angreifer bückte sich und riss ihren Kopf an den Haaren hoch. »Aufstehen!«, brüllte er. »Sofort!«

Im selben Moment schrie er auf und ließ sie los. Mit letzter Anstrengung schaffte es Laura, den schmerzenden Kopf zu drehen.

Paul hielt sich mit der Hand den Oberarm fest. Zwischen seinen Fingern sickerte Blut auf seinen cremefarbenen Hoodie, der sich sofort rot verfärbte. Hinter seiner Schulter konnte Laura Kathie erkennen, die das Messer in der Hand hielt.

Dann verlor sie das Bewusstsein.

Anna/Ruth

Der Lichtkegel des Škoda erfasste zunächst die beleuchtete Halle des Hotels und dann, etwa 100 Meter entfernt, die dunkle Einfahrt des Schafstalls. Im ersten Stock drang aus zwei nebeneinanderliegenden Fenstern Licht.

»Ist das Lauras Zimmer?«

»Ja, das nebenan ist das Badezimmer. Da steht das Fenster auf, siehst du? Warum? Bei diesem Wetter?« Ruths Augen waren vor Schreck geweitet, als sie ihrer Freundin das Gesicht zuwandte.

»Wir schauen nach«, entschied Anna. Sie parkte das Auto am Rand des Deichwegs, und das Brummen des Motors erstarb. Im selben Moment erloschen auch die Lichter in der Lobby des »Wave House«.

»Wir müssen schnell machen«, flüsterte Ruth nervös. »Vielleicht kommt jetzt jemand rüber vom Hotel.«

»Du bleibst hier«, bestimmte Anna. »Dieses Bad mit dem offenen Fenster, gehört das zum Zimmer von Laura und Kathie? Gibt es da eine Verbindungstür?«

»Ja. Zu dem Zimmer nebenan auch, glaube ich.«

Eine paar Sekunden lang war das Schwappen der Wellen der einzige Laut, den die beiden Frauen hörten. Dann zerschnitt ein Dröhnen die Stille. Das Geräusch kam kontinuierlich näher, bis sich ein Motorrad aus der Dunkelheit herausschälte. Mit einem letzten Aufheulen hielt es neben ihnen an.

Das Gesicht des Fahrers versteckte sich hinter einer Brille und einer triefenden Kapuze. Eine weitere große Gestalt sprang vom Rücksitz, eilte schwerfällig auf sie zu und nahm gleichzeitig den Helm ab.

»Alex!«, rief Anna.

Nun erkannte sie auch den Fahrer, der den Kopf angehoben hatte und ein hässliches Husten von sich gab. Dmitri. Seine hageren Züge waren, obwohl ihm die nassen Haare wirr über die Stirn fielen, unverkennbar.

Alex umfasste Annas Oberarme. »Was macht ihr hier?« Sein Atem fühlte sich warm auf ihren Wangen an. »Wo ist Laura?«

»Oben.« Ruth zeigte hoch zum Fenster. »In ihrem Zimmer. Glaube ich zumindest.«

Alex reichte ihr seinen Helm. »Kümmere dich um Dmitri. Setzt euch am besten ins Auto.« Er rannte los in Richtung Schafstall.

Anna warf Ruth die Autoschlüssel zu und raste hinter ihm her.

»Melnik hat hier gewohnt. Im Bullicamp«, keuchte Alex, als sie ihn eingeholt hatte.

»Ich weiß.«

Die schwere Stalltür war nicht verschlossen. Alex drückte sie mit der Schulter auf.

»Kein Licht anmachen«, zischte Anna und hastete zur Treppe.

»Welche Tür?«, fragte Alex, als er neben ihr hochrannte.

Anna sah sich suchend um. »Die da!« Sie wies auf einen Lichtschein, der aus einem Spalt auf den Boden sickerte. Im selben Moment zerriss ein Schrei die Stille, gefolgt von einem dumpfen Poltern.

Alex drückte die Klinke. »Abgeschlossen!«, rief er. Er wollte sich mit der Schulter dagegenwerfen, als Anna ihn am Arm fasste.

»Hier entlang«, wisperte sie, zeigte auf die Tür neben Lauras Zimmer und riss sie auf. »Man kommt von beiden Zimmern aus ins Bad, hat Ruth gesagt. Es muss also eine Zwischentür geben.«

Alex rannte quer durchs Zimmer und rüttelte an der Klinke. »Verdammt, auch abgeschlossen!« Wütend trat er dagegen.

»Weg da!«

Alex warf sich zur Seite, und Anna zog die konfiszierte Pistole aus der Hosentasche. Sie richtete sie auf das Schloss, das mit einem lauten Knall zerbarst.

Die Tür schwang auf. Laura stand vor dem Badezimmerfenster, dessen offen stehende Flügel quietschend im Wind schwangen. Eines ihrer Beine hatte sie über die Fensterbank geschoben, ihre Hände klammerten sich am Rahmen fest. Hinter ihr hielt Paul Voss einen Hockeyschläger in der Hand. Aus seinem Oberarm quoll Blut.

»Fallen lassen!«, schrie Anna und richtete die Beretta auf ihn. Ein Klicken verriet, dass sie sie entsichert hatte.

Paul drehte sich blitzschnell um und rannte mit erhobenem Schläger auf sie zu.

Sie drückte ab.

Er schwankte einen Moment und bemerkte mit offensichtlicher Verblüffung, dass nun auch Blut aus seinem Oberschenkel schoss.

Dann brach er zusammen.

Im selben Moment eilte Kathie aus dem Nebenzimmer zum Fenster, fasste ihre Freundin um die Schultern und zerrte sie zurück, bis deren Bein wieder den Boden berührte. Laura sackte auf dem gefliesten Boden zusammen. Fast zeitgleich kniete sich Alex neben Paul Voss' ausgestreckten Körper und presste beide Händen in seine Wunde.

Vorsichtig legte Anna die Waffe ins Waschbecken. Sie zog ihr Telefon aus der Hosentasche und rief erst einen Krankenwagen und danach die Handynummer von Sven Rasmussen an.

SONNABEND

Anna/Ruth

Die gleichen feinen Gesichtszüge. Die gleichen, leicht vorstehenden blauen Murmelaugen. Die Ähnlichkeit mit Valentin war unverkennbar.

Kerstin Adam, in ihr Handy vertieft, lehnte am Geländer des Bistros »Frosch«, als die Freundinnen auf die Brücke zugingen. Sie war groß und elegant, in einen cremefarbenen Daunenmantel gehüllt, trug kniehohe braune Wildlederstiefel und hatte halblange, blond gesträhnte Haare.

»Alles gut?«, erkundigte sich Ruth besorgt.

»Nein.« Anna blieb einen Moment stehen, bis sich ihr Herzschlag beruhigt hatte.

Die Frau sah auf. Sie steckte hastig das Telefon ein und lief ihnen entgegen. »Sie sind Anna, richtig?«, fragte sie. Ihre Stimme klang ein wenig heiser. »Valentin hat ein Foto von Ihnen, das steht sogar auf seinem Nachttisch, gerahmt. Und Sie sind …«

»Ruth Andresen, Annas Freundin.« Ruth streckte der Besucherin die Hand hin.

Kerstin Adam zögerte einen Moment, zog dann aber ihre Lederhandschuhe aus, die exakt den gleichen Farbton hatten wie ihr Mantel, und erwiderte die Geste. Verschwitzte Spinnenfinger, ohne Druck. Unauffällig wischte Ruth ihre feuchte Hand an den Jeans ab.

Anna wies auf einen freien Tisch auf der Terrasse des rot gestrichenen Holzhauses, um ein weiteres Händeschütteln zu vermeiden. Sie wollte keine Nähe herstellen. Sie wollte Auskünfte. »Setzen wir uns?«

»Ich lebe auch am Meer. In Australien. Fremantle«, sagte Kerstin Adam, als sie Platz nahm, ihren Blick prüfend übers Wasser gleiten ließ und dann abwandte, als ob sie die Bestätigung erhalten hätte, dass die graue Nordsee keine Konkurrenz für den Indischen Ozean darstellte. »Valentin hat Ihnen das wahrscheinlich gesagt, oder?«

Die Frage sollte beiläufig klingen, aber Anna registrierte die Wachsamkeit dahinter. Das Misstrauen. Sie nickte bloß und machte der Kellnerin ein Zeichen. »Was möchten Sie trinken?«

»Ein stilles Wasser. Mit Eis.«

Sobald die Kellnerin sich entfernt hatte, schob Kerstin Adam Anna einen Bogen Malpapier über den weißen Resopaltisch zu. Darauf war ein kleines Mädchen zu sehen, durchkreuzt mit einem roten Filzstift. Krakelige Buchstaben verkündeten über ihrem Haar: »Für Anna von Veli.«

»Dieses Kunstwerk habe ich auf Valentins Schreibtisch gefunden. Ich nehme an, ein Geschenk für Sie. Verstörend, oder?«

»An Maries Tod ist alles verstörend«, entgegnete Anna. Sie faltete das Bild und steckte es ein.

»Valentin ist Ihr Sohn, nicht wahr?«, schaltete Ruth sich ein. »Anna hat mir von ihm erzählt.«

»Auch, dass er krank ist?« Kerstins Frage klang scharf. An Anna gewandt fuhr sie fort: »Ich habe ihn vorgestern in die Jugendpsychiatrie gebracht, in Schwabing.«

»Er wollte sich also etwas antun.« Anna fragte nicht, sie stellte fest. Es war das eingetreten, was sie befürchtet hatte. Dass Valentin aufgegeben hatte, gescheitert war mit seinem einsamen Kreuzzug für Gerechtigkeit.

In den Augen der fremden Frau vermeinte Ruth Mitleid zu lesen.

»Sie haben keine Ahnung, oder?« Kerstin Adam schüttelte kaum merklich den Kopf und entnahm einem silbernen Etui eine Zigarette. »Valentin wollte sich nicht umbringen. Er ist auf mich losgegangen.«

»Unsinn!«

Ruth versetzte ihrer Freundin einen Stoß unterm Tisch.

Anna biss sich auf die Lippen. Die Entgegnung war ihr herausgerutscht, bevor sie sich hatte bremsen können. »Entschuldigung«, sagte sie. »Aber vielleicht haben Sie die Situation falsch eingeschätzt. Er hat mir erzählt, dass er früher psychische Probleme hatte. Er war bestimmt nur … übererregt.«

»Sie kennen meinen Sohn besser als ich, seine eigene Mutter?« Ohne eine Antwort abzuwarten, fuhr Kerstin Adam fort: »Valentin lügt, notorisch. Von all dem, was er Ihnen aufgetischt hat, ist nichts wahr, glauben Sie mir.«

»Sie haben ihn also nicht verlassen? Ihn nicht in ein Internat gesteckt?«

Ruth legte warnend eine Hand auf Annas, aber Kerstin Adams blassrosa Lippen verzogen sich nur zu einem bitteren Lächeln.

»Doch, dass stimmt. Als er 16 war und endlich wieder stabil. Als ich eine Chance auf ein neues Leben hatte. Stand in Ihren Akten, dass bei ihm Jugendschizophrenie diagnostiziert wurde?«

»Was für Akten?«

»Sie haben ihn doch verhört.«

»Wir haben mit ihm gesprochen, nicht ihn verhört«, entgegnete Anna steif. »Wieso auch?«

»Das hätten Sie besser getan. Andreas und ich, wir haben die Hölle mit dem Jungen durchgemacht, seit der Pubertät. Unsere Ehe ist daran kaputt gegangen. Valentin war immer ein schwieriges Kind gewesen, und mit jedem Jahr wurde es schlimmer. Stimmungsschwankungen, Wutausbrüche, seine roboterhafte Kälte ... In der einen Sekunde hockte er depressiv in der Ecke, in der nächsten schrie und tobte er. Irgendwann war klar, dass Valentin psychisch krank war. Sehr krank.«

»Er wurde stationär aufgenommen?«, fragte Ruth.

Kerstin nickte. »Valentin war nach der Diagnose zwei Jahre in der Jugendpsychiatrie in Schwabing. Ein Segen, er sprach gut auf die Therapie und die Medikamente an.«

»Und als er wieder gesund war, haben Sie ihn nicht nach Hause geholt, sondern ins Internat abgeschoben.«

Kerstin Adam reagierte nicht auf Annas als Feststellung getarnten Vorwurf, sondern zündete sich eine zweite Zigarette an. Dann beugte sie sich so weit zu ihr über den Tisch, dass Anna die Reste eines Kajalstrichs am unteren Lidrand erkennen konnte. »Zuhause konnte man das nicht nennen. Andreas und ich waren schon vor der Diagnose getrennt. Ich hatte mir eine Wohnung in Schwabing genommen, Valentin lebte abwechselnd bei mir und in der Villa. Das ging halbwegs gut, bis mein Mann diese Affäre anfing mit einer, sagen wir, sehr fragilen Frau. Leider hatte Andreas schon immer eine Passion für aussichtslose Fälle. Jedenfalls kam Marie zur Welt. Die Mutter war völlig überfordert und hatte nichts dagegen, dass Andreas bei der Scheidung das alleinige Sorgerecht bekam. Valentin allerdings, 14 war er damals, hat es total aus der Bahn geworfen, dass sein Vater nun ein zweites Kind hatte. Er ist richtig durchgedreht.«

»Jugendschizophrenie bricht oft in der Pubertät aus«, bemerkte Ruth.

»Stimmt. Aber Maries Geburt hat den Ausbruch definitiv getriggert, das haben die Ärzte jedenfalls gesagt. Anna, Valentin hasste seine Schwester, er war maßlos eifersüchtig. Wir hatten furchtbare Angst, dass er ihr etwas antut. Die Ärzte übrigens auch. Als er aus der Klinik entlassen wurde, haben sie uns eingeschärft, ihn von Marie fernzuhalten, um einen Rückfall zu vermeiden. Deshalb haben wir ihn ins Internat gegeben.«

»Sie haben nochmals geheiratet, nicht wahr?«, fragte Ruth, als Anna stumm blieb.

»Vor sechs Jahren, einen Australier. Die Sommerferien habe ich aber immer in meiner Wohnung in München verbracht, um mich um Valentin zu kümmern und Andreas zu entlasten. Sogar noch, als mein Sohn mit dem Studium anfing. Medizin, wie sein Vater. Was klar war, er hat Andreas vergöttert, ihm alles nachgemacht. Nur dieses Jahr habe ich es nicht eher geschafft, weil mein Mann krank wurde.«

»Das ist also Ihre Wohnung, in der Valentin wohnt? Die in der Hohenzollernstraße?«

»Ja, Andreas zahlt die Miete. Sie waren bei Valentin zu Hause? Da haben keine Alarmglocken geläutet, als Sie gesehen haben, wie er lebt?«, fragte Kerstin Adam ungläubig.

Anna ignorierte die unausgesprochene Anklage. »Wie schon gesagt, ich habe ihn keineswegs verhört, nur mit ihm geredet. Damals, als Marie gefunden wurde. Es ging ihm sehr schlecht. Er war offensichtlich vereinsamt.«

Kerstin Adam seufzte. »Was hat er Ihnen erzählt? Dass er ein armes Waisenkind ist? Dass sein Vater und ich ihn misshandelt haben?«

»Dass Sie ihn verlassen haben. Dass sein Vater nie etwas mit ihm zu tun haben wollte.«

Kerstin Adam griff erneut zur Zigarettenpackung, überlegte es sich jedoch anders. »Andreas ist bestimmt nicht der perfekte Ehemann«, stellte sie fest, »aber für seine Tochter und Valentin hat er alles getan. Sie sind immer noch davon überzeugt, dass er Marie getötet hat?« Sie las die Bestätigung in Annas Augen. »Und haben deshalb die Schuld auf sich genommen, als Valentin Maries Slip am Tatort versteckt hat?«

Anna sah auf. »Sie wissen, dass er das getan hat?«

»Sie haben es doch auch sofort gewusst.«

»Eine Kurzschlussreaktion. Von einem verzweifelten Jugendlichen, der überzeugt davon war, dass sein Vater seine Schwester umgebracht hat.«

Kerstin Adam drückte ihre Zigarette aus. »Er ist 22 und strafmündig. Lassen Sie mich raten. Sie haben, als dieser verdammte Slip gefunden wurde, garantiert Valentin aufgesucht. Haben ihn gefragt, ob er ihn versteckt hat. Wollten, dass er sich stellt. Mein Sohn ist dann effektvoll zusammengebrochen und hat mit Selbstmord gedroht, richtig?«

»Stimmt das, Anna?« Ruth nahm die Hand ihrer Freundin in die ihre und sah sie an.

»Ja, verdammt!« Anna riss ihre Hand weg. »Er hätte sich umgebracht. Das glaube ich immer noch.«

Kerstin Adam musterte Anna mit einer merkwürdigen

Faszination, als hätte sie ein seltenes exotisches Tier vor sich. »Hören Sie, ich glaube, dass ich den Jungen immer klarer gesehen habe als sein Vater. Mir ist richtig schlecht vor Angst geworden, als Valentin nach dem Internat den Studienplatz in München bekommen hat und unbedingt wieder zu Hause einziehen wollte. In die Villa. Zu Marie.«

»Sie haben das verhindert?«, fragte Ruth.

»Ich habe Andreas geradezu angefleht, Nein zu sagen. Er hat unserem Sohn dann einen großzügigen Unterhalt gezahlt unter der Bedingung, dass er keinen Kontakt mit Marie aufnimmt und sich niemals zu Hause blicken lässt. Aber …« Sie schluckte und griff zu ihrem Cola-Glas.

Ruth bemerkte, dass die Hände mit den dunkelrot lackierten Acrylnägeln zitterten. Kerstin Adam war nur halb so beherrscht, wie sie vorgab. »Er hat sich nicht daran gehalten?«

»Es hat eine Weile gedauert, bis Andreas dahinterkam. Valentin hatte die Kleine wohl ein paarmal abgefangen, am Spielplatz und am Ponyhof, wo sie in den Ferien war. Sie hat nichts erzählt. Auch nicht, als er sie verletzt hat.«

»Er hat ihr wehgetan?«

»Sie hatte mysteriöse Unfälle. Ist vom Pony gestürzt und hat sich den Arm gebrochen. Einmal wäre sie fast ertrunken, beim Baden. Ein anderes Mal ist sie vom Baum gefallen.«

»Sind Sie nie auf die Idee gekommen, die Polizei einzuschalten? Und warum haben Sie später zugelassen, dass Anna die Schuld auf sich nahm für die manipulierten Beweise?«

»Andreas hat mich überzeugt, dass es besser wäre, den Mund zu halten«, verteidigte sich Kerstin Adam. »Außerdem dachten wir am Anfang wirklich, dass Sie den Slip versteckt haben, Anna. Andreas glaubt das übrigens immer noch. Um ihm die Schuld an Maries Tod in die Schuhe zu schieben. Sie haben schließlich keine Ruhe gegeben. Ihm in den Wochen davor immer wieder auf den Zahn gefühlt, ob er seine Tochter misshandelt hat.« Sie betrachtete den gesenkten Kopf Annas mit einem Blick, in dem weniger Zorn als Ratlosigkeit lag.

Endlich sah Anna sie an. »Wir waren verpflichtet, den Vorwürfen nachzugehen, auch wenn sie anonym erhoben wurden. Dass Valentin der Briefschreiber war, habe ich mir erst später zusammengereimt.«

»Auch da sind Sie nie auf die Idee gekommen, dass er selbst Marie umgebracht hat?«, fragte Kerstin. »Auch nicht später, als er Andreas den Mord unterschieben wollte?«

»Ich dachte wirklich, dass er die Beweise aus Verzweiflung manipuliert hat.«

Kerstin zuckte mit den Schultern. »Vielleicht ist er auch einfach nur böse. Die Meinungen gehen da auseinander.«

»Valentin hat Marie also getötet.« Ruth sprach eine Tatsache aus. »Und wollte, dass sein Vater dafür büßt.«

»Hat er es zugegeben?«

»Natürlich hat er das.« Kerstin Adam schenkte Anna einen mitleidigen Blick. »Sie sind genauso naiv wie Andreas.« Sie streifte ihre Handschuhe über. »Valentin hatte seit Monaten keine Medikamente mehr eingenommen, haben die Ärzte gesagt. Als ich nach München kam, hatte er schon ewig keinen Kontakt mehr zu irgendjemandem gehabt. Er lebte völlig isoliert in der Wohnung, war völlig wirr.« Sie erhob sich, blieb aber neben dem Tisch stehen. »Ich habe ihn jedenfalls beschworen, mit mir in die psychiatrische Ambulanz zu fahren. Er hat sich geweigert, getobt und geschrien und ist auf mich losgegangen. Die Nachbarn haben die Polizei alarmiert. Die hat Valentin in die Notaufnahme gebracht, weil er kaum zu bändigen war, und dort hat er alles zugegeben, richtig geprahlt hat er. Übrigens auch damit, wie Sie ihm auf den Leim gegangen sind, Anna. Unser Anwalt geht davon aus, dass er schuldunfähig gesprochen wird und in die forensische Psychiatrie kommt. Vielleicht für den Rest seines Lebens. Besser wäre es, für alle.«

Anna stand auf. »Danke, dass Sie gekommen sind«, sagte sie. »Das hätten Sie nicht tun müssen.«

»Sie haben sich um Valentin gekümmert«, antwortete Kerstin Adam. »Das war ich Ihnen schuldig.« Sie streifte sorgfältig die Handschuhe über und ging.

Anna/Alex

»Heute geschlossen«, verkündete ein Blechschild an der Eingangstür der »Insel«. Anna drückte versuchsweise die Klinke herunter. Der große Raum erstreckte sich leer und ruhig vor ihr, Sonnenlicht strömte durch die Panoramafenster.

Hinter der Theke machte sich Alex an der Espressomaschine zu schaffen. Er sah auf, als seine Besucherin näher kam, und stellte eine kleine braune Tasse auf den Tresen.

»Ich glaube, ich brauche etwas Stärkeres«, sagte Anna und setzte sich auf einen Barhocker.

Alex nahm eine Flasche vom Regal und zeigte auf das Etikett. Als Anna wortlos nickte, stellte er zwei Longdrinkgläser auf die polierte Holzfläche, warf Eiswürfel hinein und goss großzügig Wodka darüber. Dann öffnete er den Kühlschrank, füllte aus einer weiteren Flasche die Gläser mit Orangensaft auf und schob eines in ihre Richtung. »Druschba«, sagte er.

»Druschba.« Anna hob das Glas und leerte es in einem Zug.

»Wir betrinken uns?«, erkundigte er sich.

Anna nickte.

Alex kippte seinen Drink runter, band die Schürze ab und füllte beide Gläser wieder auf. »Willst du es mir erzählen?«

Anna, die Augen auf die Theke gerichtet, nickte erneut. Dann sah sie ihn an. »Ich habe alles falsch gemacht, Alex«, sagte sie leise. »Er war es nicht, verstehst du? Maries Vater ist unschuldig. Er hat seine Tochter nicht umgebracht. Er hat sie beschützt, vor seinem Sohn.«

»Und du, Anna?«, fragte er behutsam. »Warum hast du seinen Sohn beschützt? Ich nehme jedenfalls an, dass du das getan hast.«

»Valentin war so verzweifelt«, antwortete sie. Ihre Hände umklammerten das Glas, als ob sie sich daran festhalten könnte. »Er war fest davon überzeugt, dass sein Vater sein Leben ruinieren würde, wenn herauskäme, dass er ihn mit gefälschten Beweisen hinter Gitter bringen wollte. Dass er ihn vielleicht auch töten würde. Lieber, hat er geschrien, stürze er sich selbst von einer Brücke. Alex, ich habe ihm geglaubt, jedes Wort!«

»Du warst nicht du selbst. Der Tod der Kleinen hatte etwas mit dir gemacht.«

»Das hat Ruth auch gesagt.«

Und während sie noch mehr Wodka tranken, während Wind aufkam und Wirbel in die spiegelglatte Oberfläche des Meeres fräste, erzählte sie ihm die Geschichte, die sie heute von Kerstin Adam gehört hatte.

»Ihr habt alle das Beste gewollt.«

»Wir haben alle versagt.« Anna griff zum Glas und trank einen Schluck. »Wenigstens leben Laura und Kathie noch.«

»Valentin auch. Sogar Paul Voss und Denys.«

»Wenn man das Leben nennen kann.«

»Leben ist, wenn man lebendig ist. Wenn man davongekommen ist.«

»Auch wieder wahr.«

»Du gehst jetzt nach München zurück?«

»Nächste Woche«, antwortete Anna. »Ich habe Christian und den Kindern schon Bescheid gesagt.«

»Wird das Verfahren gegen dich eingestellt?«

»Vermutlich. Aber ich habe die Behörden angelogen. Es wird auf jeden Fall eine neue Untersuchung geben.«

»Was hat der Junge eigentlich am Tatort angestellt?«

»Einen Slip der Kleinen vergraben, kontaminiert mit der DNA von Lindner. Valentin studiert Medizin, er wusste genau, wie so etwas geht. Wahrscheinlich hat er Marie überredet, ihm etwas von seinem Vater zu geben, eine Zahnbürste oder so. Oder er ist in die Villa eingebrochen und hat die Sachen geklaut.«

»Du hast zu viel vertraut«, antwortete Alex, »und ich zu wenig. Keine Ahnung, was besser ist. Ich habe meine Freunde verdächtigt, alle, Dmitri, die Russen. Für die bin ich jetzt kontaminiert, mit dem Verräter-Gen.«

»Den Stammtisch gibt es nicht mehr?«

»Tempi passati.« Er griff zur Wodkaflasche und füllte beide Gläser bis zum Rand.

Anna trank. »Danke«, sagte sie. »Dass du Rasmussen angelogen hast.«

»Dass ich es war, der auf Paul Voss geschossen hat?« Er zuckte mit den Achseln. »Was soll schon passieren? Es war Notwehr, und ich habe einen Waffenschein. Außerdem hat er das sowieso nicht geglaubt, aber es hingenommen. Jedenfalls kannst du nun wieder zur Kripo.«

»Wenn alles gut geht. Wenn ich das noch will.«

»Und wenn nicht? Kommst du dann zurück?«

»Nach St. Peter?« Sie schaute aufs Meer hinaus. Inzwischen donnerten die ersten Wellen gegen die Pfähle der »Insel« und ließ das hölzerne Haus erzittern. Bald schon würde der nächste Herbststurm wüten, einer von den vielen, die noch kommen würden. »Vielleicht«, sagte Anna. »Lass mir Zeit.«

»Aber es gibt Hoffnung?«

Alex stellte die Frage beiläufig. Als ob ihm ein Nein egal wäre. Inzwischen kannte sie ihn jedoch zu gut, um ihm das abzunehmen.

Sie hob ihr Glas. »Die stirbt zuletzt.«

ENDE

Uta van Steen
im Gmeiner-Verlag:

Schauspielerin Mieke ermittelt:
1. Fall: Mord am Elbstrand
ISBN 978-3-8392-0393-4

Kommissarin Anna Wolf ermittelt:
1. Fall: Gefährliches Watt
ISBN 978-3-8392-0782-6

Andreas Schmidt
FördeGrauen
Kriminalroman
352 Seiten, 13,5 x 21 cm,
Premiumklappenbroschur
ISBN 978-3-8392-0758-1

Eine rätselhafte Mordserie an der Flensburger Förde hält die Kripo in Atem. Alle Opfer werden am Ostseestrand gefunden und tragen ein geheimnisvolles Brandmal am Rücken. Kommissarin Kristin Voss und ihr Kollege Lars Reimers aus Eckernförde ermitteln mit Hochdruck, denn der Mörder tötet im Stundentakt. So beginnt für die Kripo an der Förde ein atemberaubender Wettlauf gegen die Zeit, der sie schließlich bis an die Westküste führt. Haben sie es mit einem »Cold Case« zu tun und kommen sie rechtzeitig, um einen weiteren Mord zu verhindern?

GMEINER SPANNUNG

WWW.GMEINER-VERLAG.DE
Wir machen's spannend

HEIKE MECKELMANN
Küsten-
geheimnis
KRIMINALROMAN
GMEINER